मेवाड़ एवं मराठाओं की सहस्त्र वर्षों की शौर्यगाथा

भारत का अनकहा इतिहास

मेवाड़ एवं मराठाओं की सहस्र वर्षों की शौर्यगाथा

रघु हरि डालमिया • विवेक मिश्र

प्रकाशक

प्रभात प्रकाशन प्रा. लि.

4/19 आसफ अली रोड, नई दिल्ली-110002

फोन : 011-23289777 • हेल्पलाइन नं. : 7827007777

इ-मेल : prabhatbooks@gmail.com ❖ वेब ठिकाना : www.prabhatbooks.com

संस्करण

2026

पेपरबैक मूल्य

चार सौ रुपए

मुद्रक

श्री साई प्रिंटर्स, साहिबाबाद

———————— ★ ————————

MEWAR EVAM MARATHAON KI SAHASRA VARSHON KI SHAURYAGATHA

by Shri Raghu Hari Dalmia • Shri Vivek Mishra

Published by **PRABHAT PRAKASHAN PVT. LTD.**
4/19 Asaf Ali Road, New Delhi-110002

ISBN 978-93-5521-972-5

₹ 400.00 (PB)

यह पुस्तक उन सभी वीर सनातनी सपूतों को
समर्पित है,
जिन्होंने राष्ट्र और धर्म की रक्षा हेतु
अपने जीवन की आहुति दी।

भूमिका

रघु हरि डालमिया तथा विवेक मिश्र द्वारा सँजोई हुई यह छोटी सी पुस्तक भारत के शौर्यपूर्ण इतिहास के एक गौरवमयी काल का वर्णन करती है। मराठा इतिहास और उससे पहले मेवाड़ के सिसोदिया वंश का इतिहास भारत के 2000 वर्षों के इतिहास में निस्संदेह सबसे ज्यादा बलिदान से परिपूर्ण काल है। यह विडंबना ही है कि हमारे इतिहासकारों (शायद हमारे नहीं कहना चाहिए, बल्कि वामपंथी इतिहासकार कहना अधिक न्यायोचित होगा) ने जो इतिहास लिखा, उसमें उन्होंने इन दोनों कालखंडों को कोई स्थान नहीं दिया, क्योंकि उनका उद्देश्य था कि पराजय का इतिहास ही बच्चों को बताया जाए, ताकि भारतीय नौजवानों में हीनभावना बनी रहे।

इस पुस्तक के माध्यम से इन दोनों हिंदू विद्वानों ने सिसोदिया एवं मराठा कालखंडों के वीर पुरुषों, उनकी जीवनी, उनकी कर्मभूमियों और उनके द्वारा की गई धर्म की रक्षा की गाथा का अत्यंत सरल परंतु उत्साहवर्धक भाषा में वर्णन किया है। इस पुस्तक को पढ़कर प्रत्येक भारतीय अपने महान् योद्धाओं पर गर्व ही नहीं महसूस करेगा, अपितु उन योद्धाओं के बलिदानों को नमन करेगा। मैं चाहता हूँ कि यह पुस्तक स्कूल-कॉलेज के पुस्तकालयों में हो और यत्नपूर्वक बच्चों और नौजवानों को इस पुस्तक का अध्ययन करने के लिए प्रोत्साहित किया जाए। मैं विशेष रूप से इन दोनों विद्वानों को धन्यवाद देता हूँ कि इन्होंने बहुत ही सराहनीय कार्य किया, जिसका अनुकरण किया जाना चाहिए। इतना ही नहीं, भारतीय इतिहास के गर्भ में दफन अन्य कालखंडों के सत्य, जो वामपंथी इतिहासकारों द्वारा छुपाए गए हैं, को उजागर कर जन-जन तक पहुँचाया जाना चाहिए, ताकि वर्तमान के साथ-साथ आगामी पीढ़ियाँ भी हमारे गौरवपूर्ण इतिहास से अवगत हो सकें। मैं ईश्वर से प्रार्थना करता हूँ कि इन दोनों विद्वानों पर भगवत् कृपा बनी रहे।

—पद्मभूषण प्रो. कपिल कपूर

अपनी बात

इस्लाम के जन्म के सौ वर्ष की अवधि में दो-तिहाई क्रिश्चियन क्षेत्र, फारस देश और बहुत सी यहूदी जमीन के लोग मुसलमान बन गए, किंतु क्या कारण था कि सनातन भूमि भारत, जिस पर एक हजार वर्ष से भी अधिक समय तक इस्लामी आक्रांताओं ने अत्याचार किए और इस पुण्यभूमि के मंदिरों, मठों एवं मूर्तियों पर आक्रमण कर हमारी सांस्कृतिक विरासत को समाप्त करने के पूर्ण प्रयास हुए, फिर भी इसे एक मुस्लिम राष्ट्र बनाने में असफल रहे ? क्या कारण रहा कि इतनी विषम परिस्थितियों के बाद भी इस देश ने अपनी धार्मिक आस्थाओं से समझौता नहीं किया और हमारा सनातन सुरक्षित रहा ?

मेरा मानना है कि इसका कारण थे, इस पुण्यभूमि के वीर सपूत, जिन्होंने अपने रक्त से इस भूमि को सींचा और वे वीरांगनाएँ, जो जीवित अग्नि में समाहित हो गईं, पर कभी आत्मसमर्पण नहीं किया। वर्षों के संघर्ष में पराजय से भी सामना हुआ, अपनों को अपनी आँखों के सामने काल में समाते हुए भी देखा, राजसी सुख-सुविधाओं का त्याग कर रक्तरंजित रण देखा, किंतु अपने आत्मसमान और सांस्कृतिक स्वतंत्रता पर कभी आँच नहीं आने दी।

इस पुस्तक के माध्यम से हमने अखंड भारत के उन दो राजवंशों के इतिहास को एक साथ रखने का प्रयास किया है, जिन्होंने सनातन के लिए अपना सर्वस्व न्योछावर कर दिया।

डॉ. ओमेंद्र रत्नू द्वारा लिखित पुस्तक 'महाराणा' पूरे सिसोदिया वंश की कहानी को उजागर करती है, जिन्होंने हजार वर्ष तक इस्लामी आक्रांताओं से लड़ाई लड़ी। यह पुस्तक हर घर और शिक्षण संस्थाओं के पुस्तकालय में होनी चाहिए और बच्चों को इन गाथाओं से अवगत कराना चाहिए। डॉ. रत्नू ने मेरे यूट्यूब चैनल पर भी इन गाथाओं को विस्तार से साझा किया और इस पुस्तक

में रचनात्मकता के साथ इन शूरवीरों की गौरवगाथाओं को उद्धृत किया गया है।

वीर शिवाजी, जिन्होंने मराठा स्वराज्य की स्थापना की, उनके वंशज संभाजी, राजा रामजी आदि कई शूरवीरों ने हिंदू साम्राज्य को, न केवल मुगलों से बचाया, अपितु दक्षिण के इस्लामिक राज्यों से भी सफलतापूर्वक लोहा लिया। इनकी विस्तृत गाथाएँ श्रीकांतजी जोशी ने मेरे यूट्यूब चैनल पर साझा कीं। इन गाथाओं को भी रचनात्मकता के साथ उसी विस्तार से इस पुस्तक में उद्धृत किया गया है।

विशेष आभार श्री संजय दीक्षित (सेवानिवृत्त आईएएस एवं संस्थापक जयपुर डायलाग) का, जिनका मार्गदर्शन हमें समय-समय पर मिलता रहा है।

आभार मेरे साथियों का, जिन्होंने इन वक्तव्यों को पुस्तक रूप में लाने के विभिन्न चरणों में अपना सहयोग दिया। विशेषकर विवेक मिश्र का, जिनके द्वारा भाषा एवं लेखन सुधार का कार्य किया गया।

अब यह पुस्तक पाठकों के समक्ष प्रस्तुत है। आशा है, भारतवर्ष के शूरवीरों की ये गाथाएँ आप सबको अच्छी लगेंगी। यह पुस्तक एक प्रयास है हमारी आने वाली पीढ़ियों को भारतवर्ष के वीरतापूर्ण इतिहास से अवगत कराने का एवं उनमें गौरव की भावना जाग्रत् करने का।

—रघु हरि डालमिया

अनुक्रम

भाग-एक

सिसोदिया वंश की गौरवपूर्ण ऐतिहासिक यात्रा

भाग-दो

मराठा स्वराज्य की गौरवपूर्ण ऐतिहासिक यात्रा

भाग-एक

सिसोदिया वंश की गौरवपूर्ण ऐतिहासिक यात्रा

—लेखक : श्री ओमेंद्र रत्नू

तुष्टीकरण की राजनीति से प्रेरित सरकारों एवं दरबारी इतिहासकारों द्वारा तैयार किए गए पाठ्यक्रमों में हमें मोहम्मद गोरी से लेकर औरंगजेब और बहादुर शाह जफर जैसे शासकों तक का विस्तृत वर्णन तो मिलता है, किंतु हमारी पाठ्य पुस्तकों में यह नहीं बताया जाता कि महाराणा प्रताप के पिता का क्या नाम था?

हमें कभी बताया ही नहीं गया कि महाराणा हम्मीर सिंह ने मोहम्मद बिन तुगलक को, महाराणा कुंभा ने मालवा के महमूद खिलजी को, महाराणा साँगा ने तथाकथित दिल्ली सल्तनत के शासक इब्राहिम लोदी को महीनों तक बंदी बनाकर रखा।

वामपंथी चाटुकारों ने इतिहास का वर्णन इस प्रकार किया, जैसे यह तथाकथित दिल्ली सल्तनतें संपूर्ण भारत का प्रतिनिधित्व करती हों और इनका शासक संपूर्ण भारत का शासक हो।

अब मैं आपसे एक प्रश्न करता हूँ—क्या वामपंथी एजेंडे के तहत तैयार किए गए पाठ्यक्रमों का अध्ययन कर हमारी आने वाली पीढ़ियों का बौद्धिक एवं चारित्रिक विकास संभव है?

40 हजार हिंदुओं का नरसंहार करने वाले अकबर को महान् बताने

वाली शिक्षा-व्यवस्था क्या हमारे बच्चों को वास्तविक परिस्थितियों से परिचित करा पाएगी ?

आज आवश्यकता है इतिहास का पुनर्मूल्यांकन करने की। आज आवश्यकता है अपने बच्चों को इस वास्तविकता से परिचय कराने की कि इतिहास वह नहीं है, जो हमें पाठ्य पुस्तकों में पढ़ाया जा रहा है, इतिहास वह है, जिसे हमारे पुरखों ने अपने रक्त की स्याही से आसमाँ के पटल पर लिखा है। इतिहास उन कलाकृतियों, विजय-स्तंभों एवं लोकगीतों में है, जो आज भी चीख-चीखकर हमारे शूरवीरों की अमर गाथाओं का वर्णन करते हैं।

आइए, इस पुस्तक के माध्यम से सिसोदिया वंश की गौरवपूर्ण ऐतिहासिक यात्रा पर चलते हैं। वह सिसोदिया वंश, जो रावल रतनसिंह के पुत्र राहप से पूर्व गुहिल/गहलोत वंश के नाम से जाना जाता था, भगवान् राम के बेटे लव से प्रारंभ होता है। वह सिसोदिया वंश, जिसने एक हजार वर्ष के इतिहास में कभी भी मुगलों और विदेशी आक्रांताओं के आगे अपना सिर नहीं झुकाया। निश्चित रूप से कुछ-न-कुछ तो इस राजघराने में ऐसा अवश्य था, जो सहस्र वर्षों के इतिहास में इस राजवंश में एक भी ऐसा राजा नहीं हुआ, जिसने अपनी विलासिता या भय को अपने राष्ट्र से ऊपर रखा हो।

बप्पा रावल से खुमाण द्वितीय तक
(728-860 ई.)

"सीमा के बाहर जाकर जिसने केसरिया फहराया,
भरत भूमि की पावन रज का जिसने मान बढ़ाया।
ईरान और अफगान सभी को जाकर जिसने जीता,
टूट पड़ा था यवनों पर वह बप्पा रावल चीता॥"

बप्पा रावल के शौर्य एवं पराक्रम का यशगान करती राजस्थानी लोकगीत की ये पंक्तियाँ हमें याद दिलाती हैं मेवाड़ वंश के संस्थापक कालभोज की, जिन्हें प्रजा अक्सर 'बप्पा', अर्थात् पिता कहकर संबोधित किया करती थी। यह कहानी है एक ऐसे वीर योद्धा की, जिसने न केवल अपनी मातृभूमि से विदेशी आक्रांताओं को खदेड़ा, बल्कि सनातन धर्म की विजय पताका ईरान और अफगानिस्तान तक फहराई। यहाँ तक कि पाकिस्तान के रावलपिंडी शहर का नाम भी बप्पा रावल के नाम पर पड़ा और बहादुरी की मिसाल कहे जाने वाले नौशेरा पठान भी उन्हीं की संतति हैं।

चलिए, सिसोदिया वंश की गौरवपूर्ण ऐतिहासिक यात्रा के पहले पड़ाव में आपका परिचय करवाते हैं एक साधारण पृष्ठभूमि में जन्मे उस बालक से, जिसने मेवाड़ जैसे विशाल एवं यशस्वी साम्राज्य की स्थापना की। इसी पड़ाव में आप जानेंगे उन दो वीरांगनाओं के बारे में, जिन्होंने अपनी बुद्धिमत्ता का प्रदर्शन करते हुए अपने पिता की हत्या का प्रतिशोध लिया, महाराज खुमाण द्वितीय के बारे में, जिन्होंने विदेशी आक्रांताओं के खिलाफ 24 युद्ध लड़े, किंतु एक भी युद्ध में परास्त नहीं हुए, यहाँ तक कि अरब के खुरासान के पुत्र अल मामू, अर्थात् महमूद को 6 माह तक बंदी बनाकर रखा।

बप्पा रावल (728-758 ई.)

गुजरात के सौराष्ट्र में एक निर्धन परिवार में एक बालक का जन्म हुआ, नाम रखा गया—कालभोज। कालांतर में जब वह प्रतापी बालक राजा बना तो प्रजा से अटूट प्रेम होने के कारण प्रजा उन्हें 'बप्पा', अर्थात् पिता के नाम से पुकारने लगी। जन्म के कुछ वर्ष पश्चात् ही वे अपनी माँ के साथ मेवाड़ के भींडर स्थित वन में रहने लगे, जहाँ उन्हें भीलों के राजा मांडलीक और यदुवंशियों का संरक्षण प्राप्त हुआ। जब वे वयस्क हुए तो गुजरात से चित्तौड़ आ गए, जहाँ मोरी वंश के राजा ने उन्हें 'सामंत' की उपाधि से सम्मानित किया। किंतु सही मायनों में उनकी सांसारिक एवं राजनैतिक शिक्षा-दीक्षा भगवान् शिव के परमभक्त हरित ऋषि के सान्निध्य में हुई। हरित ऋषि ने ही उन्हें भगवान् शिव का मूल भैरव मंत्र दिया और उनके मन-मस्तिष्क में 1400 वर्षों से मेवाड़ घराने के कुलदेवता रहे भगवान् एकलिंग (भगवान् शिव के ही एक रूप) की भक्ति का बीजारोपण किया।

हरित ऋषि के बारह वरदान—

'चित्तौड़ उदयपुर पाटनामा' के अनुसार, बप्पा रावल ने हरित ऋषि की सेवा कर उनसे बारह वरदान प्राप्त किए—

1. तेरे पाँवों तले चार युग तक का राज्य रहेगा।
2. जहाँ-जहाँ तेरे पाँव पड़ेंगे, वहाँ-वहाँ तेरा राज्य रहेगा।
3. तेरी सतयुगी की लंबाई 21 हाथ होगी।
4. तुझ पर शस्त्र से घाव नहीं होगा।
5. तुझमें तीस मन की तलवार उठाने की क्षमता होगी।
6. तेरा संबोधन 'रावल' शब्द नाम के साथ होगा।
7. तेरे भोजन में सवा मन अनाज का आहार होगा।
8. युद्ध में सदा तेरी विजय होगी।
9. तेरी नजर से दूसरे की नजर मिलने पर उसकी आधी शक्ति तुझमें आ जाएगी।
10. तुझे चित्तौड़ का राज्य प्राप्त होगा।
11. गजनी तक राज्य होगा।
12. तू चक्रवर्ती राजा बनेगा।

हरित ऋषि ने उन्हें आदेश देते हुए कहा, "एक दिन तुम्हें चित्तौड़ के राजा के रूप में अपनी सेवाएँ देनी होंगी।" फिर क्या था, गुरु के आदेश को शिरोधार्य करते हुए बप्पा अपनी सेना तैयार करने में जुट गए। मेवाड़ वंश के जानकार एवं प्रसिद्ध लेखक जेम्स टॉड के अनुसार, बप्पा अपने सामंतों और सैनिकों को शपथ दिलवाने के लिए एक समूह बनाते थे और एक गड्ढा खोदकर उसमें पत्थर फिंकवाते हुए कहते थे कि "अगर आपमें से किसी ने भी मुझसे या मेवाड़ से गद्दारी की, तो जिस तरह यह पत्थर इस गड्ढे में गिरा, वैसे ही हमारे पुरखों का यश और वैभव भी गड्ढे में गिर जाएगा।"

मुहम्मद बिन कासिम द्वारा राजा दाहिर की छलपूर्वक हत्या और इस्लामी आक्रांताओं का सिंध में पहला कदम

बप्पा का समकालीन मोहम्मद बिन कासिम पहला इस्लामी आक्रांता था, जिसने सिंध को पार करने का दुस्साहस किया। अरब खलीफा का दूत बनकर आए मात्र सत्रह वर्ष के मुहम्मद बिन कासिम ने सिंध के राजा दाहिर सेन पर कई बार आक्रमण किया। सिंध के राजा दाहिर सेन और उनके पराक्रमी राजकुमारों ने अदम्य शौर्य के साथ मुहम्मद बिन कासिम को परास्त किया। किंतु जैसा इतिहास में होता आया है, अपने ही लोगों के विश्वासघात और लालच ने हमें अलग-अलग कालखंडों में पीछे हटने पर मजबूर किया, वैसा ही सिंध में भी हुआ।

तत्कालीन सिंध में मुख्य रूप से दो समुदायों के लोग रहते थे—एक हिंदू, दूसरे बौद्ध मतावलंबी। तत्कालीन बौद्ध मतावलंबियों की मानसिक दशा वर्तमान के वामपंथी विचारधारा जैसी थी। उनका मानना था कि सब एक हैं। इसी कारणवश उन्होंने कासिम को न केवल सिंध में प्रवेश का मार्ग दिया, अपितु नेरम के बौद्ध नगर प्रमुख भंडारकर समानी ने कासिम की सेना को रसद सामग्री भी प्रदान की। बौद्ध मतावलंबियों द्वारा एक विदेशी आक्रांता को बढ़-चढ़कर दी गई इस प्रकार की सहायता के अत्यंत दुखद परिणाम हुए। कासिम ने न केवल हेबल नाम के बंदरगाह पर अधिकार कर लिया, बल्कि वहीं से अपनी घिनौनी मानसिकता का परिचय देते हुए हिंदू आस्था के साथ खिलवाड़ करने लगा। कासिम द्वारा मंदिर जैसे पवित्र स्थान पर अनैतिक कार्य किए जाते थे।

जब हिंदुओं तक यह बात पहुँची तो लोगों में कासिम के खिलाफ रोष उत्पन्न हुआ। कासिम ने पूर्व में हमला किया। अरोर के पास राजा दाहिर की सेना

का कासिम की सेना के साथ एक भयंकर युद्ध हुआ। किंतु बौद्ध मतावलंबियों के साथ-साथ सिंध में ही रहने वाले मेड़ जाति के लोगों ने अपने ही राजा दाहिर के विरुद्ध जाकर कासिम को युद्ध में दाहिर के सुरक्षा-चक्र में प्रवेश करवाया। इस तरह अपनों के विश्वासघात से दाहिर की सेना को पराजय का सामना करना पड़ा। राजा दाहिर और उनके परिवार के सदस्यों की निर्मम हत्या कर दी गई। राजा दाहिर का सिर और उनकी दो पुत्रियों—सूर्य देवी एवं परिमल देवी—को भोगदासी बनाकर इस्लामी खलीफा हज्जाज बिन यूसुफ को उपहारस्वरूप भेज दिया गया। सिंध से लूटे खजाने से कासिम ने अपनी सेना का विस्तार किया और मेवाड़ की तरफ बढ़ने की योजना बनाने लगा।

कल्पना कीजिए, आखिर यह किस प्रकार की धार्मिक शिक्षा रही होगी कि मात्र सत्रह वर्ष के कासिम ने सिंध के राजा एवं उसके परिवार की छलपूर्वक न केवल निर्मम हत्या की, बल्कि उसकी पुत्रियों को इस्लामिक खलीफा की हवस का शिकार बनने के लिए भेज दिया।

राजा दाहिर की पुत्रियों का प्रतिशोध और मोहम्मद बिन कासिम की मृत्यु

जब कासिम द्वारा राजा दाहिर की दोनों राजकुमारियों को खलीफा के पास उपहारस्वरूप प्रस्तुत किया गया तो अपने परिवार की निर्मम हत्या का प्रतिशोध लेने के लिए दोनों राजकुमारियाँ खलीफा हज्जाज को यह असत्य कहती हैं कि कासिम उनका शारीरिक उपभोग पहले ही कर चुका है। अपनी कामवासना में चूर खलीफा हज्जाज इस बात से क्रोधित हो जाता है और मोहम्मद बिन कासिम को बैल की खाल में सिलवाकर सीरिया भेजने का फरमान जारी करता है, जहाँ तिल-तिल कर दम घुटने से उसकी मृत्यु हो जाती है। अपने परिवार की हत्या का प्रतिशोध लेने के बाद ये दोनों राजकुमारियाँ सारा सत्य खलीफा हज्जाज को बता देती हैं। खलीफा अत्यंत दुखी होता है और गुस्से में दोनों राजकुमारियों को दीवार में जीवित चुनवा देता है।

इस प्रकार अपनी मातृभूमि से दूर इन दुर्दांत हत्यारों के बीच अपनी बुद्धिमत्ता से सिंध की राजकुमारियों ने अपने पिता सहित पूरे परिवार की मृत्यु का प्रतिशोध ले लिया। 'चाचनामा' में इन वीरांगनाओं द्वारा दिए गए इस महान् बलिदान का विवरण साक्ष्य के रूप में उल्लिखित है।

बप्पा का अरब अभियान

राजा दाहिर की दुर्दांत हत्या के पश्चात् उनका बेटा बप्पा की शरण में चला गया। यहाँ ध्यान देने योग्य बात यह है कि भारतीय युद्ध-परंपरा के अनुसार, युद्ध केवल राजाओं के मध्य होता था। युद्ध के दौरान या पश्चात् एक-दूसरे के परिवार विशेषकर स्त्रियों को किसी प्रकार की कोई हानि नहीं पहुँचाई जाती थी। किंतु बप्पा को जब यह ज्ञात हुआ कि कासिम जैसे मुस्लिम आक्रांता द्वारा मानवता की सारी हदें पार करते हुए राजा दाहिर की पुत्रियों को भोगदासी बनाने का निकृष्ट कार्य किया गया है, तो वे अत्यंत क्रोधित हुए। इस घटना ने बप्पा को अंदर तक झकझोरकर रख दिया। अपने कूटनीतिक कौशल से वे समझ गए कि इन दुर्दांत हत्यारों से हिंदू समाज और देश को बचाने के लिए एक संगठित हिंदू मोर्चा समय की माँग है। उन्होंने मेवाड़ की सेना के नेतृत्व में प्रतिहार वंश के नागभट्ट, गुजरात के जयभट्ट एवं दक्षिण के चालुक्य सम्राट् जयसिम्हा के पुत्र पुलकेसी के साथ मिलकर एक हिंदू मोर्चा बनाया।

इधर कासिम की मृत्यु के पश्चात् उसका उत्तराधिकारी जुनैद अल मर्री न केवल भारत की पश्चिमी सीमा पर लगातार हमला कर रहा था, बल्कि कुछ हद तक दक्षिणी राजस्थान, मालवा और गुजरात में सफल भी हुआ। वह धीरे-धीरे अपने पैर पसार रहा था।

वर्तमान मारवाड़ के मंडोवर के पास बप्पा रावल के हिंदू मोर्चे और अरब सेना के बीच भयंकर युद्ध हुआ। अरब की सेना लगभग छह गुना बड़ी थी, लेकिन बप्पा ने अरबों की सेना को बुरी तरह परास्त किया और पूरी सेना को पूर्णतः खत्म कर दिया। जो अरब बहुत कम समय में ईरान से उत्तरी अफ्रीका तक पहुँच गए थे, उन्हें पहली बार हार का स्वाद बप्पा रावल ने भारत में चखाया। 'बैटल ऑफ राजस्थान' का वर्णन करते हुए अरब इतिहासकार लिखते हैं—"राजपूतों ने हमारी ऐसी दुर्दशा कर दी थी कि हमें सिर छुपाने की जगह नहीं मिली।"

'फतुहुल बलदान' नामक अरबी ग्रंथ में इस संदर्भ में वर्णन मिलता है कि "बप्पा के कारण भारत में पुनः मूर्तिपूजा आरंभ हो गई।" इसका तात्पर्य है कि बप्पा रावल ने न केवल मेवाड़ की सीमाओं का विस्तार ईरान, इराक व खुरासान तक कर दिया, बल्कि पहली बार अरब खलीफाओं के धर्म-परिवर्तन के प्रयासों पर भी अंकुश लगाया।

अरबों का सफाया करते हुए बप्पा ईरान तक गए और वापस अफगानिस्तान

से होते हुए हर सौ–दो सौ किलोमीटर पर सिसोदिया वंश की पताका फहराते हुए हिंदू शासन कायम किया। बप्पा ने अफगानिस्तानी शासक सलीमा को हटाकर अपने भतीजे को शासक बनाया।

राजस्थान की पश्चिमी सीमा के पार बप्पा रावल के पहुँचने का सबसे बड़ा प्रमाण यह है कि आज भी पाकिस्तान की राजधानी इस्लामाबाद के एक जिले का नाम रावलपिंडी है, जो बप्पा के नाम पर है।

इतिहासकार कर्नल टॉड के अनुसार, "अपने अरब अभियान में बप्पा ने सैकड़ों छोटे–बड़े राजाओं को हराया और उनकी पुत्रियों से विवाह किया। पश्चिम में अपने इस अभियान के समय किए गए इन विवाहों से बप्पा को 130 पुत्र हुए, जो वर्तमान में 'नौशेरा पठान' के नाम से जाने जाते हैं।"

बप्पा के सफल अरब अभियान ने उन्हें एक पराक्रमी योद्धा की पहचान दी और उन्होंने खुद को मेवाड़ का स्वामी घोषित कर दिया। इस बात का स्पष्ट प्रमाण तो नहीं है कि बप्पा ने मोरी वंश के राजा मोरी की हत्या की या उन्हें सत्ता से हटाकर स्वयं नियंत्रण अपने हाथ में लिया; किंतु यह सर्वमान्य है कि यहीं से मेवाड़ राजवंश की स्थापना हुई। हालाँकि चित्तौड़ राजवंश के इतिहास की मानें तो बप्पा ने स्वयं मोरी से सत्ता अपने हाथ में ली थी।

बप्पा रावल द्वारा जारी सोने का सिक्का

इतिहासकार गौरीशंकर हीराचंद ओझा ने अजमेर से प्राप्त सोने के सिक्के को बप्पा रावल का माना है। 115 ग्रेन (65 रत्ती) वजन वाले इस सिक्के के सामने वाले हिस्से में माला के नीचे श्री बोप्प लिखा है। इसके बाईं तरफ त्रिशूल और दाईं तरफ वेदी पर शिवलिंग बना है। नंदी शिवलिंग की ओर मुख किए बैठे हैं। शिवलिंग और नंदी के नीचे दंडवत् करते हुए एक पुरुष की आकृति है। सिक्के के पीछे की तरफ सूर्य और छत्र के चिह्न हैं। इन सबके नीचे दाहिनी ओर मुख किए हुए गाय खड़ी है और उसी के साथ दूध पीता हुआ बछड़ा है। ये सब चिह्न बप्पा रावल की शिवभक्ति और उसके जीवन की कुछ घटनाओं से संबद्ध हैं।

शिलालेखों में बप्पा रावल का वर्णन

- राजस्थान के उदयपुर संग्रहालय में संरक्षित कुंभलगढ़ प्रशस्ति में बप्पा रावल का वर्णन मिलता है। इसे संस्कृत भाषा एवं देवनागरी लिपि में लिखा गया है। महेश भट्ट को इस प्रशस्ति का लेखक माना जाता है।

- अरावली की पहाड़ियों में स्थित माउंट आबू नामक स्थान से प्राप्त माउंट आबू शिलालेख में भी बप्पा रावल का वर्णन मिलता है।
- 13वीं शताब्दी में जैन व्यापारी जीजाजी काथोड द्वारा निर्मित चित्तौड़गढ़ (राजस्थान) के कीर्तिस्तंभ शिलालेख में भी बप्पा रावल का वर्णन मिलता है।
- रड़कपुर प्रशस्ति (पाली जिला, राजस्थान) में बप्पा रावल व कालभोज को अलग-अलग व्यक्ति बताया गया है। हालाँकि आधुनिक इतिहासकार इसे सत्य नहीं मानते।
- कर्नल जेम्स टॉड को 8वीं सदी का एक शिलालेख मिला, जिसमें मानमोरी (जिसे बप्पा रावल ने पराजित किया था) का वर्णन मिलता है। अपना जीवन बचाने हेतु कर्नल जेम्स टॉड को इस शिलालेख को समुद्र में फेंकना पड़ा था।

बप्पा रावल का अंतिम समय एवं मोक्ष की प्राप्ति

लगभग चालीस वर्षों तक मेवाड़ पर राज करने के पश्चात् बप्पा रावल अपने आराध्य एकलिंगजी के ध्यान में लीन हो गए। बप्पा ने अपना अंतिम समय मेवाड़ के कैलाशपुरी में एक साधक के रूप में बिताया और लगभग सौ वर्ष की आयु में उन्हें मोक्ष की प्राप्ति हुई।

बप्पा रावल की तुलना चार्ल्स मार्टल (732 ई. के टूर्स युद्ध में अरबों को हराकर उनको यूरोप में प्रवेश से रोकने वाला फ्रांसीसी सेनापति) से करते हुए इतिहासकार सी.वी. वैद्य (पुस्तक, मध्यकालीन हिंदू इतिहास) कहते हैं, "बप्पा रावल के पराक्रम की चट्टान के सामने अरब आक्रमण का ज्वार-भाटा टकराकर चूर-चूर हो गया।"

बप्पा के समकालीन अन्य प्रतापी हिंदू राजा

इतिहासकार डॉ. रामगोपाल मिश्रा ने अपनी पुस्तक 'Indian Resistance to Early Muslim Invaders Up to 1206 A.D.' में बप्पा रावल के समकालीन अन्य प्रतापी हिंदू राजाओं का विस्तृत वर्णन किया है। गुर्जर-परिहार राजाओं के पराक्रम से भयभीत अरब इतिहासकार लिखते हैं—"भारत के राजाओं में मोहम्मद में आस्था रखने वालों के लिए उनसे बड़ा शत्रु कोई और नहीं है।"

724 से 760 ई. के मध्य बप्पा के ही समकालीन एक अन्य प्रतापी राजा

हुए—ललितादित्य मुक्तापीड़। इनके बारे में कहा जाता है कि इन्होंने दुष्ट अरबों का संहार जिस निर्दयता से किया, वैसा शायद उस कालखंड में किसी और ने नहीं किया। हारे हुए अरबों के आधे सिर को मुड़वाने की प्रथा इन्हीं के द्वारा शुरू की गई।

यह हमारी पीढ़ी का दुर्भाग्य ही है कि आठवीं शताब्दी में हुए इस महान् हिंदू राजा को इतिहास के पृष्ठों से विस्मृत कर दिया गया। यह इस्लामी विस्तारवाद का ही नतीजा है कि जहाँ 8वीं शताब्दी में हिंदू शासन था, आज हिंदू सिकुड़ते-सिकुड़ते भारतीय उपमहाद्वीप के इस छोटे भू-भाग तक सीमित हो गया है।

रावल खुमाण द्वितीय (820-860 ई.)

बप्पा जैसे विलक्षण राजा के पश्चात् आने वाले लगभग पाँच सौ वर्षों तक शक्ति कुमार, खुमाण प्रथम, खुमाण द्वितीय, खुमाण तृतीय, समर सिंह, जैत्र सिंह जैसे वीरों ने बप्पा के उत्तराधिकारी के रूप में मेवाड़ का विस्तार किया। यह बप्पा का पराक्रम ही था कि बप्पा के जाने के अगले पाँच सौ वर्षों तक भारतवर्ष इस्लामी आक्रांताओं से सुरक्षित रहा।

बप्पा रावल के पश्चात् यों तो सिसोदिया वंश में अनेक पराक्रमी राजा हुए किंतु, 820 से 860 ई. तक शासन करने वाले खुमाण द्वितीय विलक्षण प्रतिभा के धनी थे। अपने शासनकाल के दौरान खुमाण द्वितीय ने कभी भी अरबों को सिंध पार नहीं करने दिया। यहाँ तक कि उन्होंने अरबों को ईरान तक भगा दिया। खुमाण द्वितीय ने अपने संपूर्ण जीवनकाल में मुस्लिम आक्रांताओं के विरुद्ध चौबीस युद्ध लड़े, किंतु एक भी युद्ध में परास्त नहीं हुए।

हिंदुओं का गौरवशाली इतिहास क्यों सही रूप में ज्ञात नहीं है?

इसका एक कारण यह है कि पौराणिक भारत में इतिहास को दो माध्यम से सहेजकर रखा जाता था, एक मंदिरों पर शिलालेख के रूप में, दूसरा पुस्तकों के माध्यम से। मुस्लिम आक्रांताओं ने जहाँ भी जीत हासिल की, सर्वप्रथम वहाँ के मंदिरों को ध्वस्त किया। इस्लामी पुस्तकें उसे ऐसा करने का आदेश या उपदेश भी देती हैं। इसके साथ ही इस्लामी आक्रांताओं ने भारत की बौद्धिक विरासत नालंदा और तक्षशिला जैसी विश्वप्रसिद्ध विरासत को जलाकर नष्ट कर दिया।

ऐसी ही एक घटना का जिक्र जेम्स टॉड अपने लेखन में करते हुए कहते हैं कि एक बार चित्तौड़ से मूल्यवान शिलाखंड और वस्तुएँ लेकर जाता हुआ उनका जहाज जब समुद्री तूफान में फँसा, तो अपने कप्तान के यह कहने पर कि

वे गैरजरूरी वस्तुएँ हटा दें, तो उन्होंने भूलवश अनेक मूल्यवान शिलाखंड और ऐतिहासिक सामग्रियाँ समुद्र में बहा दीं।

यह तो हमारे ब्राह्मणों का योगदान रहा है कि उन्होंने अपनी श्रुति एवं बुद्धिमत्ता के माध्यम से इतिहास लेखन कर ऐतिहासिक गाथाओं को जीवित रखा।

ऐतिहासिक लेखों में खुमाण द्वितीय का वर्णन

'अमरकाव्यम्' में खुमाण द्वितीय की सेना का वर्णन करते हुए कहा गया है कि उसके पास "एक लाख रावल, तीस लाख अश्वारोही, आठ लाख पैदल, नौ सहस्त्र हाथी एवं एक सहस्त्र नगाड़ों की सेना थी।"

जेम्स टॉड की पुस्तक 'एनल्स ऐंड एंटीक्विटिज ऑफ राजस्थान' में सभी राजवंशों की वंशावली सहित उस काल का वर्णन है।

एक बार अरब के अल मामू, जिसे महमूद के नाम से भी जाना जाता है; हालाँकि यह महमूद गजनवी से अलग था, ने भारत पर आक्रमण किया। खुमाण द्वितीय के नेतृत्व में कश्मीर से लेकर रामेश्वरम् तक चालीस राजवंशों की संगठित सेना ने अरबों पर आक्रमण कर उन्हें बुरी तरह पराजित किया। इतिहासकार टॉड के अनुसार, "जितनी बड़ी संख्या में खुमाण द्वितीय के नेतृत्व में हिंदू राजवंश एक साथ आए, उसके पश्चात् किसी कालखंड में ऐसा नहीं हुआ।"

खुमाण द्वितीय ने महमूद को छह महीने तक अपनी कैद में रखा और फिर उसे इस शर्त पर ही छोड़ा कि वह फिर कभी भारत पर आक्रमण करने का विचार नहीं करेगा।

दरअसल इतिहास में ऐसे अनेकानेक उदाहरण मिलते हैं, जब राजपूत राजाओं ने इन दुष्ट विदेशी आक्रांताओं को परास्त करने के पश्चात् उनपर अनावश्यक दया दिखाई, जिसके कालांतर में अत्यंत गंभीर दुष्परिणाम हुए। जैसा कि सिसोदिया वंश के गौरवपूर्ण ऐतिहासिक यात्रा के अगले पड़ावों में हम जानेंगे कि महाराणा कुंभा ने मालवा के सुल्तान महमूद खिलजी को छह बार परास्त करने के बाद छोड़ दिया। इसी प्रकार महाराणा साँगा व महाराणा हम्मीर सिंह ने तुगलक को तथा पृथ्वीराज चौहान ने मोहम्मद गोरी को छोड़ दिया।

कालांतर में ब्राह्मणों के कहने पर खुमाण द्वितीय ने अपने बेटे जोगराज को सत्ता हस्तांतरित कर दी, किंतु जोगराज एक अयोग्य राजा सिद्ध हुआ, जिसके कारण खुमाण द्वितीय को अपने बेटे को अपदस्थ कर पुनः शासन की बागडोर अपने हाथों में लेनी पड़ी। कहते हैं कि तब वह ब्राह्मणों से इतना नाराज हुआ कि हजारों की

संख्या में ब्राह्मणों की हत्या करवा दी। कुछ वर्षों पश्चात् सत्ता के लालच में अंधे खुमाण के बेटे मंगल ने ही अपने पिता की हत्या कर दी, इस प्रकार सिसोदिया वंश का यह वीर पंचतत्त्व में विलीन हो गया।

खुमाण द्वितीय के पश्चात् खुमाण तृतीय, शक्ति कुमार जैसे पराक्रमी राजा हुए, जिन्होंने मुस्लिम आक्रांताओं से हिंदू अस्मिता की रक्षा के लिए सतत लड़ाइयाँ लड़ीं। सन् 1191 में पृथ्वीराज चौहान और मोहम्मद गोरी के मध्य भयंकर युद्ध हुआ। पृथ्वीराज चौहान और उनके जमाई महाराज समर सिंह ने मोहम्मद गोरी को वीरतापूर्वक परास्त कर जीवित छोड़ दिया।

मुहम्मद गोरी को जीवित छोड़ दिया जाना इतनी भयंकर भूल थी, जिससे कालांतर में न केवल पृथ्वीराज चौहान, उनके परिवार एवं साम्राज्य को हानि हुई, बल्कि भारतीय इतिहास भी ऐसे अंधकारमय रास्तों की ओर मुड़ गया, जिसके दुष्परिणाम आज तक संपूर्ण हिंदू समाज भुगत रहा है।

वर्ष 1192 में मुहम्मद गोरी फिर आया और पृथ्वीराज चौहान को मार दिया। उसके बाद संयोगिता की दुर्दांत हालत इस मुस्लिम हत्यारे ने की। पूरी–पूरी सेना ने उनका शीलहनन किया और बुरी अवस्था में उन्हें मार दिया गया।

तुष्टीकरण की राजनीति करने वाली सरकारों के आदेश पर वामपंथी चाटुकार इतिहासकारों द्वारा एक सुनियोजित साजिश के तहत भारत के इस वैभवशाली इतिहास को मिटाने का कुत्सित प्रयास किया गया। हालाँकि इसी दौरान कुछ ऐसे भी राष्ट्रवादी इतिहासकार हुए, जिन्होंने काल के गर्भ में छुपे ऐतिहासिक सत्य को उजागर करने का बीड़ा उठाया, ताकि हमारे महापुरुषों के शौर्य एवं पराक्रम की वीर गाथाएँ जनमानस तक पहुँच सकें।

संदर्भ

- https://amp.bharatdiscovery.org/india/बप्पा_रावल
- https://artandculture.rajasthan.gov.in/content/raj/art-and-culture/en/departments/rajasthan-heritage-protection-promotion-authority/heritage-projects/ongoing-projects/bapparawal-panorama.html
- https://m.youtube.com/watch?v=7Q5H0eonMsM&pp=ygUVcmggZGFsbWlhIGJhcHBhIHJhd2Fs
- बप्पा रावल, डॉ. मोहब्बत सिंह राठौड़

- राजस्थान का इतिहास, व्यास शर्मा
- MAHARANAS: A Thousand Year war for Dhrma (Dr. Omendra Ratnu)
- Indian Resistance to Early Muslim Invaders Up to 1206 A.D. (Dr. Ramgopal Mishra)
- Annals and antiquities of Rajasthan or The Central and Western Rajpoot States of India, James Tod

□

रावल रतन सिंह और महारानी पद्मिनी
(1303 ई.)

ठहरिए, यह सिसोदिया वंश की गौरवपूर्ण ऐतिहासिक यात्रा का दूसरा पड़ाव है। इसमें हम चर्चा करेंगे महारानी पद्मिनी के बारे में, जिनको दरबारी इतिहासकारों ने एक षड्यंत्र के तहत पद्मावत के नाम से जोड़ दिया। कैसे एक विश्वासघाती एवं देशद्रोही के कारण जीत हार में बदल गई। किस प्रकार विदेशी आक्रांताओं के कुत्सित प्रयासों से हिंदू अस्मिता की रक्षा के लिए हजारों वीरांगनाओं ने जौहर किया। यह कहानी है गोरा और बादल जैसे पराक्रमी सेनानियों की, जिनकी गौरव-गाथाएँ आज भी जनमानस के मन-मस्तिष्क में विराजमान हैं।

रावल समर सिंह के पुत्र रावल रतन सिंह अपने पूर्वजों की भाँति एक शूरवीर महाराणा थे, जिनकी सौंदर्यवती पत्नी का नाम था—पद्मिनी। महारानी पद्मिनी के बारे में इतिहासकारों के अलग-अलग मत हैं। कुछ लोग उनका परिचय देते हुए उनका संबंध जैसलमेर के भाटी परिवार से बताते हैं, तो कुछ उन्हें श्रीलंका (सीलोन) की राजकुमारी। किंतु महत्त्वपूर्ण यह नहीं है कि उनका जन्म कहाँ हुआ, बल्कि महत्त्वपूर्ण यह है कि महारानी पद्मिनी एक महान् रानी थीं और हिंदू धर्म की अस्मिता की रक्षा के लिए उनके द्वारा किए गए महान् कार्यों को कभी भी विस्मृत नहीं किया जा सकता।

महारानी पद्मिनी या पद्मावती ?

महाराणा रावल रतन सिंह की पत्नी महारानी 'पद्मिनी' को अक्सर 'पद्मावती' कहकर पुकारा जाता है, जोकि अत्यंत त्रुटिपूर्ण है। अब प्रश्न यह उठता है कि यह पद्मावती नाम आया कहाँ से? दरअसल महारानी पद्मिनी के कालखंड के 250 वर्ष बाद मलिक मुहम्मद जायसी द्वारा 'पद्मावत' नामक ग्रंथ लिखा गया। 'पद्मावत' ग्रंथ

का ऐतिहासिक साक्ष्यों से किसी प्रकार का कोई संबंध नहीं है। यह ग्रंथ न केवल पूरी तरह कपोल-कल्पना पर आधारित है, बल्कि इसके माध्यम से ऐतिहासिक तत्त्वों को तोड़-मरोड़कर पेश करने का काम भी किया गया। महारानी पद्मिनी को शीशे के माध्यम से अलाउद्दीन खिलजी को दिखाने का झूठ भी इसी ग्रंथ के माध्यम से प्रचारित किया गया, क्योंकि राजपूत इतने कमजोर नहीं थे कि वे अपने स्वाभिमान से समझौता कर ऐसा कोई भी कार्य करते। हिंदू ऐतिहासिक ग्रंथों में कहीं भी इस बात का वर्णन नहीं मिलता कि रावल रतन सिंह और उस वक्त के राजपूत इस बात के लिए राजी हुए थे कि प्रतिबिंब के माध्यम से महारानी का प्रतिदर्श खिलजी को दिखाया जाए।

रणथंभौर का युद्ध और चौहान वंश द्वारा जौहर

अलाउद्दीन खिलजी के जीवनकाल में राजस्थान के रणथंभौर और चित्तौड़ में लड़े गए युद्ध महत्त्वपूर्ण रहे। खिलजी ने दो बार मेवाड़ पर आक्रमण किए, किंतु उससे पहले रणथंभौर में हम्मीर देव चौहान के साथ हुए युद्ध का वर्णन आवश्यक है। लगभग 1300 ई. में उलूग खाँ और नुसरत खाँ के नेतृत्व में खिलजी की सेना ने रणथंभौर पर आक्रमण किया। महाराणा हम्मीर देव चौहान ने युद्ध में नुसरत खाँ का वध कर दिया, लेकिन उलूग खाँ भाग खड़ा हुआ। उलूग खाँ का पीछा करते-करते महाराणा हम्मीर देव युद्धक्षेत्र से बहुत दूर निकल आए। आगामी हार से भयभीत खिलजी ने 1301 ई. में स्वयं युद्ध का मोर्चा सँभालने का निश्चय किया।

युद्ध पर निकलने से पूर्व महाराणा हम्मीर देव चौहान ने अपनी महारानी और प्रजा को यह संदेश दे दिया था कि अगर युद्ध के परिणाम अपेक्षा के अनुरूप नहीं आते हैं तो चौहान वंश की सभी स्त्रियाँ जौहर कर लेंगी, ताकि इन मुस्लिम आक्रांताओं के हाथ न आ सकें। आखिर क्या है यह जौहर? दरअसल जौहर वह बलिदान है, जिसमें राजपूत स्त्रियाँ मुस्लिम आक्रांताओं से अपने शील की रक्षा के लिए स्वयं को जलती अग्नि या जल को समर्पित कर देती हैं।

महाराणा हम्मीर देव चौहान की सेना ने अलाउद्दीन खिलजी और उसके सेनापति उलूग खाँ को युद्ध में पराजित कर दिया और रणमल नामक एक सैनिक को महाराणा हम्मीर देव चौहान ने यह संदेश देकर महल में भेजा कि वे स्वागत की तैयारी करें, हम युद्ध जीत चुके हैं।

लेकिन रणमल विश्वासघाती निकला, उसे खिलजी ने पहले ही सत्ता का लालच देकर अपनी ओर मिला लिया था। रणमल ने महल के अंदर घुसकर पीछे

के गुप्त द्वार से खिलजी की सेना की एक टुकड़ी को प्रवेश दे दिया, साथ-ही-साथ महल में यह मिथ्या संदेश फैला दिया कि हम युद्ध हार चुके हैं और खिलजी ने महाराणा हम्मीर देव चौहान की हत्या कर दी है। यह संदेश पाते ही चौहान वंश की सभी स्त्रियों ने जौहर कर लिया। महाराणा हम्मीर देव चौहान की पुत्री पद्मला ने खुद को पत्थर से बाँधकर जल-जौहर कर लिया।

यह भारतवर्ष में जल-जौहर की पहली घटना थी। आज भी रणथंभौर किले में स्थित पद्मला तालाब उस वीरांगना राजकुमारी के बलिदान की गाथा सुनाता प्रतीत होता है। इस तरह एक विश्वासघाती के कारण चौहान वंश पूर्ण रूप से खत्म हो गया।

जब हम्मीर देव युद्धक्षेत्र से वापस महल आते हैं तो उन्हें पता चलता है कि रणमल के विश्वासघात के कारण उनका चौहान वंश लगभग पूरी तरह से खत्म हो गया है, वे रणमल का वध कर देते हैं और निराश होकर अपनी गर्दन स्वयं रणथंभौर किले में स्थित शिव मंदिर में काट लेते हैं।

आर.सी. मजूमदार जैसे अनेक भारतीय इतिहासकार इसी घटना को तोड़-मरोड़कर पेश करते हुए लिखते हैं कि इस युद्ध में हम्मीर देव की हार हुई। किंतु रणथंभौर के लोकगीतों में और वहाँ के स्थानीय लोगों में सिर्फ एक ही बात प्रचलित है कि किस प्रकार एक देशद्रोही द्वारा छल किया गया और क्षुब्ध महाराणा हम्मीर देव चौहान ने स्वयं को महादेव को समर्पित कर दिया। इस तरह युद्ध में पराजित होने के बाद भी खिलजी रणथंभौर किले को हासिल करने में सफल हो जाता है।

चित्तौड़ पर आक्रमण और महारानी पद्मिनी का जौहर

रणथंभौर की सफलता से उत्साहित खिलजी ने 1301 ई. में चित्तौड़ पर घेराव डाल दिया, किंतु रावल रतन सिंह ने उसे बुरी तरह पराजित किया।

एक वर्ष के पश्चात् पुनः खिलजी संगठित होकर डेरा डालता है और शर्त रखता है कि रानी पद्मिनी को मुझे दे दो, मैं यहाँ से चला जाऊँगा। किंतु राजपूत इस बात के लिए राजी नहीं होते हैं, फिर समझौते के लिए वह रतन सिंहजी के महल आता है। सनातन संस्कृति एवं संस्कारों के अनुसार, यदि कोई व्यक्ति (भले ही वह हमारा शत्रु ही क्यों न हो) हमारे घर आता है, तो उसका आतिथ्य सत्कार करना हमारा परम कर्तव्य है। यहाँ तक कि जब वह व्यक्ति वापस जाता है तो कुछ दूर तक उसे छोड़ने जाने का भी प्रावधान है। राजा रतन सिंह भी इन्हीं आतिथ्य संस्कारों का पालन करते हुए खिलजी का स्वागत-सत्कार कर उसके शिविर तक

उसे छोड़ने जाते हैं, किंतु खिलजी विश्वासघात करते हुए राजा रतन सिंह को बंदी बना लेता है।

सवाई सिंह धमोरा (पुस्तक—'चित्तौड़ के जौहर व साके', पृष्ठ 15) के अनुसार, "भोले-भाले रावल रतन सिंह झाँसे में आ गए। अलाउद्दीन खिलजी किले में आया। रावल रतन सिंह ने बड़ी आवभगत की। अतिथि के नाते सत्कार दिया। जाते समय किले के प्रथम द्वार तक रावल रतन सिंह उसे पहुँचाने आए। धूर्त अलाउद्दीन प्रेम भरी बातें करते हुए उन्हें किले के बाहर दूर तक ले आया। भोले राजपूत प्रेम भरी बातों में आ गए। उन्हें स्मरण ही नहीं रहा कि यह हमारा शत्रु है। अलाउद्दीन की छावनी के समीप आते ही रतन सिंह बंदी बना लिए गए। अलाउद्दीन ने कहा कि पद्मिनी को हमारे पड़ाव में भेज दो, तब ही रतन सिंह मुक्त होंगे, अन्यथा नहीं।"

जब यह बात महल तक पहुँचती है तो सेनापति गोरा और उनके भतीजे बादल रावल रतन सिंह को मुक्त कराने के लिए एक योजना बनाते हैं। वे झूठ फैलाते हैं कि हम रानी पद्मिनी को देने के लिए राजी हैं, इसके बदले में खिलजी रतन सिंहजी को सकुशल मुक्त करे। योजना के अनुसार, 700 राजपूत वीर खिलजी के डेरे में जाते हैं। खिलजी अंतिम बार महारानी को महाराणा रतन सिंह से मिलने का अवसर देता है तो इस अवसर का लाभ उठाते हुए महारानी पद्मिनी रतन सिंहजी को कैद से मुक्त करवाती हैं। गोरा-बादल भयंकर युद्ध लड़ते हैं और महाराजा-महारानी सकुशल वापस चित्तौड़ आ जाते हैं।

सेनापति गोरा खिलजी की सेना को गाजर-मूली की तरह काट रहे थे, लेकिन तभी खिलजी के सेनापति जफर ने पीछे से वार किया। कहते हैं कि सेनापति गोरा का सिर धड़ से अलग होने के बाद भी केवल धड़ ने तलवार चलाते हुए सेनापति जफर को मौत के घाट उतार दिया। शत्रु सेना का विनाश करते-करते सेनापति गोरा वीरगति को प्राप्त हो जाते हैं। मात्र 12 वर्षीय युवा राजपूत सैनिक एवं सेनापति गोरा के भतीजे—बादल, जिनका युद्ध-कौशल एक प्रशिक्षित सैनिक से कहीं भी कमतर नहीं था, घायल हो जाते हैं। 'खुमाण रासो' के अनुसार, एक बार गोरा की पत्नी बादल से पूछती हैं, "जब तुम मेरे स्वामी के साथ थे, तो उन्होंने युद्ध में क्या-क्या किया था?"

रणक्षेत्र में गोरा के पराक्रम का वर्णन करते हुए बादल कहते हैं, "वे युद्ध में किसी किसान की तरह अपनी फसल काट रहे थे। वे स्वयं शत्रुओं के मृत शरीर को शय्या बनाकर, उनका तकिया लगाकर सो रहे थे, जहाँ एक बर्बर आततायी ने उन

पर हमला किया और वे वीरगति को प्राप्त हुए।"

इस घटना के लगभग 6 माह पश्चात् एक बार पुनः खिलजी चित्तौड़ को चारों तरफ से घेर लेता है। चित्तौड़ का रसद धीरे-धीरे खत्म होने लगता है। राजकोष और अन्य वस्तुएँ भी खत्म होने लगती हैं। लोककथाओं के अनुसार, रावल रतन सिंहजी को स्वप्न में चित्तौड़ की कुलदेवी का दर्शन होता है और कुलदेवी रतन सिंहजी से कहती हैं कि "जो मुकुट धारण किए हैं, उन्हें चित्तौड़ की रक्षा हेतु अपना रक्त देना होगा, अन्यथा चित्तौड़ की भूमि उनके हाथों से छिन जाएगी।" उसी समय रावल रतन सिंह अपने सामंतों को कुलदेवी का आदेश सुनाते हैं और युद्ध के लिए सज्जित अपने 12 बेटे और भतीजे को आदेश देते हैं कि उनमें से प्रत्येक एक-एक करके आक्रमण का नेतृत्व करेगा। युद्ध के तीसरे दिन तक अरि सिंह सहित 11 राजकुमार वीरगति को प्राप्त हो जाते हैं। उसी रात को रावल रतन सिंह अपने पुत्र कर्ण सिंह को उत्तरी द्वार से निकालकर केलवाड़ा भेज देते हैं, ताकि वे बाद में दुर्ग पर आक्रमण कर उस पर अपना अधिकार कर सकें। चौथे दिन रतन सिंह ने घोषणा की—"अब मैं स्वयं को चित्तौड़ की रक्षा में तिरोहित करता हूँ।"

8000 सैनिकों वाली राजपूत सेना अपने से तीन गुना बड़ी खिलजी की सेना पर टूट पड़ती है। वीरता से लड़ते हुए अंत में रावल रतन सिंह बलिदान हो जाते हैं और पीछे से महारानी पद्मिनी 20 से 30 हजार स्त्रियों के साथ जौहर कर लेती हैं।

वीरांगना महारानी पद्मिनी द्वारा किए गए बलिदान को स्मरण करते हुए किसी कवि ने ठीक ही लिखा है—

"हिंदू स्वाभिमान की रक्षा हेतु, महारानी पद्मिनी ने किया बलिदान,
जौहर की ये अमरकथा सुनकर, कायर में भी आ जाती जान।"

इतिहासकार डॉ. देव कोठारी के अनुसार, "ये रावल रतन सिंह और महारानी पद्मिनी के प्रेम और संघर्ष की अमर गाथा है। इसमें स्वाभिमान, स्वामी-धर्म और खिलजी जैसे ताकतवर शासक से लोहा लेकर रावल सिंह द्वारा मेवाड़ का दिल जीतना शामिल है। सौंदर्यवती पद्मिनी ने अपनी ससुराल और पीहर पक्ष के स्वाभिमान की रक्षा के लिए एक वीरांगना क्षत्राणी की भाँति जौहर कर खुद के साथ-साथ अन्य रानियों के प्राण त्यागे, यही कारण रहा कि पद्मिनी के इस कथानक को कवियों और इतिहासकारों ने अपनी लेखनी से अमर कर दिया।"

दूसरी तरफ रतन सिंह के पुत्र केलवाड़ा के जंगलों में शरण लेते हैं और वहीं से चित्तौड़ को मुस्लिम आक्रांताओं से मुक्त कराने के लिए अपनी सेना का विस्तार करते हैं। करण सिंह के दो पुत्र थे—राहप और माहप। एक तरफ राहप डूँगरपुर की

तरफ निकल जाते हैं तो दूसरी तरफ करण सिंह के दूसरे पुत्र माहप, जो एक वीर योद्धा थे, 'सिसोद' नाम के गाँव में बस जाते हैं और इसी गाँव के कारण कालांतर में इस वंश को 'सिसोदिया' के नाम से जाना जाता है।

जौहर आज भी किसी स्त्री के द्वारा किया गया सर्वोच्च बलिदान है, क्योंकि इस्लाम में एक प्रचलन था कि ये लोग मृत शरीर से भी शारीरिक संबंध बना लेते थे। उन इस्लामी दुष्टों को वीर स्त्रियों का नाखून भी न मिले, इसीलिए वे जीवित ही स्वयं को अग्नि को समर्पित कर देती थीं। कल्पना कीजिए कि एक शरीर को खुद से सुई भी चुभाना कितना मुश्किल कार्य है, फिर अगर प्राण निकलने में 7–8 मिनट भी लगे होंगे, तो उस समय में चमड़ी से लेकर केश जलने की वेदना पीड़ा कैसी रही होगी, हम और आप सिर्फ कल्पना ही कर सकते हैं। वर्तमान में कुछ तथाकथित हिंदू कहते हैं कि जौहर की क्या जरूरत थी, भोगदासी बन जातीं तो कम-से-कम जीवित तो रहतीं। दरअसल ऐसा कहने वाले व्यक्तियों की चेतना मर चुकी है। किसी को कोई हक नहीं बनता कि उन महान् स्त्रियों के सर्वोत्तम बलिदान को इस तरह बौना करे।

जौहर की चिता की अग्नि के कारण ही आज तक सनातन धर्म का अस्तित्व बचा हुआ है, क्योंकि जौहर की अग्नि का ताप महलों से बाहर दूर-दूर तक फैलता था। रानी पद्मिनी का बलिदान ही था कि जनमानस में यह संदेश गया कि जब हमारे राजघराने ने इन आक्रांताओं के आगे अपना मस्तक नहीं झुकाया तो हम भी इन निकृष्ट इस्लामी आक्रांताओं के सम्मुख नहीं झुकेंगे। शायद यही प्रेरणा रही होगी कि रावल रतन सिंहजी के पश्चात् भी सैकड़ों वर्षों तक सिसोदिया वंश के महाराजाओं ने अपने इस गौरवशाली इतिहास का स्मरण करते हुए विदेशी आक्रांताओं से सतत संघर्ष जारी रखा।

संदर्भ

- चित्तौड़ के जौहर व शाके, सवाई सिंह धमोरा
- MAHARANAS : A Thousand Year war for Dhrma (Dr. Omendra Ratnu)
- R.H. Dalmia Youtube Channal (https://youtu.be/eORs3PBTWBM)

□

महाराणा हम्मीर सिंह से महाराणा क्षेत्र सिंह (खेता) तक
(1326 से 1382 ई.)

'होनहार बिरवान के होत चीकने पात,' अर्थात् जो होनहार होते हैं, उनकी प्रतिभा बचपन में ही दिखाई देने लगती है। इस उक्ति को चरितार्थ करते हुए एक बालक मात्र 13 वर्ष की आयु में मुंजा डाकू की गर्दन अकेले ही काटकर भाले की नोक पर रखकर राजा के दरबार में प्रस्तुत होता है। जब वह स्वयं राजा बना तो संसाधन-विहीन होते हुए भी केवल अपने युद्ध-कौशल, साहस और धर्म-निष्ठा के बल पर चेतना-विहीन हो चुके सिसोदिया वंश को पुनर्जीवित किया। इतना ही नहीं, दिल्ली सल्तनत के सुल्तान मुहम्मद बिन तुगलक को 6 महीने तक अपने कारावास में बंदी बनाकर रखा। जानते हैं, उस प्रतापी राजा का नाम क्या था? उसका नाम था—महाराणा हम्मीर सिंह। आइए, सिसोदिया वंश की गौरवपूर्ण ऐतिहासिक यात्रा के तीसरे पड़ाव में महाराणा हम्मीर सिंह और गोरिल्ला युद्ध के जनक माने जाने वाले महाराणा क्षेत्र सिंह (खेता) का यशगान करते हैं।

जैसा कि दूसरे पड़ाव की चर्चा के दौरान हमने आपको बताया था कि रावल रतन सिंह और महारानी पद्मनी की वीरगति के पश्चात् 1303 ई. में पहली बार चित्तौड़ इस्लामी आक्रांतों के हाथ आया। इसके पश्चात् तीन दशकों तक मेवाड़ के शूरवीर लगातार चित्तौड़ की पुनर्प्राप्ति के प्रयास करते रहे, किंतु अपने अथक प्रयासों के बावजूद वे चित्तौड़ को हस्तगत नहीं कर सके। हालाँकि उस कालखंड के मध्य कुछ ऐसी घटनाएँ हुईं, जो इस वंश का भविष्य तय करने वाली साबित हुईं।

सन् 1303 में अलाउद्दीन खिलजी के साथ युद्ध पर जाने से पूर्व रावल रतन सिंह ने अपने पुत्र करण सिंह और सहोदरों को चित्तौड़ दुर्ग के गुप्त द्वार से बाहर

निकाल दिया था, ताकि वे बाद में दुर्ग पर आक्रमण कर उस पर अधिकार कर सकें। करण सिंह के दो पुत्र और थे, जिनका नाम था—राहप और माहप, जो बाद के समय में गोरिल्ला युद्ध लड़ते रहे। मातृभूमि की स्वाधीनता की ऐसी ही एक लड़ाई में करण सिंह को भी वीरगति प्राप्त हुई। राहप ने दक्षिण में जाकर 'सिसोद' नामक एक गाँव पर अपना आधिपत्य जमाया, जिसके बाद यह वंश 'सिसोदिया' कहलाया। इससे पूर्व यह 'गुहिल वंश' के नाम से ही जाना जाता था। राहप और माहप बहुत ही पराक्रमी राजा थे, परंतु अनगिनत हमलों के बाद वे भी वीरगति को प्राप्त हुए।

दिल्ली सल्तनत वापस लौटते हुए अलाउद्दीन खिलजी ने चित्तौड़ का शासन अपने बेटे खिज्र को सौंप दिया, जिसने चित्तौड़ का नाम 'खिज्राबाद' कर दिया। परंतु इसे चित्तौड़ की जनता का शौर्य कहें या प्रशासनिक कार्यों में हिंदुओं का प्रभाव, चित्तौड़ की जनता और तत्कालीन राजकारी हिंदुओं ने कभी भी इस नाम को स्वीकार नहीं किया।

खिज्राबाद के असफल दुस्साहस के बाद महाराजा भुवन सिंह खिलजी के पुत्र खिज्र से चित्तौड़ को मुक्त करवाने में सफल होते हैं। उधर दिल्ली में भी सत्ता-परिवर्तन होता है। खिलजी की मृत्यु के पश्चात् सल्तनत की गद्दी पर एक चालाक, किंतु विलासी मुहम्मद बिन तुगलक बैठ जाता है। लगभग सन् 1325 से 1330 के मध्य तुगलक जालौर के राजा मालदेव सोनगरा के साथ मिलकर भुवन सिंह से चित्तौड़ का राज्य फिर से छीन लेता है और मालदेव को चित्तौड़ का चौकीदार नियुक्त कर वापस दिल्ली चला जाता है।

महाराणा हम्मीर सिंह (1326-1364 ई.)

भुवन सिंह के पुत्र लक्ष्मण सिंह के दो पुत्र थे—अरि सिंह और अजय सिंह, जिनमें अरि सिंह अत्यंत प्रतिभाशाली और वीर राजा थे। एक दिन शिकार के दौरान एक जंगली सूअर का पीछा करते-करते रास्ते में उन्हें अत्यंत सुंदर कन्या दिखाई देती है, जो उनसे कहती है, " हे वीर! तुम मेरे खेत में मत आओ। तुम्हें जो चाहिए, मैं तुम्हें लाकर दूँगी।" अरि सिंह उसे सूअर के संदर्भ में बताते हैं। मात्र कुछ क्षणों में ही वह कन्या उन्हें वह सूअर मारकर सौंप देती है। अरि सिंह मन-ही-मन अचंभित होकर विचार करते हैं कि 'अगर इस वीरांगना नारी से मेरा पुत्र हो जाता है, तो वह कितना वीर होगा!' कुछ समय पश्चात् उनका विवाह उसी राजपूत कन्या से हो जाता है और उनको एक पुत्ररत्न की भी प्राप्ति होती है, जिसका नाम—हम्मीर सिंह रखा जाता है।

अरि सिंह के छोटे भाई राजा अजय सिंह केलवाड़ा नामक राज्य के राजा थे।

मुंजा बालीचा नामक डाकू उनके राज्य में अक्सर उत्पात मचाया करता था, जिससे क्रुद्ध होकर राजा अजय सिंह ने संपूर्ण राज्य में सार्वजनिक घोषणा करवाई कि "जो भी मुंजा बालीचा का वध करेगा और उसकी गर्दन काटकर लाएगा, उसे राजा की ओर से पुरस्कृत किया जाएगा।"

हम्मीर सिंह, जिनकी उम्र उस समय मात्र तेरह वर्ष थी, को पता चलता है कि मुंजा बालीचा इस वक्त एक मेले में आया हुआ है। वे अकेले ही उसपर हमला कर देते हैं और उसकी गर्दन काटकर भाले की नोक पर रखकर लाते हैं। अजय सिंह इस कार्य से अत्यंत प्रसन्न होते हैं और उन्हें सम्मानित करते हैं। अजय सिंह के राज्याधिकारी जब उन्हें बताते हैं कि तेरह वर्ष का यह बालक आपका भतीजा है तो वे अपने दोनों पुत्रों को अपदस्त करके हम्मीर सिंह का राज्याभिषेक करते हैं, अतः मात्र तेरह वर्ष का बालक मेवाड़ का महाराणा बन जाता है।

तेरह वर्ष के हम्मीर सिंह अपने वंश की परंपरानुसार चित्तौड़ पर हमला करना जारी रखते हैं। महाराणा हमीर सिंह संकल्प लेते हैं कि "या तो चित्तौड़ का उद्धार करूँगा, या मैं स्वर्ग जाकर पितृपक्ष के चरणों में अनंत शय्या पर शयन कर आनंद से दिन बिताऊँगा।" आगामी सात-आठ सालों तक वे दर्जनों बार चित्तौड़ को वापस पाने का प्रयास करते हैं, किंतु वे सफल नहीं होते हैं।

यहाँ उल्लेखनीय बात यह है कि ऐसा नहीं है कि चित्तौड़-विजय मात्र हम्मीर सिंह का ही जीवन-लक्ष्य था, मेवाड़ की जनता भी अपनी मातृभूमि को स्वतंत्र कराने के लिए अपना सर्वस्व अर्पण करने की इच्छा रखती थी। इसीलिए समतल इलाकों, जहाँ खेती ज्यादा होती थी, युद्ध के समय सभी ऐसी फसलों को आग लगा दी जाती थी, जिनका उपयोग दुश्मन कर सकता था। हजारों एकड़ जमीन बंजर बना दी जाती थी। आप विचार कीजिए, एक किसान जिसने फसल को अपने बच्चों की तरह पाला हो, वह अपने ही हाथों से उसे आग लगा देता था और उसके पीछे लक्ष्य सिर्फ इतना कि चाहे भूखे मर जाएँ, किंतु प्रत्यक्ष या अप्रत्यक्ष, किसी भी रूप में दुश्मन की सहायता नहीं होनी चाहिए।

चित्तौड़ विजय हेतु किए गए लगातार प्रयासों से राजकोष खाली हो गया, सैन्य संसाधनों की कमी होने लगी, यहाँ तक कि किसानों द्वारा अपनी ही फसल को जलाए जाने के कारण भोजन की भी कमी होने लगी। धीरे-धीरे प्रजा का पेट पालना मुश्किल हो रहा था। एक राज-व्यवस्था के संदर्भ में यह स्थिति अत्यंत भयंकर हो गई थी।

आठ वर्षों के सतत प्रयासों के बावजूद मिली असफलता और अपनी प्रजा

के दु:खों से व्यथित हम्मीर सिंह जल-समाधि लेने के विचार से अपने कुछ सैनिकों के साथ द्वारकापुरी जा रहे थे, तभी रास्ते में वे खोड़ नामक गाँव में ठहरे। अब इसे ईश्वरीय घटना कहिए या कालचक्र! वहाँ उन्हें एक चारण महिला मिलती हैं, जिसका नाम था—बरवड़ी देवी। हम्मीर बरवड़ी देवी को अपनी व्यथा सुनाते हैं।

बरवड़ी देवी—"तुझे चित्तौड़ मिलेगा।"

हम्मीर सिंह—"न तो मेरे पास राजकोष है, न सैन्य संसाधन, तो यह कैसे संभव होगा?"

बरवड़ी देवी—"मेरा बेटा बारू तीन महीने बाद पाँच सौ घोड़े लेकर तेरे पास पहुँच जाएगा, तू पाँच सौ घोड़ों से अपनी सेना तैयार करना और मेरा यह वचन याद रखना, तेरे लिए एक ऐसे स्थान से विवाह का प्रस्ताव आएगा, जो तेरे लिए बिल्कुल अनपेक्षित होगा, पर तू मना मत करना, मेरा आशीर्वाद मानकर स्वीकार कर लेना। चित्तौड़ को वापस हासिल करने में वह प्रस्ताव अत्यंत ही उपयोगी होगा।"

हम्मीर मन-ही-मन यह विचार करते हुए कि मृत्यु से अच्छा होगा कि यह अंतिम प्रयास भी कर लिया जाए, वापस केलवाड़ा लौट आते हैं। केलवाड़ा में धीरे-धीरे भीलों और अपनी बची हुई सेना को तैयार करते हैं। जैसा कि देवी बरवड़ी का आदेश हुआ था, ठीक तीन महीने बाद बारू चारण पाँच सौ घोड़े और ढेर सारा धन लेकर हम्मीर सिंह के पास पहुँच जाता है। अब हम्मीर अपनी सेना और बारू के लाए संसाधनों की मदद से चित्तौड़ को पुन: प्राप्त करने की तैयारी करते हैं।

इधर मालदेव सोनगरा, जोकि तुगलक का नियुक्त किया हुआ चित्तौड़ प्रशासक था, उससे उसके सलाहकार कहते हैं, "जब तक हम्मीर जिंदा है, मेवाड़ के संसाधनों पर हमारा अधिकार होना संभव नहीं है, तो उचित यही होगा कि हम्मीर से संधि कर ली जाए।" अपने सलाहकारों के कहने पर मालदेव सोनगरा अपनी बेटी के विवाह का प्रस्ताव हम्मीर के पास भेजता है। चूँकि पूर्व में हम्मीर और मालदेव सोनगरा के मध्य कई बार युद्ध हो चुके थे, तो हम्मीर और उनके सलाहकारों को इस प्रस्ताव पर शंका होती है, फिर उन्हें माता बरवड़ी देवी का वह वचन याद आता है, जिसमें उन्हें कहा गया था कि 'एक अप्रत्याशित जगह से तुझे विवाह का प्रस्ताव मिलेगा, तू मना मत करना।' हम्मीर सिंह कहते हैं, "राजपूत के भाग्य में क्या लिखा है, एक पल के लिए किसी राज्य का राणा और महाराणा बन के दुनिया भर की सुख-सुविधाओं का सेवन करना, दूसरे ही पल तलवार के वार से घायल होकर अपने शरीर के लहू की आखिरी बूँद तक अपनी मातृभूमि को अर्पण कर देना।" उस समय प्रथा थी कि यदि कोई नारियल स्वीकार कर लेता था,

तो संबंध निश्चित मान लिया जाता था, और हम्मीर नारियल स्वीकार कर लेते हैं।

मालदेव सोनगरा की पुत्री के संबंध में भी अलग-अलग मत हैं। एक मत यह है कि मालदेव की पुत्री बाल-विधवा थी और मालदेव उससे पीछा छुड़ाना चाहता था। हालाँकि इतिहासकार श्यामलदासजी इस बात को सिरे से खारिज करते हैं कि किसी बाल-विधवा से महाराणा का विवाह हुआ हो। चूँकि तत्कालीन साहित्यिक साक्ष्य पूर्ण रूप से समाप्त कर दिए गए हैं, इसलिए वर्तमान में इस बात की पुष्टि करना संभव नहीं है।

सात-आठ सौ घुड़सवारों के साथ राजा हम्मीर चित्तौड़ में विवाह के लिए पहुँच जाते हैं, तभी मालदेव की पुत्री राजा हम्मीर से कहती है कि आप मौजीराम नाम के नौकर को मेरे पिता से माँग लीजिए। मौजीराम, जोकि बहुत ही चालाक था, उसे हम्मीर मालदेव से माँग लेते हैं और फिर वे अपनी पत्नी के साथ वापस केलवाड़ा लौट आते हैं।

बरवड़ी देवी के आशीर्वाद से चित्तौड़ विजय

कुछ दिनों तक केलवाड़ा में अपने संसाधनों का विस्तार करने के बाद एक दिन मौजीराम हम्मीर सिंह के पास आकर कहता है—"आपने जिस कार्य के लिए मुझे मालदेव से माँगा है, वह कार्य पूर्ण करने का समय आ गया है। आप शिकार का बहाना बनाकर चित्तौड़ की ओर चले जाएँ। मैं चित्तौड़ के सैनिकों को जानता हूँ, अतएव मैं वहाँ के द्वार खुलवा दूँगा, इसके बाद आप आराम से किले में प्रवेश कर सकते हैं।"

तत्पश्चात् योजना अनुसार एक दिन राजा हम्मीर चित्तौड़ की ओर प्रस्थान करते हैं। संयोग से मालदेव किले में नहीं था, मौजीराम द्वार खुलवा देता है। राजा हम्मीर और उनकी सेना चित्तौड़ दुर्ग पर आक्रमण कर उस पर अपना अधिकार जमा लेती है। इस तरह हम्मीर अपने पुरखों की खोई हुई विरासत को पुनः प्राप्त कर लेते हैं और 1336 ई. में चित्तौड़ पर पूर्ण रूप से अपना आधिपत्य स्थापित कर लेते हैं। इस तरह सिसोदिया वंश के सबसे प्रतिभाशाली महाराणाओं में से एक हम्मीर सिंह का कार्यकाल प्रारंभ होता है।

जब मालदेव सोनगरा को पता चलता है कि चित्तौड़ के किले पर राजा हम्मीर का आधिपत्य स्थापित हो चुका है, तो वह तुगलक के पास मदद के लिए जाता है। तुगलक और मालदेव की संयुक्त सेना हम्मीर पर आक्रमण करने के लिए निकल पड़ती है। दूसरी तरफ जब हम्मीर के चित्तौड़ वापस आने की सूचना

आसपास की रियासतों तक पहुँचती है, तो मानसिक रूप से मृत पड़े हिंदू सामंतों और रियासतों में फिर से नई चेतना जाग्रत् हो जाती है। वे हम्मीर को अपना समर्थन देने पहुँचते हैं और देखते-ही-देखते लगभग बीस हजार सैनिकों की एक मजबूत सेना उनके साथ जीने-मरने को तैयार हो जाती है।

दिल्ली के सुल्तान को 6 माह तक बंदी बनाकर रखा

अब हम्मीर सिंह के इरादे भी बुलंद थे। यह जानते हुए कि तुगलक और मालदेव की संयुक्त सेना दिल्ली से चित्तौड़ की ओर निकल चुकी है, वे अपनी युद्ध-नीति में परिवर्तन करते हुए चित्तौड़ में उनकी प्रतीक्षा करने की बजाय सिंगोली नामक जगह पर अपने से तीन गुनी बड़ी सेना पर हमला बोल देते हैं। राजा हम्मीर और उनके सैनिक अदम्य साहस का प्रदर्शन करते हैं। मालदेव वहाँ से भाग जाता है। राजा हम्मीर तुगलक के पोते को युद्धक्षेत्र में ही मार देते हैं और तुगलक को बंदी बनाकर चित्तौड़ ले आते हैं। छह महीने तक तुगलक को पशुओं की तरह बंदी बनाकर रखा जाता है। तुगलक बार-बार हम्मीर से अपने जीवन की भीख माँगता है। तुगलक हम्मीर सिंह के सामने एक लिखित प्रस्ताव रखता है कि अगर हम्मीर उन्हें स्वतंत्र कर दे तो पूरा राजस्थान, हरियाणा और पंजाब से लेकर अफगानिस्तान तक की भूमि के साथ-साथ लगभग पाँच हजार घोड़े, पाँच सौ हाथी और पाँच लाख सोने की मुद्राएँ देगा।

जैसा कि पहले पड़ाव में हमने आपसे चर्चा की थी कि क्षमाशील होने के कारण हिंदू राजा अक्सर भावनाओं के वशीभूत होकर शत्रु को जीवनदान दे दिया करते थे। हिंदू राजाओं द्वारा जीवनदान देने की भूल के परिणाम इतिहास में अक्सर घातक सिद्ध होते थे। यही घटनाक्रम एक बार पुनः दोहराया गया।

तुगलक द्वारा बार-बार जीवनदान की याचना करने पर राजा हम्मीर उसे कारावास से मुक्त कर देते हैं; हालाँकि हम्मीर तुगलक को चेतावनी देते हुए कहते हैं कि "मुड़ के देख तुगलक! यह मत समझना कि मैं तुझे इसलिए मुक्त कर रहा हूँ, जिससे तू वापस चित्तौड़ पर आक्रमण करेगा। अगर तूने यह दुस्साहस किया तो मैं चित्तौड़ में बैठकर नहीं, चित्तौड़ से बाहर आकर तेरा सर्वनाश करूँगा।" हम्मीर और तुगलक का यह संवाद पूर्ण रूप से सत्य और प्रमाणित है।

कालांतर में मालदेव का पुत्र बनबीर भी हम्मीर की शरण में आकर उनसे संरक्षण माँगता है। हम्मीर उसे चार छोटे राज्य देते हुए कहते हैं कि "अब तक तूने विधर्मी के साथ कार्य किया है, अब तू पहली बार अपने हिंदू भाई के पास आया

है, मैं तेरे साथ पूर्ण न्याय करूँगा। अब तुझे एकलिंगजी और माँ भवानी के अलावा किसी के सामने अपना सिर झुकाने की आवश्यकता नहीं है।"

सन् 1383 से 1390 के मध्य राजा हम्मीर सिंह अपनी देह त्याग देते हैं। यहाँ यह बात विशेष रूप से उल्लेखनीय है कि उनके देह त्याग के समय मेवाड़ का राजवंश और राजकोष, दोनों ही अपने चरम पर थे।

आप विचार कीजिए, कितनी बड़ी साजिश रची गई होगी कि हमारे देश के इतिहास से महाराणा हम्मीर का नाम मिटा दिया गया। हमारे बच्चों को महाराणा हम्मीर के बारे कुछ नहीं पता, परंतु संधि करके जीवनदान माँगने वाले तुगलक का नाम जरूर पता है। आप विचार करके देखिए, अगर हम्मीर नहीं होते तो कोई साँगा न होता, कोई प्रताप न होता, कोई कुंभा न होता और गजवा-ए-हिंद का नारा देने वाले धर्मांध मुस्लिम शासक अपने कुत्सित इरादों में सफल हो जाते तथा हम सब मुस्लिम बन गए होते।

आज हिंदुओं का यह दायित्व है कि इतने प्रतापी राजा की वीरगाथा अपनी आने वाली पीढ़ियों को पढ़ाएँ और बताएँ कि वे कौन लोग थे, जिनके कारण हमारी हस्ती बनी हुई है।

गुरिल्ला युद्ध के जनक : महाराणा क्षेत्र सिंह (खेता सिंह) (1365-1382 ई.)

महाराणा हम्मीर सिंह के पंच-तत्त्व में विलीन होने के पश्चात् महाराणा खेता के नाम से विख्यात क्षेत्र सिंह मेवाड़ के महाराणा बनते हैं। क्षेत्र सिंह भी अपने पिता की तरह प्रतापी राजा थे। महाराणा क्षेत्र सिंह को गुरिल्ला युद्ध का जनक माना जाता है।

एक बार मालवा का सेनापति अमी शाह उर्फ दिलावर खान नामक एक लुटेरा चित्तौड़ पर हमला करने के लिए अपनी बीस हजार की सेना लेकर आगे बढ़ता है, परंतु क्षेत्र सिंह चित्तौड़ में ही बैठे रहते हैं, तो उनके सलाहकार उन्हें याद दिलाते हैं कि कैसे हम्मीर सिंह चित्तौड़ के बाहर निकलकर युद्ध लड़े थे।

दरअसल महाराणा क्षेत्र सिंह ने अलग ही योजना बना रखी थी। क्षेत्र सिंह दिलावर के आने का इंतजार करते हैं। जब वह पहाड़ों के मध्य में आ जाता है, तो वे पीछे से उसका रास्ता बंद कर देते हैं और पहाड़ों के मध्य ही उसकी बीस हजार सेना को मार गिराते हैं। गुरिल्ला युद्ध-कला की यही खासियत होती है कि अगर आपके पास मात्र दो हजार की सेना है और आपको बीस हजार की सेना का

भी सामना करना है तो आप कर सकते हैं। अपने पिता महाराणा हम्मीर के समान पराक्रम का परिचय देते हुए महाराणा खेता ने भी दिलावर खान को कई महीनों तक बंदी बनाकर रखा।

जैसा कि आपको बताया गया कि माता बरवड़ी देवी के आदेश पर उनका बेटा बारू चित्तौड़ आकर वहीं रुक जाता है। महाराणा क्षेत्र सिंह उसे अपने भाई का दर्जा देते हैं। हाड़ा राजपूत, जोकि बूँदी से थे, क्षेत्र सिंहजी से संबंध का प्रस्ताव भेजते हैं, तब क्षेत्र सिंहजी की जगह पहले बारू को भेजा जाता है। हाड़ा बारू को एक उपहार देने की पेशकश करते हैं, परंतु बारू यह कहते हुए मना कर देते हैं कि "मैं सिसोदिया वंश का चारण हूँ, मैं उनके अलावा किसी भी राजवंश से उपहार नहीं ले सकता।" हाड़ा इसे अपनी प्रतिष्ठा का प्रश्न बना लेते हैं और कहते हैं कि "अगर आपने उपहार स्वीकार नहीं किया तो युद्ध के लिए तैयार रहें।"

अंत में बारू कहते हैं कि "मैं आपका उपहार स्वीकार करूँगा, परंतु पहले आपको मेरा उपहार लेना होगा।" इस बात पर हाड़ा के राजा सहमत हो जाते हैं। बारू अपनी गर्दन काटकर हाड़ा को भेज देते हैं। जब क्षेत्र सिंह को अपने भाई बारू की मृत्यु का समाचार मिलता है तो वे गुस्से में हाड़ा से युद्ध की घोषणा कर देते हैं और ऐसे ही एक युद्ध में क्षेत्र सिंह की मृत्यु हो जाती है।

अब इसे हमारा दुर्भाग्य कहिए या धर्मविरोधी ताकतों का प्रभाव, भारत के इतिहास से ऐसे वीर वंश और महाराणाओं के शौर्य को छुपा दिया गया। हमारे बच्चों ने मुगलों का इतिहास तो पढ़ा, पर हमें न खेता का पता है, न हम्मीर सिंहजी का, अब हम सबका उत्तरदायित्व बनता है कि हम अपने बच्चों को इन महापुरुषों की वीर-गाथाओं की जानकारी प्रदान करें।

संदर्भ

- History of Mewar, from Earliest Times to 1751 A.D., Ram Vallabh Somani (1976, पृ. 105)
- उदयपुर राज्य का इतिहास, गौरीशंकर हीराचंद ओझा
- MAHARANAS: A Thousand Year war for Dhrma (Dr. Omendra Ratnu)
- Rhdalmia youtube channel: https://youtu.be/eORs3PBTWBM

□

महाराणा लक्ष्य सिंह (लाखा)

(1382-1421 ई.)

कहते हैं कि भारत का स्वर्णिम इतिहास राजसत्ता की प्राप्ति हेतु किए जाने वाले भीषण युद्धों का विवरण मात्र नहीं है, इसमें शौर्य, पराक्रम एवं बलिदान के साथ-साथ जीवन को जीवंतता प्रदान करने वाली त्याग की कहानियाँ भी हैं। ऐसी ही एक कहानी है—राजस्थान के भीष्म पितामह कहे जाने वाले राजकुमार चुंडा की, जिन्होंने अपने पिता की अव्यक्त इच्छा की पूर्ति करते हुए मेवाड़ के राजसिंहासन का परित्याग कर दिया। आइए, सिसोदिया वंश की गौरवपूर्ण ऐतिहासिक यात्रा के इस चौथे पड़ाव में हम शुरुआत करते हैं महाराणा 'लाखा' के नाम से विख्यात महाराणा लक्ष्य सिंह से, जिन्होंने दिल्ली के सुल्तान को तीन माह से अधिक दिनों तक बंदी बनाकर रखा।

सन् 1382 में महाराणा क्षेत्र सिंह के महापरिनिर्वाण के पश्चात् उनके पुत्र महाराणा लक्ष्य सिंह मेवाड़ के राजसिंहासन पर विराजमान होते हैं। महाराणा लाखा के जीवन की तीन मुख्य घटनाएँ हैं, जिनका संक्षिप्त विवरण इस प्रकार है—

1. तीन माह से भी अधिक दिनों तक बंदी बना रहा दिल्ली का सुल्तान : ऐतिहासिक साक्ष्यों के अनुसार, मेवाड़ क्षेत्र में लूटपाट करने वाले वैराटगढ़ पहाड़ी के लुटेरों का वध कर महाराणा लाखा ने उदयपुर के निकट बदनौर नामक नवीन नगर बसाया था। जब तथाकथित दिल्ली सुल्तान ने बदनौर पर आक्रमण किया तो महाराणा लाखा ने उसे परास्त कर 3 माह से अधिक समय तक बंदी बनाकर रखा।

एम.एस. अहलूवालिया (पुस्तक Muslim Expansion in Rajasthan, पृ. 168) के अनुसार, "महाराणा लक्ष्य सिंह ने बदनौर के निकट दिल्ली के सुल्तान को पराजित किया और काशी, गया व प्रयाग जैसे पवित्र स्थानों की यात्रा

के लिए हिंदुओं पर लगाए जाने वाले तीर्थयात्रा कर (जजिया) से मुक्ति दिलाई।"

इतिहासकार जेम्स टॉड के अनुसार, वह शासक लोदी था, परंतु उस कालक्रम में लोदी का शासन हो नहीं सकता। अन्य इतिहासकार दिल्ली के फिरोजशाह तुगलक के होने का अनुमान लगाते हैं। हालाँकि इससे कम-से-कम यह स्पष्ट हो जाता है कि दरबारी इतिहासकारों ने तथाकथित दिल्ली सल्तनत के सुलतानों की महानता के जो किस्से गढ़े हैं, वे सरासर गलत हैं। पहले हम्मीर सिंहजी, फिर लाखा और मोकल से लेकर महाराणा साँगा तक, सभी हिंदू सम्राट् तथाकथित दिल्ली सल्तनत के सुलतानों को जूते की नोक पर कैद करके रखते हैं। कितने शर्म की बात है कि इसके बावजूद हमारे इतिहासकार इस तथाकथित दिल्ली सल्तनत का झूठ परोसने से बाज नहीं आते।

2. जावर की खोज : विश्व की सबसे पुरानी जस्ता की खान : दूसरी घटना मेवाड़ साम्राज्य के आर्थिक सशक्तीकरण की दृष्टि से अत्यंत महत्त्वपूर्ण है। महाराणा लक्ष्य सिंह के कार्यकाल के दौरान जावर की खान की खोज होनी बाकी थी। जावर की खान से मूलतः टिन निकलता था, परंतु इसके साथ ही उसमें चाँदी भी मिल गई। मुद्रा के रूप में उपयोग होने वाली चाँदी के मिलने से मेवाड़ साम्राज्य आर्थिक रूप से काफी सुदृढ़ हो गया। आने वाले कई वर्षों या यों कहें कि कई पीढ़ियों तक जावर की खान मेवाड़ राजवंश के राजकोष का मुख्य स्रोत बनी। यह इतना बड़ा स्रोत था कि हल्दीघाटी के युद्ध के बाद प्रताप ने सबसे पहले जावरा की खान को पुनः अधिकार में लिया।

जावर की खान विश्व की सबसे पुरानी जस्ता की खान है। इसे वर्ष 2018 में भारत सरकार द्वारा 34वीं राष्ट्रीय भूवैज्ञानिक स्थल घोषित किया गया है।

3. राजस्थान के भीष्म-पितामह—राजकुमार चुंडा : तीसरी घटना सनातन संस्कृति के उन संस्कारों को प्रदर्शित करती है, जब भीष्म पितामह की तरह एक पुत्र ने अपने पिता की अप्रत्यक्ष इच्छा का भी सम्मान करते हुए राजसिंहासन तक त्याग दिया।

दरअसल महाराणा लाखा के बड़े पुत्र थे—चुंडा। अत्यंत प्रतिभाशाली और तेजस्वी होने के कारण राजकुमार चुंडा का महाराणा लाखा का उत्तराधिकारी बनना लगभग तय था। एक बार मंडोर रियासत के राव रिणमल अपनी बहन के विवाह का प्रस्ताव लक्ष्य सिंहजी के पुत्र चुंडा के लिए लेकर आए। उस समय लक्ष्य सिंहजी अपनी वृद्धावस्था में थे और चुंडा शिकार पर गए हुए थे। लक्ष्य सिंहजी ने रिणमल से कहा, "आप विश्राम कीजिए, तब तक चुंडा शिकार से वापस आ

जाएगा।" साथ-ही-साथ विनोद में यह भी कहा, "आप मुझ जैसे बूढ़े के लिए तो विवाह का यह नारियल लाए नहीं हैं, तो चुंडा के आने का इंतजार करें। (जैसा कि पहले वर्णन किया जा चुका है कि हिंदू धर्म में विवाह का प्रस्ताव नारियल देकर दिया जाता था।)

चुंडा जब शिकार खेलकर वापस आते हैं, तो उन्हें राज्याधिकारियों द्वारा पूरी बात बताई जाती है। चुंडा अपने पिता की इस अप्रत्यक्ष मनोस्थिति को भाँपते हुए कहते हैं, "अगर मेरे पिता ने ऐसी बात कही है, तो कहीं-न-कहीं उनके मन में यह आकांक्षा अवश्य है। अब यह विवाह मेरे पिता के साथ तो हो सकता है, किंतु अपने लिए मुझे यह प्रस्ताव स्वीकार नहीं।" राव रिणमल इस बात से परेशान हो जाते हैं कि मैं इस वृद्ध महाराणा से अपनी बहन का विवाह कैसे करूँ। तब चुंडा उन्हें सुझाव देते हैं कि आप किसी चारण को बुलाइए, ताकि इस बारे में विस्तार से बात की जा सके। राव रिणमल चंदन नामक चारण को बुलाते हैं। चंदन चारण चुंडा को समझाने का प्रयास करते हैं। परंतु चुंडा स्पष्ट शब्दों में विवाह करने से मना कर देते हैं, साथ-ही-साथ यह आश्वासन देते हैं कि "मैं अपनी आने वाली पीढ़ियों सहित अपने राजसिंहासन पर बैठने के अधिकारों का परित्याग करता हूँ। जो पुत्र महाराणा लक्ष्य सिंह और जोधपुर की राजकुमारी से पैदा होगा, वह भविष्य में मेवाड़ का राज्याधिकारी होगा और मैं जीवनपर्यंत उसके अंतर्गत मेवाड़ की सेवा करूँगा।"

अब चंदन चारण रिणमल को सुझाव देते हैं कि "आपको लाखा से अपनी बहन का विवाह कर देना चाहिए, क्योंकि पुराना चंदन हमेशा नए चंदन से बेहतर होता है। साथ-ही-साथ चुंडा यह आश्वासन देने को भी तैयार हैं कि वे और उनकी संततियाँ राजवंश पर अपना अधिकार नहीं जताएँगी।"

एक तरफ सल्तनत और मुगलकालीन इतिहास में हमें ऐसे अनेकानेक उदाहरण मिलते हैं, जहाँ सत्ता का सिंहासन प्राप्त करने के लिए कितने दुर्दांत तरीके से भाई ने भाई की और पुत्र ने पिता की हत्या कर दी। वहीं दूसरी तरफ मेवाड़ के इतिहास में चुंडा जैसे राजकुमार हुए, जो अपने पिता की अप्रत्यक्ष इच्छा का भी सम्मान करते हुए अपने राज्याधिकारों का परित्याग कर देते हैं। यह बात चुंडा को भीष्म पितामह के समकक्ष लाकर खड़ा करती है, क्योंकि राज्याधिकारी होते हुए भी अपनी आने वाली पीढ़ियों सहित राजसत्ता के परित्याग का उदाहरण हमें कहीं नहीं मिलता।

इस प्रकार राव रिणमल सहमत हो जाते हैं और अपनी बहन का विवाह

महाराणा लाखा से कर देते हैं। चुंडा अपने वचन का पालन करते हुए सत्ता पर बिना अधिकार जताए मेवाड़ की सेवा करते हैं। हालाँकि कालांतर में महाराणा लाखा व जोधपुर की राजकुमारी के पुत्र और उसके सहयोगियों द्वारा अपमानित किए जाने पर चुंडा मेवाड़ छोड़कर चले जाते हैं। कालांतर में चुंडा की पीढ़ियाँ 'चुंडावत' के नाम से प्रसिद्ध हुईं। राजकुमार चुंडा द्वारा दिए गए वचन का मान रखते हुए चुंडावतों ने जीवनपर्यंत कभी भी मेवाड़ पर अपना अधिकार नहीं जताया।

महाराणा लाखा अपनी वृद्धावस्था में 'गया' (वर्तमान बिहार) गए, जहाँ काबा जाति के मुस्लिम लुटेरे हिंदू जनता को परेशान किया करते थे। महाराणा लाखा ने उन काबाओं से युद्ध कर उन्हें पराजित किया। ऐसे ही एक युद्ध में लाखा को वीरगति मिली।

महाराणा लाखा की अन्य उपलब्धियाँ

- महाराणा लाखा एक पराक्रमी शासक, प्रकांड विद्वान् और प्रसिद्ध संगीतज्ञ थे। धनेश्वर भट्ट व झोटिंग भट्ट नामक दो प्रसिद्ध संगीतज्ञ उनके दरबार की शोभा बढ़ाते थे।
- रावल रतन सिंह की मृत्यु के पश्चात् अलाउद्दीन खिलजी द्वारा तोड़े गए मेवाड़ के मंदिरों व किलों का पुनर्निर्माण महाराणा लाखा ने करवाया।
- नटनी का चबूतरा—जनश्रुतियों के अनुसार एक बार महाराणा लाखा ने एक नटनी से कहा कि यदि वह पिछोला झील को रस्सी पर चलकर पार कर लेती है तो वे उसे मेवाड़ राज्य का आधा हिस्सा दे देंगे। जैसे ही नटनी शर्त स्वीकार कर झील के दोनों किनारों पर पोल गाड़ते हुए रस्सी पर चलने लगी, आधा राज्य जाने के डर से सामंतों ने नटनी की रस्सी काट दी, जिससे वह पिछोला झील में गिरकर मर गई। सामंतों के इस कुकृत्य से क्षुब्ध महाराणा लाखा ने पिछोला झील के पास ही नटनी की स्मृति में उसके चबूतरे का निर्माण करवाया।

संदर्भ

- Muslim Expansion in Rajasthan, एम.एस. अहलूवालिया, पृ. 168
- https://timesofindia.indiatimes.com/city/udaipur/Ramgarh-Zawar-accepted-as-geo-heritage-sites-in-

Rajasthan/articleshow/55397382.cms

- MAHARANAS: A Thousand Year war for Dhrma (Dr. Omendra Ratnu)
- Rhdalmia youtube channel: https://youtu.be/l-sivnUCNxg

□

महाराणा कुंभा
(1433-1468 ई.)

"राणा कुंभा का नाम अमर, दुश्मन थर्राता देख मगर।
कुंभलगढ़ भी है अमरधाम, जहाँ सिर झुकते, करते प्रणाम।
वह वीर बहादुर कुंभा था, हिमाचल जैसा खंभा था।
वह सौ हाथी सा बलशाली, वह पराक्रमी और महाबली।
मालवा बादशाह कैद हुआ, तो विजयस्तंभ निर्माण हुआ।
यह एक अनोखी यादगार, जो इतिहासों में नाम हुआ।"

महाराणा कुंभा का यशगान करती भगवान लाल शर्मा 'प्रेमी' की ये पंक्तियाँ हमें याद दिलाती हैं एक अजेय योद्धा के बारे में, जिन्होंने अपने जीवनकाल में 56 युद्ध लड़े और एक भी युद्ध में परास्त नहीं हुए। जिसने मालवा के सुल्तान महमूद खिलजी को 6 माह तक कैद करके रखा और स्मृति के रूप में चित्तौड़ के दुर्ग में विजयस्तंभ का निर्माण करवाया। एक प्रजापालक शासक, जिनके बारे में कहा जाता है कि वे अपने साम्राज्य में जहाँ कहीं भी लोगों को प्यास से परेशान देखते थे, तालाब खुदवा दिया करते थे।

आइए, सिसोदिया वंश की गौरवपूर्ण ऐतिहासिक यात्रा के पाँचवें पड़ाव में चर्चा शुरू करते हैं एक वीर योद्धा, कुशल रणनीतिकार, लेखक एवं संगीतकार के बारे में, जिनके महान् व्यक्तित्व को दरबारी इतिहासकारों द्वारा काल के गर्भ में दफन करने का कुत्सित प्रयास किया गया।

ज्यादातर इतिहासकार महाराणा कुंभा को चंद्रगुप्त मौर्य, सम्राट् अशोक और विक्रमादित्य के समकक्ष मानते हैं। कुंभा के जन्म की घटना भी अत्यंत रोचक है।

कुंभा के पिता महाराणा मोकल की दो रानियाँ थीं। छोटी रानी बड़ी रानी से पहले ही गर्भवती हो गईं। बड़ी रानी के मन में यह विचार घर कर गया कि अगर छोटी रानी को बच्चा मुझसे पहले हो गया, तो छोटी रानी का पुत्र कल का उत्तराधिकारी महाराणा होगा। ऐसी ईर्ष्या बहुविवाह के कारण राजघरानों में स्वाभाविक थी। बड़ी रानी ने तंत्र-विद्या की सहायता ली, जिससे छोटी रानी को नौ माह तक प्रसव-पीड़ा ही नहीं हुई। धीरे-धीरे राजघराने के लोगों को इसकी चिंता होने लगी।

किसी ने जैसलमेर में रामदेवरा के पास रहने वाले चमत्कारी पुरुष बाबा रामदेव के पास जाने का सुझाव दिया। जब वे लोग बाबा के पास पहुँचते हैं, तब तक बाबा जीवित समाधि का विचार बना चुके थे। बाबा रामदेव कहते हैं कि "मैंने समाधि का विचार कर लिया है, अतः आप मेरे चाचा धर्मस्वरूपजी के पास जाएँ, वे आपकी सहायता जरूर करेंगे।"

तत्पश्चात् सभी लोग धर्मस्वरूपजी के पास जाते हैं। धर्मस्वरूपजी अलग-अलग तरीके से समस्या का निवारण करने का प्रयास करते हैं, किंतु उनके अथक पूजा-पाठ के एक माह के बाद भी छोटी रानी को प्रसव-पीड़ा नहीं होती है। आखिरकार थक-हारकर धर्मस्वरूपजी एक झूठ फैलाते हैं और सामंतों से कहते हैं कि यह प्रचारित कर दो कि छोटी रानी को पुत्र हो गया है। सामंत ऐसा ही करते हैं, जिसके पश्चात् मेवाड़ नगर में ढोल बजा दिया जाता है कि छोटी रानी को पुत्र की प्राप्ति हुई है।

बड़ी रानी को जब यह समाचार मिलता है कि छोटी रानी को पुत्र हो गया है तो क्रोध में आकर वह तंत्र-विद्या वाले कुंभ (मिट्टी का घड़ा) को फोड़ देती है। उस घड़े के फूटते ही छोटी रानी को प्रसव-पीड़ा होती है और मेवाड़ साम्राज्य को अपने उत्तराधिकारी के रूप में एक बालक की प्राप्ति होती है, जिसका नाम 'कुंभकर्ण' रखा जाता है, लेकिन जब लोगों को बड़ी रानी के तंत्र वाले घड़े के बारे में पता चला तो उन्हें 'कुंभा' के नाम से संबोधित किया जाने लगा।

महाराणा कुंभा की युद्ध-नीति

कुंभा जब महाराणा बने तो उनके सम्मुख तीन तरफ से चुनौतियाँ थीं। गुजरात का कुतुबुद्दीन, मालवा का सुल्तान महमूद खिलजी और नागौर का शम्स खाँ, तीन ओर से मेवाड़ को घेरकर बैठे हुए थे। कुंभा ने उन तीनों मुस्लिम शासकों से छोटे-बड़े छप्पन युद्ध लड़े, पर एक भी युद्ध नहीं हारे।

महमूद खिलजी को कुंभा ने सारंगपुर के युद्ध में गिरफ्तार किया और अपने

यहाँ 6 माह तक कैद करके रखा। किंतु जैसाकि पिछले पड़ावों में चर्चा की गई है कि हिंदू राजा अक्सर मुस्लिम आक्रांताओं को रणक्षेत्र में परास्त करने के पश्चात् उनका वध करने के बजाय तरस खाकर छोड़ दिया करते थे। यही भूल महाराणा कुंभा ने भी की। उन्होंने महमूद खिलजी को कैद करने के पश्चात् छोड़ दिया। रिहाई की भीख माँगने वाला महमूद खिलजी कैद से छूटने के बाद लगभग 6 बार महाराणा कुंभा पर आक्रमण करता है, लेकिन हर बार महमूद खिलजी को हारकर रणभूमि से भागना पड़ता है। हालाँकि हजारों लोग मारे जाते हैं, स्वयं कुंभा को बहुत सी परेशानियों का सामना करना पड़ता है। यदि महाराणा कुंभा पहले ही दुष्ट महमूद खिलजी का वध कर देते तो शायद युद्ध में दोनों तरफ से होने वाली जन-धन की हानि को रोका जा सकता था।

दूसरी ओर, कुतुबुद्दीन जैसे नीच व्यक्ति ने आबू की तरफ से होते हुए कुंभलगढ़ पर हमला किया, जहाँ कुलदेवी बाणमाता का मंदिर था। उस वक्त महाराणा कुंभा पूर्वी दिशा में किसी युद्ध में व्यस्त थे। महाराणा कुंभा की अनुपस्थिति का लाभ उठाकर उस कायर कुतुबुद्दीन ने बाणमाता की मूर्ति का चूर्ण बना दिया और उस चूर्ण को पान में मिलाकर वहाँ के हिंदुओं को खाने पर मजूबर किया। जब कुंभा को इस बात का पता चल तो वे कुतुबुद्दीन को बुरी तरह पराजित कर वहाँ से भगा देते हैं। इस संपूर्ण घटनाक्रम का वर्णन 'वीरविनोद' में विस्तृत रूप से किया गया है।

वर्ष 1456 में खिलजी और कुतुबुद्दीन चंपानेर के निकट एक संधि कर लेते हैं, जिसमें यह तय होता है कि दोनों एक साथ मिलकर कुंभा को खत्म करने का प्रयास करेंगे। चंपानेर की संधि में इन दिवास्वप्नदर्शी इस्लामी आतताइयों ने काल्पनिक रूप से यह भी तय कर लिया था कि कुंभा की मृत्यु के पश्चात् मेवाड़ को कैसे-कैसे बाँटना है। दूसरी ओर कुंभा चुपचाप यह तमाशा देखकर मंद-मंद मुस्करा रहे थे।

गुजरात और मालवा की सयुंक्त सेना मेवाड़ पर आक्रमण करती है। बड़ा ही भयंकर युद्ध होता है, परंतु कुंभा एक साथ गुजरात और मालवा को हराने में सफल होते हैं। गुजरात और मालवा के बहुत से क्षेत्र कुंभा के अधिकार में आ जाते हैं। खिलजी और कुतुबुद्दीन येन-केन-प्रकारेण अपनी जान बचाकर भाग खड़े होते हैं।

नागौर के साथ कुंभा के संघर्ष की कहानी में घटनाक्रम कुछ ऐसा होता है कि नागौर का नवाब मुजाहिद खान था। वह बड़ा आततायी था। उसका भाई शम्स खाँ कुंभा के पास आकर सहायता माँगता है। कुंभा उससे सहायता के पीछे का कारण पूछते हैं, तो शम्स खाँ कहता है कि "मेरा भाई हिंदुओं पर बहुत अत्याचार करता है,

गायें कटवाता है।" तब कुंभा ने कहा, "मैं जरूर सहायता करूँगा, किंतु क्या आप मुझे वचन देते हैं कि अगर आप नागौर के नवाब बन जाते हैं तो आप गायों का वध नहीं करेंगे? आप हिंदू जनता को परेशान नहीं करेंगे?" तब शम्स खाँ उन्हें वचन देता है कि "हाँ, मैं ऐसा बिल्कुल नहीं करूँगा।"

महाराणा कुंभा शम्स खाँ से वचन लेने के बाद नागौर की तरफ कूच करते हैं। नागौर में कुंभा मुजाहिद खान से युद्ध कर उसे परास्त कर देते हैं। मुजाहिद भागकर गुजरात चला जाता है और कुंभा शम्स खाँ को नागौर का नवाब बना देते हैं; किंतु महाराणा कुंभा शम्स खाँ से पुनः तीन प्रण लेते हैं—

1. नागौर के किले में कोई नव-निर्माण नहीं करोगे।
2. गौवध पर पूर्ण प्रतिबंध लगाओगे।
3. हिंदुओं को किसी भी कारण से प्रताड़ित नहीं करोगे।

लेकिन कुछ समय पश्चात् ही अपने कुसंस्कारों को प्रदर्शित करते हुए शम्स खाँ तीनों वचन तोड़ देता है। दरअसल इस्लामी आततायी मानते हैं कि वादे सिर्फ काफिरों को बेवकूफ बनाने के लिए किए जाते हैं।

जब कुंभा को यह बात पता चलती है तो वे शम्स खाँ को उसके कुकृत्यों का दंड देने के लिए नागौर की ओर कूच करते हैं। भयभीत शम्स खाँ गुजरात के कुतुबुद्दीन को मदद के लिए बुलावा भेजता है। दूसरी ओर कुंभा को अपने गुप्तचरों से यह भनक लग जाती है कि कुतुबुद्दीन अपनी सेना लेकर गुजरात से आ रहा है, फिर वे जोधपुर के रास्ते में एक ऐसी जगह पर चुपचाप अपनी सेना के साथ कुतुबुद्दीन का इंतजार करते हैं। न तो शम्स को पता चलता है, न ही कुतुबुद्दीन को कि कुंभा की सेना कुतुबुदद्दीन का इंतजार कर रही है। ज़ब कुतुबुद्दीन की सेना वहाँ पहुँचती है तो कुंभा उसकी पूरी सेना का संहार कर देते हैं। कुतुबुद्दीन को एक बार फिर 500-700 सैनिकों के साथ मैदान छोड़कर भागना पड़ता है। उसके बाद कुतुबुद्दीन जीवनपर्यंत कुंभा से युद्ध न करने की कसम खा लेता है।

दूसरी ओर, सहायता के इंतजार में बैठे शम्स खाँ को पता चला कि कुतुबुद्दीन भाग खड़ा हुआ है, तो वह भयभीत हो जाता है। शम्स को पराजित कर महाराणा कुंभा एक हिंदू राजा को राजसिंहासन पर बैठा देते हैं और प्रतीक के रूप में भगवान् हनुमान और गणेशजी की मूर्ति सहित नागौर किले के दरवाजे को कुंभलगढ़ ले आते हैं।

इस तरह एक ही समय में इन मुस्लिम लुटेरों को पराजित कर कुंभा ने अपने राज्य का विस्तार बहुत दूर-दूर तक किया। एक समय कुंभा का राज्य सिंध से

लेकर मालवा तक और अफगानिस्तान से लेकर नीचे दक्षिण तक फैला हुआ था।

यह हमारा दुर्भाग्य ही है कि हमारी पीढ़ियों को कुंभा के बारे में बिल्कुल भी नहीं पढ़ाया गया। कुंभा की युद्ध-नीति, उनकी उदारता, उनकी नेतृत्व क्षमता, उनका संगीत और स्थापत्य कला के ज्ञान के बारे में हमें कभी नहीं बताया गया। हमें तो सिर्फ मुगलों की महानता के बारे में ही बताया गया।

स्थापत्य कला का विकास

- कुंभा ने अपने जीवनकाल में बहुत सी ऐतिहासिक इमारतों का निर्माण करवाया। उनके जीवनकाल में ही 32 दुर्गों का निर्माण करवाया गया। उन दुर्गों में सबसे सुंदर दुर्ग रहा कुंभलगढ़ का। अरावली पर्वतमाला में स्थित यह किला 36 किलोमीटर की परिधि में फैला है और चीन की दीवार के बाद दुनिया की दूसरी सबसे बड़ी दीवार होने का गौरव रखता है।
- कुंभा ने दर्जनों मंदिरों का निर्माण करवाया। चित्तौड़ के किले का जीर्णोद्धार भी कुंभा के शासन काल में ही हुआ। मुस्लिम आक्रांताओं द्वारा तोड़े गए अनेक मंदिरों का जीर्णोद्धार कुंभा द्वारा ही करवाया गया।
- कुंभा ने मालवा के महमूद खिलजी के विरुद्ध सारंगपुर विजय के उपलक्ष्य में चित्तौड़गढ़ में 'विजयस्तंभ' का निर्माण करवाया, जो आज भी शिल्पकला का अद्‌भुत नमूना है। हर भारतीय को अपने जीवनकाल में उसे एक बार जरूर देखना चाहिए।

डॉ. गौरीशंकर ओझा के अनुसार, "मालवा विजय के उपलक्ष्य में महाराणा ने अपने आराध्य देव विष्णु के निमित्त यह विशाल विजयस्तंभ बनवाया, जिसमें मालवा से प्राप्त बड़ी धनराशि का प्रयोग किया गया।"

मुद्राशास्त्र के अंतरराष्ट्रीय ख्यातिप्राप्ति विद्वान् प्रो. एस.के. भट्ट विजयस्तंभ की नौ मंजिलों का सचित्र उल्लेख करते हुए कहते हैं, "महाराणा कुंभा द्वारा निर्मित विजयस्तंभ राजनैतिक विजय के साथ-साथ भारतीय संस्कृति और स्थापत्य का ज्ञानकोश है। राजनीतिक विजय के प्रतीक-स्तंभ के रूप में केवल मीनारें बनाई जाती हैं, जबकि यहाँ इसके साथ-साथ प्रत्येक तल में धर्म और संस्कृति के भिन्न-भिन्न आयामों को प्रस्तुत करने के लिए भिन्न-भिन्न स्थापत्य शैली अपनाई गई है।"

सन् 1949 में भारत सरकार द्वारा विजयस्तंभ पर एक डाक-टिकट जारी किया गया।

कुशल लेखक, गायक एवं संगीतकार

- कुंभा एक कुशल लेखक और संगीतकार थे। उनके साहित्यिक कार्यों को 'संगीत राग' के नाम से जाना जाता है। यह संगीत पर लिखा गया दुनिया का सबसे बड़ा ग्रंथ है। इस ग्रंथ की हस्तलिपि मेवाड़ राजघराने के पास आज भी मौजूद है।
- वह कुंभा का ही काल था, जिसमें लगभग अठारह सौ हिंदू साहित्यिक पुस्तकों का अनुवाद करवाया गया। कुंभा स्वयं अच्छे गायक होने के साथ-साथ अच्छे वीणावादक भी थे।
- कुछ इतिहासकारों के अनुसार, महाराणा कुंभा ने कामसूत्र के समान एक ग्रंथ की भी रचना की थी। इतना ही नहीं, उन्होंने खजुराहो के समान मूर्तियों का भी निर्माण करवाया।

चारणों का निष्कासन एवं भूल सुधार

एक बार महाराणा कुंभा को किसी ब्राह्मण ने कह दिया कि 'आपकी मृत्यु का कारण कोई चारण होगा।' कुंभा ने सिर्फ इस बात पर चारणों को मेवाड़ साम्राज्य से निष्कासित कर दिया। वे चारण, जो महाराणा हम्मीर सिंह के कालखंड में राजपरिवार के अत्यंत प्रिय थे, जिन चारणों को इसी राजवंश ने बहुत सी जागीरें दे रखी थीं। कुंभा के समय उनकी जागीरों को जब्त कर लिया गया। यहाँ तक कि यदि यह कहा जाए कि कुंभा का कालखंड चारणों के लिए अभिशाप साबित हुआ तो गलत नहीं होगा।

महाराणा कुंभा जब 49 वर्ष के हो गए, तो एक दुर्घटना के कारण उनको आवेशमूलक रोग हो गया। वे बात-बात पर क्रोधित हो जाते थे। धीरे-धीरे वे अपना मानसिक संतुलन खो देते। एक बार एकलिंगजी की पूजा करते समय एक गाय को देखकर वे कहते हैं कि 'कामधेनु तांडव करिए, कामधेनु तांडव करिए…' उन्होंने इस बात की रट लगा ली। अनेक प्रयासों के बावजूद जब किसी को कुछ समझ में नहीं आया और कोई उपचार नहीं हो पाया तो राजपूत का भेस धारण कर एक चारण कवि आया और कुंभा से कहा कि "मैं आपके इस अधूरे छंद की पूर्ति कर सकता हूँ।" राजपूत भेस में चारण छंद को पूरा कर देता है, तो कुंभा कहते हैं कि "तू राजपूत नहीं चारण है," चारण अपने जीवन की याचना करते हुए कहता है कि "जी स्वामी! मैं एक चारण हूँ…मुझे माफ कर दीजिए।" क्रोधित होने के बजाय अपने छंद की पूर्ति पर प्रसन्न कुंभा उसे वर माँगने के लिए कहते हैं। चारण कुंभा

से कहता है कि "चारणों को उनकी जागीरें वापस दे दीजिए।" कुंभा इस बात के लिए मान जाते हैं और बड़े ही सम्मान के साथ चारणों को उनकी जागीरें वापस कर दी जाती हैं।

मृत्यु से आलिंगन

सिसोदिया वंश के गौरवपूर्ण इतिहास में एक काला दिन। जब कुंभा स्नान करने जा रहे थे, तो उनका अपना ही पुत्र उदय सिंह उन पर पीछे से हमला करके गर्दन काटकर उनकी हत्या कर देता है। उसके बाद उदय सिंह आने वाले चार वर्षों तक मेवाड़ पर राज करता है, परंतु मेवाड़ के सामंत विद्रोह करके उदय सिंह को गद्दी से उतारकर कुंभा के दूसरे पुत्र रायमल को मेवाड़ की गद्दी पर बैठा देते हैं। ये वही रायमल हैं, जो महाराणा साँगा के पिता थे, जो मेवाड़ के लिए बहुत ही यशस्वी महाराणा साबित हुए। दूसरी ओर उदय सिंह या उदा मालवा के पास मांडू में बिजली गिरने से अपनी मौत मरता है। उदा को वैसी ही मौत मिली, जैसी कि एक पिता के हत्यारे को मिलनी चाहिए।

वह प्रतापी महाराणा, जिसने अपने जीवन में एक भी युद्ध न हारा हो, उसकी मृत्यु अपने ही पुत्र के हाथों होना बड़ा ही दुःखद था।

कुंभा अपने आने वाली पीढ़ियों के लिए अकूत धन-संपदा और विशाल साम्राज्य छोड़कर गए। किंतु आपने कभी भी कुंभा के बारे में यह सब न पढ़ा होगा और न ही सुना होगा!

संदर्भ

- उदयपुर राज्य का इतिहास, डॉ. गौरीशंकर ओझा
- https://hi.m.wikipedia.org/wiki/विजय_स्तंभ
- https://www.amarujala.com/bizarre-news/interesting-facts-about-maharana-kumbha-king-of-mewar
- MAHARANAS: A Thousand Year war for Dhrma (Dr. Omendra Ratnu)
- R.H.DalmiaYoutubeChannal:-https://www.youtube.com/watch?v=n9_x6HofOMM&t=564s

□

महाराणा रायमल से महाराणा साँगा तक
(1473-1528 ई.)

“चौरासी घाव लगे थे तन में,
तब भी व्यथा नहीं थी मन में।”

कल्पना कीजिए, एक आँख, एक हाथ और एक पैर खो चुके एक ऐसे वीर योद्धा के बारे में, जिसके बदन पर 84 घाव होने के बावजूद वह शत्रुओं पर कहर बनकर टूटा, जिसका नाम सुनते ही विरोधी सेनाएँ भाग खड़ी होती थीं। जिसकी शौर्यगाथा का वर्णन करते हुए स्वयं शत्रु (बाबर) ने अपनी आत्मकथा 'तुजुक -ए-बाबरी' में लिखा है—“खानवा की लड़ाई के दौरान मेरे सैनिक उनकी सेना से घबराए हुए थे।” राजपूत कुल का वह नायक, जिसने संपूर्ण भारत को विदेशी आक्रांताओं से मुक्त कराने के लिए सभी राजपूत राजाओं को अपने ध्वज के नीचे एकत्र किया। मालवा के शासक खिलजी द्वितीय और तथाकथित दिल्ली सल्तनत के शासक इब्राहिम लोदी को कई महीनों तक अपने यहाँ बंदी बनाकर रखा।

आइए, सिसोदिया वंश की गौरवपूर्ण ऐतिहासिक यात्रा के छठे पड़ाव में चर्चा करते हैं महापराक्रमी, कुशल शासक एवं विलक्षण प्रतिभा के धनी महाराणा साँगा के बारे में। साथ-ही-साथ आपको यह बताएँगे कि किस प्रकार वामपंथी इतिहासकारों ने खानवा के युद्ध में महाराणा साँगा की पराजय का झूठ फैलाया। किंतु सर्वप्रथम क्षुब्ध मन के साथ हमें शुरुआत करनी होगी रक्तपात और विश्वासघात की उन घटनाओं से, जिसमें सत्ता के लालच में एक पुत्र ने अपने पिता की और भाई ने भाई की हत्या का कुत्सित प्रयास किया।

महाराणा रायमल

पिछले पड़ाव में हमने चर्चा की थी कि सत्ता-प्राप्ति की महत्त्वाकांक्षा में अंधे होकर दुष्ट उदय सिंह सन् 1468 में अपने पिता महाराणा कुंभा की हत्या कर देता है। राजपूत समाज उदय सिंह के इस कुकृत्य को राजपूत समाज पर एक कलंक मानते हुए आज भी उसे 'उदो हत्यारा' कहता है।

दरअसल कुंभा किसी कारणवश अपने बड़े पुत्र रायमल को अपने ससुराल ईडर की ओर भेज देते हैं। जब रायमल को सूचना मिलती है कि उदय सिंह ने उनके पिता की हत्या कर दी, तो वह उदय सिंह से बदला लेने का प्रण लेते हैं। उदय सिंह के कुकृत्य से आक्रोशित मेवाड़ के सामंत भी रायमल का साथ देने का निर्णय लेते हैं। एक योजना के तहत एक रात सभी सामंत यह कहकर कुंभलगढ़ का प्रवेश-द्वार खोल देते हैं कि कुछ सरदार शिकार करने के लिए आए हैं। रायमल अपने लोगों के सहयोग से कुंभलगढ़ में प्रवेश करते हैं और उदय सिंह को गद्दी से हटा देते हैं। हत्यारा उदय सिंह भागकर मांडू (मालवा) चला जाता है। दो वर्ष पश्चात् बिजली गिरने से उसकी मौत हो जाती है।

रायमल मेवाड़ के महाराणा बन जाते हैं। रायमल के कार्यकाल में उनको मालवा के सुल्तान गयासुद्दीन से बड़ी चुनौतियाँ मिलती हैं। किंतु रायमल ने अपने पिता की विरासत को आगे बढ़ाते हुए बड़ी ही सफलतापूर्वक उसे बार-बार परास्त किया। रायमल का संघर्ष गुजरात के राजाओं से भी रहा। रायमल के शासनकाल में एक जो दुर्भाग्यपूर्ण घटना घटती है, वह थी उनके पुत्रों में सत्ता के लिए संघर्ष। वैसे तो उनके 13 पुत्र थे, परंतु उनमें से तीन पृथ्वीराज, साँगा और जयमल मुख्य थे।

एक दिन तीनों राजकुमार अपने चाचा सूरजमल के साथ एक चारणी बीरी बाई के पास जाते हैं। वे बीरी बाई से यह जानने का प्रयास करते हैं कि उनमें से कौन सत्ता का उत्तराधिकारी होगा? बीरी बाई ने अपने यहाँ जमीन पर एक आसन लगा रखा था, साथ ही एक सिंहासन भी लगा रखा था। साँगा व सूरजमल तो जाकर जमीन वाले आसन पर बैठ गए, किंतु जयमल और पृथ्वीराज उस सिंहासन पर बैठ जाते हैं। जब वे बीरी बाई से पूछते हैं कि "आप बताओ कि मेवाड़ का महाराणा कौन होगा?" तो बीरी बाई कहती हैं कि "मैंने जो जाजिम जमीन पर बिछाई थी, वह मेवाड़ के महाराणा के लिए ही बिछाई थी और साँगा उस पर विराजमान हो गए हैं तो साँगा ही महाराणा होंगे।" इतना सुनते ही पृथ्वीराज

आक्रोशित होकर तलवार के पिछले भाग से हमला करके साँगा की एक आँख फोड़ देता है। सूरजमल किसी तरह साँगा को वहाँ से बचाकर निकाल ले आते हैं। जब रायमल को इस बात का पता चलता है तो वे अत्यंत दुःखी होते हैं।

इस घटना के कुछ समय पश्चात् ही तीनों भाई पुनः एक ज्योतिषी के पास जाते हैं। ज्योतिषी भी साँगा के भावी महाराणा होने की भविष्यवाणी करता है। आक्रोशित पृथ्वीराज और जयमल मिलकर साँगा की हत्या का षड्यंत्र रचते हैं, किंतु यह विधि का विधान ही था कि राव बीदा की मदद से साँगा को एक बार पुनः जीवित बच निकलने में सफल होते हैं। हालाँकि राव बीदा को जयमल के साथ हुए इस संघर्ष में अपना बलिदान देना पड़ता है। साँगा अजमेर के पास श्रीनगर में करमचंद पवार नामक राजपूत के संरक्षण में अपना जीवन-यापन करने लगते हैं।

दूसरी तरफ पृथ्वीराज, जिन्हें इतिहासकार जेम्स टॉड एक प्रतिभाशाली शासक मानते हैं, का अपने साले के साथ किसी बात पर विवाद हो जाता है, जिससे उनका साला उन्हें खाने में जहर देकर मार डालता है। उसके पश्चात् जयमल को भी एक युद्ध में वीरगति प्राप्त होती है।

रायमल यह सोचकर व्यथित हो जाते हैं कि मेरे तीन प्रतिभाशाली पुत्रों में से अब कोई नहीं बचा, तो उनके सामंत उन्हें बताते हैं कि आपका तीसरा पुत्र साँगा जीवित है और वह ठाकुर करमचंद पवार के पास है। रायमल बड़े सम्मान के साथ साँगा को राज्य में बुलाते हैं और वर्ष 1508 में विधिपूर्वक उनका राज्याभिषेक होता है। रायमल के देहावसान के पश्चात् वे मेवाड़ के महाराणा बनते हैं। करमचंद का सम्मान करते हुए उन्हें अजमेर जैसी बड़ी रियासत उपहारस्वरूप दी जाती है।

महाराणा साँगा (1508-1528 ई.)

मेवाड़ का महाराणा बनते ही महाराणा साँगा के सम्मुख मुख्यतः तीन बड़े शत्रु थे—गुजरात का मुजफ्फर शाह, मालवा का खिलजी द्वितीय और दिल्ली का इब्राहिम लोदी।

मालवा के साथ महाराणा साँगा के अठारह युद्ध हुए। एक बार की बात है, मांडू के प्रतिभाशाली शासक मेदिनी राय पर मालवा के खिलजी द्वितीय और गुजरात के मुजफ्फर शाह ने आक्रमण कर दिया। मेदिनी राय ने साँगा से मदद माँगी और दोनों ने मिलकर गुजरात व मालवा के उन मुस्लिम लुटेरों को नाकों चने चबवा दिए। महाराणा साँगा खिलजी द्वितीय को बंदी बना लेते हैं और तीन महीने तक कारावास में रखते हैं। खिलजी द्वारा अनेकानेक याचना करने के पश्चात् खिलजी

के पुत्र को जमानत के रूप में अपने पास रखने के बदले साँगा खिलजी द्वितीय को मालवा का राज्य वापस कर देते हैं।

महाराणा साँगा और गुजरात के मुजफ्फर शाह के बीच अहमदनगर में (वर्तमान के महाराष्ट्र में स्थित) एक भयंकर युद्ध होता है। उस युद्ध का एक बड़ा ही रोचक प्रसंग है, जो हमें जानना चाहिए। दरअसल गुजरात के किसी जागीरदार ने अपने घर में एक कुत्ता पाल रखा था। जब कोई उस कुत्ते का नाम पूछता तो उसका उत्तर होता—साँगा। जब यह बात महाराणा साँगा को पता चली तो अपने सम्मान के लिए उन्होंने गुजरात पर हमला किया और युद्ध के पश्चात् अपनी तलवार से उस जागीरदार का गला काट दिया। गुजरात युद्ध में विजय प्राप्त कर महाराणा साँगा मुजफ्फर शाह को अपदस्त कर देते हैं।

इब्राहिम लोदी को बंदी बनाकर रखा

सांगा के बढ़ते प्रभाव को देखते हुए तथाकथित दिल्ली सल्तनत के इब्राहिम लोदी ने साँगा पर आक्रमण किया। साँगा और लोदी के बीच दो बड़े युद्ध बकरोल एवं खतौली में हुए।

खतौली के युद्ध में लोदी की सेना का बुरी तरह से अंत करने के पश्चात् महाराणा साँगा ने उसे बंदी बना लिया। बड़ी धनराशि और उसके पुत्र के रूप में जमानत लेने के पश्चात् उसे कैद से मुक्त कर दिया गया।

लोदी पर इस विजय के बाद देश के अन्य हिंदू राजघराने महाराणा साँगा को अपना नेता मानने लगे और महाराणा साँगा का रुझान भी उत्तर भारत की तरफ होने लगा, क्योंकि मन में यह महत्त्वाकांक्षा पैदा हो चुकी थी कि अगर सत्ता का केंद्र दिल्ली है तो हमें वहाँ हिंदूराज स्थापित करना चाहिए। इसी क्रम में वे अन्य हिंदू राजाओं को संगठित करने के कार्य में जुट गए।

क्या महाराणा साँगा ने बाबर को आमंत्रित किया?

अक्सर एक झूठ, जो कुछ वामपंथी इतिहासकारों द्वारा बड़े जोर-शोर से प्रचारित किया जाता है कि साँगा ने लोदी को पराजित करने के लिए उज्बेक के रहने वाले मुगल लुटेरे बाबर को आमंत्रित किया था। कितनी हास्यास्पद बात है कि जिस लोदी को साँगा बाबर के भारत आने के दस वर्ष पूर्व दो बार बुरी तरह से हरा चुके थे, उन्हें बाबर के साथ की जरूरत क्यों पड़ती? हालाँकि इस बात के साक्ष्य जरूर मिलते हैं कि गुजरात के मुजफ्फर शाह ने बाबर को एक पत्र लिखा था, जोकि बाद

में साँगा के गुप्तचरों के हाथ लग जाता है, जिसमें मुजफ्फर शाह बाबर से साँगा के खिलाफ मदद माँगते हैं। अत: इस बात का पुरजोर प्रतिकार होना चाहिए कि साँगा ने लोदी पर आक्रमण करने के लिए बाबर को भारत बुलाया था।

बाबर 1526 ई. में पानीपत के युद्ध में लोदी को मारकर दिल्ली की सत्ता पर बैठ जाता है। यहाँ रोचक बात यह है कि बाबर की युद्ध-नीति कई मायनों में लोदी से बिल्कुल अलग थी। 1526 ई. से पहले कभी भी बारूद का इस्तेमाल युद्ध में नहीं हुआ। बाबर के पास बारूद था। हमारा यह दुर्भाग्य रहा कि भारत ने इससे पहले यह अनुसंधान ही नहीं किया था कि बारूद का उपयोग दुश्मन के खिलाफ किया जा सकता है। तो इस नजरिए से बाबर लोदी से अधिक शक्तिशाली था।

खानवा का युद्ध

विदेशी लुटेरे बाबर को भारत भूमि से खदेड़कर दिल्ली में हिंदू राज की स्थापना करने के लिए महाराणा साँगा 1527 ई. में दो लाख की सेना के साथ उत्तर की ओर कूच करते हैं। महाराणा साँगा ने बाबर पर आक्रमण करने के पहले ही अपनी स्थिति सुदृढ़ कर ली थी। उनकी सहायता के लिए हसन खाँ मेवाती, महमूद लोदी, मेदिनी राय और अनेक राजपूत सरदार अपनी-अपनी सेना के साथ एक हो गए। पूरे हौसले के साथ एक विशाल सेना लेकर वे बयाना और आगरा पर अधिकार करने के लिए आगे बढ़े। बयाना के शासक ने बाबर से सहायता माँगी। बाबर ने ख्वाजा मेहँदी को मदद के रूप में भेजा, किंतु राणा साँगा ने उसे परास्त कर बयाना पर अधिकार कर लिया। सीकरी के पास भी आरंभिक मुठभेड़ में मुगल सेना को पराजय का मुँह देखना पड़ा। लगातार मिल रही पराजय से मुगल सैनिक आतंकित हो गए, उनका मनोबल टूट गया।

इतिहासकार एर्सकिन के अनुसार, “मुगलों के साथ राजपूतों की जबरदस्त मुठभेड़ हुई, जिसमें मुगल बुरी तरह पराजित हुए। इस पराजय ने उन्हें अपने शत्रु की प्रतिष्ठा करना सिखाया।”

महाराणा साँगा के पराक्रम का वर्णन करते हुए स्वयं बाबर अपनी आत्मकथा ‘बाबरनामा’ में लिखता है—“जब मेरी सेना में यह खबर पहुँची कि महाराणा साँगा शीघ्रता से अपनी सेना लेकर आ रहा है तो मेरे गुप्तचर न तो बयाना के किले में पहुँच सके और न वे वहाँ की कुछ खबर ही पहुँचा सके। बयाना की सेना कुछ दूर तक बाहर निकल आई तो शत्रु उस पर टूट पड़ा और वह भाग खड़ी हुई। महाराणा साँगा ने बयाना पर अधिकार कर लिया।”

बाबर ने एक ज्योतिषी को बुलाया और पूछा कि इस युद्ध में कौन जीतेगा, तो ज्योतिषी ने साँगा के जीतने की बात कही। बाबर ने पूछा कि तुम्हारी उम्र कितनी है? इसके प्रत्युत्तर में ज्योतिषी ने अपनी उम्र दस वर्ष बताई। यह सुनकर बाबर क्रोधित हो गया। उसने ज्योतिषी की गर्दन काटते हुए कहा कि "जैसे इसकी यह बात गलत है कि इसकी उम्र दस वर्ष थी, वैसे ही यह बात भी गलत साबित होगी कि यह युद्ध साँगा जीतेगा।"

एक तरफ बाबर ने अपनी सेना को प्रोत्साहित करने के लिए जिहाद का सहारा लिया और कहा कि "आज से मैं शराब नहीं पीऊँगा। किसी मुस्लिम को नहीं मारूँगा। दाढ़ी नहीं काटूँगा।"

वहीं दूसरी तरफ साँगा ने अपने सैनिकों को विदेशी लुटेरों से अपनी मातृभूमि के लिए लड़ने को प्रेरित किया।

बाबर की युद्ध-नीति की दो मुख्य विशेषताएँ थीं—तुलुगमा और अराबा। तुलुगमा में सेना को छोटी-छोटी टुकड़ियो में विभाजित कर दिया जाता था। टुकड़ियाँ छोटी होने के कारण अपेक्षाकृत अधिक संगठित होकर लड़ती थीं। दूसरी तरफ अराबा में बैलों के पीछे बारूद से भरी तोपों को इस तरह से लगाया जाता था कि तोप दिखाई न दे। आगे बैल बँधे होने के कारण हिंदू सैनिक पशुधन पर हमला करने से बचते थे। इस तरह युद्ध-नीति में बारूद के प्रयोग एवं हिंदुओं की धार्मिक भावनाओं (पशुधन पर हमला न करना) का कमजोरी के रूप में इस्तेमाल कर बाबर ने लाभ उठाया।

रणनीतिक दृष्टिकोण से खानवा के युद्ध में जो मुख्य बातें हुईं, वे ये कि एक तो महाराणा साँगा की सेना बहुत बड़ी थी। दूसरा, राजपूत राजा हाथी पर बैठकर युद्ध लड़ते थे। तीसरा, इससे पहले कभी भी हिंदू सेना ने तोपों और बारूद की आवाज के बीच कोई युद्ध नहीं लड़ा था और अंतिम कुछ अपनों का विश्वासघात।

कविराज श्याम दास कृत 'वीर विनोद' के अनुसार, "16 मार्च, 1527 को सुबह खानवा (भरतपुर) के मैदान में युद्ध प्रारंभ हुआ। पहली मुठभेड़ में बाजी राजपूतों के हाथ लगी, किंतु अचानक महाराणा साँगा के सिर पर एक तीर लगने के कारण उन्हें युद्धभूमि से हटना पड़ा।"

तोपों की गूँज में साँगा की सेना बिखर गई। युद्ध के प्रारंभ में तो राजपूत वीरों को समझ ही नहीं आया कि तोपों का जवाब कैसे दें? और जब उन्हें कुछ नहीं सूझा तो उन राजपूतों ने अपने सिर तोपों के अंदर घुसा दिए, ताकि एक-दो हमलों के बाद

तोप खराब हो जाएँ। आप और हम इस बलिदान की कल्पना मात्र से सहम जाते हैं। ऐसे बलिदान दिया था हमारे हिंदू पूर्वजों ने।

दूसरी ओर, हाथी पर बैठे होने के कारण दुश्मन के तीरंदाजों के तीर से महाराणा साँगा घायल होकर बेहोश हो जाते हैं। इस बात को छिपाने के लिए झाला अज्जा साँगा का मुकुट पहन लेते हैं। वे कद-काठी में साँगा जैसे होने के कारण घंटों तक साँगा के रूप में युद्ध लड़ते रहते हैं। वहीं सलहदी नाम के राजपूत राजा का अपनी पैंतीस हजार सेना के साथ बाबर से मिल जाने से हिंदू सेना का मनोबल टूट जाता है, किंतु फिर भी हर राजपूत पूरी ताकत से अपनी मिट्टी और महाराणा के मान के लिए लड़ता रहता है।

इतिहासकार प्रदीप बरुआ के अनुसार—"अगर बाबर ने तोपों की मदद नहीं ली होती और पानीपत वाली रणनीति न दोहराई होती, तो शायद दिल्ली में मेवाड़ का केसरिया ध्वज फहरा रहा होता!"

क्या सच में खानवा का युद्ध हार गए थे महाराणा साँगा?

वामपंथी इतिहासकार यह झूठ फैलाते हैं कि खानवा के युद्ध में साँगा की हार हुई थी, बल्कि सत्य यह है कि इतिहास के पन्नों का निष्पक्ष आकलन करने पर पता चलता है कि खानवा के युद्ध में साँगा हारे नहीं थे, जिसके तथ्य निम्नलिखित हैं—

- जब साँगा को मूर्च्छित अवस्था में युद्ध के मैदान से बाहर ले जाया गया था तो निश्चित ही वह जगह युद्ध-स्थल से कुछ ही दूरी पर रही होगी, तो फिर बाबर की सेना ने उनका पीछा क्यों नहीं किया?
- जब खानवा के युद्ध के बाद साँगा उसी भूभाग में अपनी सेना के साथ एक वर्ष तक रहे, फिर यदि बाबर जीत गया था तो साँगा की एक वर्ष तक हत्या करने में असफल क्यों रहा?
- रणछोड़ भट द्वारा लिखी 'अमरकाव्यम्' और चित्तौड़ के इतिहासकारों द्वारा लिखा 'चित्तौड़ पाटनामा' में बाबर व साँगा के बीच खानवा के युद्ध के बाद संधि का वर्णन मिलता है।
- सूरज मीसण द्वारा रचित 'वंश भास्कर' में साँगा की जीत का उल्लेख मिलता है।
- खानवा के युद्ध-स्थल के आसपास दर्जनों हिंदू छतरियाँ आज भी खड़ी हैं। इसके अतिरिक्त जीर्ण-शीर्ण मंदिर भी युद्ध-स्थल के बीच बना है। यदि बाबर जीत ही गया था तो ये छतरियाँ और मंदिर वहाँ कैसे बच

गए? जबकि मुगलों में प्रथा थी कि वे किसी भी हिंदू प्रतीक को नहीं छोड़ते थे।

कितनी दुर्भाग्यपूर्ण बात है कि इतने सारे स्पष्ट प्रमाण होने के बावजूद आज भी वामपंथी इतिहाकारों द्वारा भारतीय जनमानस को महाराणा साँगा की पराजय की मिथ्या कहानियाँ गढ़कर सुनाई जाती हैं।

हालाँकि यह भी सत्य है कि खानवा के युद्ध के दौरान महाराणा साँगा को भारी संख्या में अपने वीरों को खोना पड़ा। एक वर्ष पश्चात् साँगा पुनः अपने आप को संगठित कर रहे थे, लेकिन बाबर के इशारे पर विष देकर उनकी हत्या कर दी गई।

साँगा ने अपने जीवन में सौ युद्ध लड़े और सभी में विजयी हुए। हिंदू अस्मिता की रक्षा के लिए हमारे इन पूर्वजों ने अपना सर्वस्व बलिदान कर दिया, राजपाट तक त्याग दिया, परंतु कभी मुस्लिम आक्रांताओं के सामने अपने धर्म को नहीं छोड़ा। भारतीय हिंदू समाज लगभग चौदह सौ वर्षों के इतिहास में हमेशा इन आततायी लुटेरों से संघर्षरत रहा है। यह संघर्ष नए रूपों में आज भी जारी है।

संदर्भ

- MAHARANAS: A Thousand Year war for Dhrma (Dr. Omendra Ratnu)
- वीर विनोद, कविराज श्यामलदास
- बाबरनामा, बाबर
- राजस्थान का इतिहास, व्यास शर्मा
- https://hindi.opindia.com/miscellaneous/indology/how-rana-sanga-mewar-fought-bravely-with-babur-mughals-panipat-war-tanks-gunpowder-history/
- https://artandculture.rajasthan.gov.in/content/raj/art-and-culture/en/departments/rajasthan-heritage-protection-promotion-authority/heritage-projects/completed/rana-sanga-panorama.html

□

वीर शिरोमणि महाराणा प्रताप
(1572-1597 ई.)

लगभग 20 वर्षों तक चले अमेरिका-वियतनाम युद्ध में विजय के पश्चात् जब वियतनाम के राष्ट्राध्यक्ष से पूछा गया कि इस युद्ध के दौरान आपको सतत संघर्ष की प्रेरणा कहाँ से मिली? उन्होंने जवाब दिया—“संयुक्त राज्य अमेरिका जैसे शक्तिशाली देश को हराने के लिए मैंने एक महान् भारतीय योद्धा की जीवनी पढ़ी और उनकी युद्ध-नीति का प्रयोग करते हुए विजय प्राप्त की।” जानते हैं, उस महापराक्रमी योद्धा का नाम क्या था—महाराणा प्रताप। वियतनाम के राष्ट्राध्यक्ष ने यहाँ तक कह दिया, “अगर ऐसे वीर ने हमारे देश में जन्म लिया होता तो आज हम संपूर्ण विश्व पर राज करते।” कुछ वर्षों के पश्चात् जब उस राष्ट्राध्यक्ष की मृत्यु हुई तो उसकी समाधि पर लिखा गया—“यह महाराणा प्रताप के एक शिष्य की समाधि है!”

कितनी आश्चर्यजनक बात है कि जिस योद्धा की वीरगाथाओं से विश्व के अन्य देश प्रेरणा ले रहे हैं, भारतीय इतिहास से उनका नाम तक मिटाने की कोशिश की गई। जिन महाराणा प्रताप को 30 वर्षों के अथक प्रयासों के बावजूद अकबर छू तक नहीं पाया, उन्हीं महाराणा प्रताप को वामपंथी इतिहासकारों द्वारा हल्दीघाटी के युद्ध में परास्त घोषित कर दिया जाता है। मानसिक दिवालियापन की हद तो तब हो जाती है, जब चालीस हजार निर्दोष हिंदुओं का नरसंहार करने वाले एक विदेशी आक्रांता और निकृष्ट अकबर को महान् बताया जाता है। भारतीय फिल्मों व सीरियलों में उसकी धर्मनिरपेक्षता के कसीदे पढ़े जाते हैं और महाराणा प्रताप जैसे जननायक, जिनको उनकी प्रजा ‘राणा कीका’, अर्थात् ‘जनता का बेटा’ कहकर संबोधित किया करती थी, आजादी के 75 वर्षों के बाद भी पाठ्य पुस्तकों में इसका वर्णन तक नहीं मिलता।

आइए, सिसोदिया वंश की गौरवपूर्ण ऐतिहासिक यात्रा के सातवें पड़ाव की चर्चा करते हैं। हम आपको बताएँगे कि किस प्रकार महाराणा प्रताप ने आततायियों का सामना करते हुए हिंदू धर्म के गौरव के लिए अपना संपूर्ण जीवन अर्पित कर दिया, साथ-ही-साथ इस पर भी चर्चा करेंगे कि कैसे वामपंथी इतिहासकारों ने हमारे वीरों की शौर्यगाथाओं को तोड़-मरोड़कर पेश किया और स्वाधीनता के इतने वर्षों बाद भी किस प्रकार हमें एजेंडा के तहत तैयार किए गए पाठ्यक्रमों को पढ़ाया जाता है।

जैसा कि पिछले पड़ाव में हमने आपको बताया था कि जहर देने के कारण महाराणा साँगा की मौत हो जाती है। अब मेवाड़ के महाराणा बनते हैं, उनके सुपुत्र रतन सिंह। यहीं से मेवाड़ राजपरिवार में सत्ता के लालच में गुटबाजी, विश्वासघात और षड्यंत्रों की शुरुआत होती है। दरअसल महाराणा साँगा की दूसरी पत्नी अर्थात् महाराणा रतन सिंह की सौतेली माँ महारानी कर्णावती अपने पुत्र विक्रमादित्य को राजा बनाना चाहती थीं।

अवसर मिलते ही महारानी कर्णावती के भाई सूरजमल ने रतन सिंह की हत्या कर दी और विक्रमादित्य राजा बन गया। किंतु विक्रमादित्य एक अयोग्य शासक सिद्ध हुआ। इस अवसर का लाभ उठाकर गुजरात के शासक बहादुर शाह ने चित्तौड़ पर आक्रमण कर दिया और महारानी कर्णावती को जौहर करना पड़ा। कुछ समय पश्चात् हुमायूँ के साथ हुए मंदसौर (मालवा) युद्ध में बहादुर शाह हार गया, जिसका लाभ उठाकर मेवाड़ के सामंतों ने चित्तौड़ को पुनः अपने अधिकार में ले लिया। इस प्रकार विक्रमादित्य फिर से मेवाड़ का राजा बन गया।

कुछ दिनों के पश्चात् निकृष्ट प्रवृत्ति वाला बनवीर (महाराणा साँगा के बड़े भाई पृथ्वीराज और एक दासी के संसर्ग से उत्पन्न) राजसत्ता के मोह में विक्रमादित्य की हत्या कर देता है। बनवीर विक्रमादित्य के छोटे भाई उदय सिंह की भी हत्या का प्रयास करता है, किंतु उदय सिंह की धाय माँ—'वीरांगना पन्ना' (पालन-पोषण करने वाली) अपने बेटे चंदन का बलिदान कर उदय सिंह को बचा लेती है।

आपने बचपन में डॉ. रामकुमार वर्मा का 'दीपदान' एकांकी (नाटक) पढ़ा होगा, वह इसी घटना से संबंधित था।

पन्ना धाय सभी की नजरों से बचते-बचाते बालक उदय सिंह को एक टोकरी में रखकर चित्तौड़ से कुंभलगढ़ ले जाती है। कुंभलगढ़ के संरक्षक आशा देवपुरा उन्हें संरक्षण प्रदान करते हैं। कालांतर में उदय सिंह मावली युद्ध में बनवीर का वध

कर देते हैं और बनवीर के अत्याचारों से प्रताड़ित मेवाड़ के सभी सामंत उदय सिंह को अपना महाराणा स्वीकार कर लेते हैं।

हिंदुत्व के प्रकाशपुंज का उदय

ज्येष्ठ शुक्ल तृतीया, विक्रम संवत् 1597 (अंग्रेजी कलेंडर के अनुसार, 9 मई, 1540) के दिन कुंभलगढ़ किले पर महाराणा उदय सिंह की पत्नी महारानी जयवंता बाई के उदर से हिंदुत्व के उस प्रकाशपुंज का जन्म होता है, जिसे आज हम 'महाराणा प्रताप' के नाम से जानते हैं।

महाराणा उदय सिंह अपनी दूसरी पत्नी और कुँवर प्रताप की सौतेली माँ भटियाणी रानी धीरबाई के प्रति आसक्त थे। धीरबाई अपने पुत्र जगमाल को महाराणा बनाना चाहती थी। यही कारण था कि कुँवर प्रताप को राजकुमार होने के अधिकारों से दूर रखने का कुत्सित प्रयास करते हुए रानी धीरबाई ने महाराणा उदय सिंह के हाथों एक आदेश जारी करवा दिया कि कुँवर प्रताप अपनी माता के साथ चित्तौड़ के दुर्ग से बाहर नीचे तलहटी में रहें।

राणा कीका : जननायक कुँवर प्रताप

बाल्यावस्था में कुँवर प्रताप और उनकी माता के साथ किए गए दुर्व्यवहारों का बालक प्रताप पर सकारात्मक प्रभाव पड़ा और वे अधिक विनम्र हो गए। वे सैनिकों के साथ बैठकर भोजन करने लगे। राजकुमार होते हुए भी वे चित्तौड़गढ़ के पर्वतीय क्षेत्रों में निवास करने वाली भील जनजाति के साथ उठने-बैठने लगे। वे भीलों के साथ ही भोजन करते, धनुष-बाण व भाला चलाना सीखते और शिकार करते। भीलों के साथ कुँवर प्रताप के संबंध इस कदर आत्मीय थे कि भील उन्हें राणा कीका, अर्थात् 'जनता का बेटा' कहा करते थे। दरअसल तत्कालीन सामंतीय समाज में शासकों के पुत्र आम जनमानस से इतना घुलते-मिलते नहीं थे, किंतु कुँवर प्रताप जननायक थे।

'अमर काव्यम्' के अनुसार—"यद्यपि मेवाड़ के राजपूतों के साथ भीलों के संबंध सातवीं शताब्दी से ही थे, किंतु महाराणा प्रताप ने उन संबंधों को और गहरा किया। कालांतर में कुँवर प्रताप और भीलों का परस्पर आत्मीय संबंध महाराणा प्रताप द्वारा मुगलों पर विजय में निर्णायक सिद्ध हुआ।"

चित्तौड़गढ़ का तीसरा साका : अमर बलिदान की कहानी

यद्यपि उदय सिंह ने अपने जीवनकाल के दौरान निकटवर्ती मुगल सुलतानों से सतत संघर्ष किया, किंतु यदि हम उनके द्वारा अपने शासनकाल में लिये गए निर्णयों का निष्पक्ष मूल्यांकन करें तो उदयसिंह एक कमजोर राजा साबित होते हैं।

अक्तूबर 1567 में अकबर जैसे दुर्दांत आक्रमणकारी की नजर मेवाड़ पर पड़ती है और वह जयपुर के राजा भगवानदास के साथ 80 हजार सेना लेकर चित्तौड़ के किले का घेराव कर लेता है। चूँकि उस समय मेवाड़ की सेना लगभग 50 हजार ही थी, तो सभी सामंत उदय सिंह को यह सलाह देते हैं कि इस समय अकबर से युद्ध करना बुद्धिमानी नहीं होगी। तत्पश्चात् उदय सिंह अपने 8 हजार सिपाहियों के साथ चित्तौड़ छोड़कर उदयपुर चले जाते हैं। हालाँकि कई इतिहासकारों का मत इससे भिन्न है।

अकबर ने चित्तौड़ के किले को दो बार बारूद से उड़ाने का असफल प्रयास किया। अकबर का दरबारी इतिहासकार अबुल फजल 'आईने-अकबरी' में लिखता है—"चित्तौड़ के किले पर तोप से हमले के प्रयास में अकबर के सैकड़ों सैनिक अल्लाह को प्यारे हो गए।" दूसरी तरफ, अकबर की बंदूक से घायल जयमल राठौड़ का एक पैर काम करना बंद कर देता है, जिससे किले में मौजूद लगभग 8 हजार सिपाही अपना आत्मबल खोने लगते हैं। धीरे-धीरे किले के अंदर मौजूद खाद्य एवं रसद सामग्री की भी कमी होने लगती है। तब यह निर्णय लिया जाता है कि अब किले के द्वार खोलकर अकबर के साथ युद्ध किया जाएगा।

जैसा कि पिछले पड़ावों में वर्णन किया गया है कि मुगल सैनिक इतने दुर्दांत होते थे, छोटी-छोटी बच्चियों तक का बलात्कार करने के पश्चात् अत्यंत घृणित तरीके से उन्हें मार दिया करते थे, इसीलिए चित्तौड़ के इस तीसरे साका से पूर्व किले में मौजूद सैनिक अपने बच्चों और स्त्रियों को अपनी आँखों के सामने अग्नि में समाहित होते हुए देखते हैं। यहाँ यह बताना आवश्यक है कि महिलाएँ स्वयं का बलिदान देती थीं तो उसे 'जौहर' और पुरुष अपना बलिदान देते तो उसे 'साका' कहा जाता था। अपना सर्वस्व न्योछावर करने को तत्पर ये वीर पुरुष जौहर कर चुकी अपने बच्चियों और महिलाओं की चिताओं की राख को अपने शरीर पर मलकर नंगे पैर महल के बाहर जाते हैं और अकबर की सेना पर टूट पड़ते हैं।

ऐतिहासिक साक्ष्यों के अनुसार, मातृभूमि की रक्षा हेतु अपना सर्वस्व न्योछावर करने वाले चित्तौड़ के इन 8 हजार वीरों ने अकबर के लगभग 30 हजार सैनिकों को यमलोक पहुँचा दिया।

वर्ष 2017 में राजस्थान के चित्तौड़गढ़ में जौहर स्मृति संस्थान के तत्त्वावधान में एक 'जौहर स्मृति मंदिर' का निर्माण किया गया है, जिसमें चित्तौड़गढ़ में जौहर एवं साका संबंधी तीनों घटनाओं की प्रतिनिधित्व करने वाली वीरांगनाओं क्रमश: महारानी पद्मिनी, राजमाता कर्णावती और सामंत पत्नी फूलकंवर मेंडतणी की मूर्तियाँ स्थापित की गई हैं।

चालीस हजार निर्दोष हिंदुओं का हत्यारा अकबर

चित्तौड़ के इन वीर सैनिकों के पराक्रम से भयभीत अकबर ने वहशीपन की सभी सीमाओं को लाँघते हुए आम जनता पर अत्याचार करना प्रारंभ कर दिया। उसने घोषणा की—"जब तक मेरी तलवार म्यान में वापस न चली जाए, चित्तौड़ की जनता का रक्तपात रुकना नहीं चाहिए।" अकबर के दरिंदे छोटी-छोटी हिंदू बच्चियों का बलात्कार करते हैं। खुले मैदान में एक के बाद एक निर्दोष जनता को लाकर उनके सिरों में भालों और तलवारों से वार किया जाता है। दुष्ट अकबर की वहशी सेना लगभग 40 हजार निर्दोष हिंदुओं का नरसंहार करती है।

कितनी आश्चर्यजनक बात है कि आजादी के 75 वर्षों बाद भी भारतीय पाठ्य पुस्तकों में 40 हजार निर्दोष हिंदुओं का नरसंहार करने वाले एक विदेशी और दुष्ट अकबर को महान् बताया जाता है, पर अपनी मातृभूमि के लिए सर्वस्व न्योछावर करने वाले रणबाँकुरों का वर्णन तक नहीं किया जाता। भारतीय फिल्मों और सीरियलों में अकबर की धर्मनिरपेक्षता के कसीदे गढ़े जाते हैं।

यहाँ एक बात विशेष रूप से उल्लेखनीय है कि वर्तमान की तरह तत्कालीन समय में भी देशद्रोहियों की कोई कमी नहीं थी। तत्कालीन समय में भी 25 हजार सैनिकों के साथ जयपुर का राजा भगवानदास अकबर द्वारा हिंदू जनता के नरसंहार का मूकदर्शक बना रहा। भगवानदास द्वारा की गई इस नपुंसकता को इतिहास कभी नहीं भूलेगा।

महाराणा प्रताप का सिंहासनारोहण

हिंदुओं के इस नृशंस हत्याकांड की जानकारी जब कुँवर प्रताप को होती है, तो वे आक्रोशित होकर प्रण लेते हैं कि "जब तक चित्तौड़ को मुक्त नहीं करा लूँगा, तब तक न तो बिछावन पर सोऊँगा, न ही किसी बरतन में भोजन करूँगा।" अर्थात् किसी भी राजसी सुख-सुविधाओं का आनंद नहीं लूँगा। वर्ष 1572 में महाराणा उदय सिंह परमतत्त्व में विलीन हो जाते हैं। भटियाणी रानी धीरबाई के प्रति आसक्त

महाराणा उदय सिंह अपनी मृत्यु से पूर्व ही अपने ज्येष्ठ एवं योग्य पुत्र कुँवर प्रताप की जगह जगमाल को मेवाड़ का महाराणा बना देते हैं।

'अमर-काव्यम् वंशावली' (पृ.102) के अनुसार, "कुँवर प्रताप ने अपने दिवंगत पिता और उनके निर्णय के प्रति किसी भी प्रकार की नाराजगी नहीं दिखाई और एक आज्ञाकारी पुत्र के रूप में इसका सम्मान किया।"

मेवाड़ के सामंतों द्वारा अयोग्य एवं भोग-विलासी प्रवृत्ति के जगमाल के राज्याभिषेक होने के बाद भी उसे राजसिंहासन से च्युत कर कुँवर प्रताप को महाराणा बना दिया जाता है। प्रतिशोध की आग में जल रहा जगमाल मेवाड़ के शत्रु अकबर की शरण में चला जाता है। जगमाल को मेवाड़ के खिलाफ मोहरे के रूप में इस्तेमाल करने के उद्देश्य से अकबर उसे भीलवाड़ा की जहाजपुर जागीर दे देता है।

महाराणा प्रताप एक दूरदर्शी शासक थे, वे महाराणा बनते ही अकबर के अवश्यंभावी आक्रमण का अनुमान लगाते हुए युद्ध के चक्रव्यूह की रचना करने लगे।

मैदानी क्षेत्रों में निवास करने वाली मेवाड़ की जनता अपने पूर्वजों का अनुसरण करते हुए सभी जलस्रोतों में जहर मिलाकर, अपनी फसलों को आग के हवाले कर देती है। मेवाड़ की जनता द्वारा ऐसा इसलिए किया जाता है, ताकि युद्ध लड़ने के लिए आई शत्रु की सेना जब अपना सैन्य पड़ाव डाले तो वह उन संसाधनों का उपयोग न कर सके और भूख-प्यास से स्वयं ही मर जाए।

भयभीत अकबर ने चार बार भेजे थे संधि-प्रस्ताव

वर्ष 1572 से 1576 के मध्य संधि-प्रस्ताव हेतु अकबर ने चार राजनयिक शिष्टमंडल महाराणा के पास भेजा।

कितनी आश्चर्यजनक बात है कि महाराणा प्रताप से संधि के लिए गिड़गिड़ाने वाले निकृष्ट अकबर को हमारी पाठ्य पुस्तकों में महान् विजेता बतलाया जाता है।

प्रथम प्रस्ताव अकबर के दरबारियों में से एक जलाल खान कोरची सितंबर 1572 में लेकर आता है, किंतु प्रताप द्वारा दिखाई गई उपेक्षा के कारण दो माह में ही निराश होकर वापस लौट जाता है। फिर राजा मानसिंह खुद आते हैं, परंतु प्रताप को अपने गुप्तचरों के माध्यम से पूर्व में ही सूचना थी कि मानसिंह वर्तमान में मुगलों के हित में कार्य कर रहे हैं और आपसे छल-कपट की इच्छा से मिलना चाहते हैं। फिर भी मानसिंह के पूर्वजों के साथ मेवाड़ के अच्छे संबंधों के कारण प्रताप उनसे मिलने

को राजी हो जाते हैं। उदयसागर के पास प्रताप और मानसिंह की भेंट तय होती है। प्रताप अंतिम समय में यह कहकर अपने पुत्र कुँवर अमर सिंह को भेज देते हैं कि उनके पेट में दर्द है। जवाब में मानसिंह कहते हैं कि "मुझे मालूम है कि प्रताप को दर्द कहाँ है और उस दर्द का इलाज मेरे पास है।"

कुँवर अमर सिंह जोकि एक समझदार राणा थे, मानसिंह के इस व्यंग्य पर चुप रहते हैं, किंतु प्रताप के विश्वासपात्रों में से एक भीमसिंह डोडिया, जो कुँवर अमर सिंह के साथ गए थे, की मानसिंह से बहस हो जाती है।

भीमसिंह—"मेवाड़ मुगलों के सामने कभी नहीं झुकेगा।"

मानसिंह (क्रोध में)—"तब तो युद्ध तय है।"

भीमसिंह (झुँझलाते हुए)—"हाँ, युद्ध तय है...आते हुए अपने फुफ्फा (अर्थात् अकबर) को भी लेते आना।"

उसके पश्चात् महाराणा प्रताप वहाँ उपयोग में लाए गए बरतनों को गंगासागर में फिंकवा देते हैं और उस जगह को गंगाजल से साफ करवाते हैं। इस बात को मानसिंह अपमान के रूप में लेता है, किंतु फिर भी मानसिंह महाराणा प्रताप को संधि-पत्र स्वीकारने के लिए मनाने का प्रयास करता है।

महाराणा प्रताप मानसिंह के सामने तीन शर्तें रखते हैं—

1. मैं बेटी नहीं दूँगा, अर्थात् अपनी बेटी का विवाह अकबर से नहीं करूँगा।
2. मैं चाकरी नहीं करूँगा, अर्थात् मुगल दरबार में जाकर सिर नहीं झुकाऊँगा।
3. चौथ (उस समय मुगल सत्ता को दिया जाने वाला कर) नहीं दूँगा।

मानसिंह कहता है, "इसका मतलब प्रताप ने युद्ध करने की ठान ली है।" प्रताप संदेश भिजवातें है कि "अब हम युद्ध के मैदान में ही मिलेंगे।"

इसी प्रकार मानसिंह के बाद राजा भगवान दास और अंत में सर्दियों में राजा टोडरमल महाराणा प्रताप को मनाने के लिए आते हैं, किंतु महाराणा प्रताप चारों प्रस्तावों को नकारकर युद्ध की तैयारी में जुट जाते हैं।

हल्दीघाटी का युद्ध

अकबर के साथ युद्ध को अवश्यंभावी देखकर महाराणा प्रताप अब युद्ध के चक्रव्यूह की रचना करने लगे। उन्होंने मेवाड़ की मुख्य पहाड़ी चौकियों (पहाडियों के [illegible] प्रवेश-द्वार) और [illegible] [illegible] महत्त्व के स्थलों की नाकेबंदी शुरू कर दी। [illegible]ड की जनता ने अपने महाराणा की [illegible] पहायता हेतु अपने खेत-खलिहान अग्नि

देवता को समर्पित कर दिए, ताकि शत्रु को रसद की आपूर्ति न हो। किंतु अपने से तीन गुनी बड़ी मुगल सेना का सामना करना इतना आसान नहीं था। महाराणा प्रताप ने इस समस्या का निदान निकालते हुए कूटनीति का प्रयोग किया। उन्होंने अपने सेनानायकों को आदेश दिया कि "हम केवल हल्दीघाटी के दर्रे के आसपास युद्ध करेंगे और खुले मैदान में नहीं जाएँगे।"

18 जून, 1576 को हल्दीघाटी में मानसिंह के नेतृत्व में मुगल सेना आ पहुँची। महाराणा प्रताप की ओर से चुंडावतों के साथ हरावल दस्ते का नेतृत्व कर रहे अफगान पठान हकीम खाँ सूरी ने पहला वार करते हुए मुगल सेना को अस्त-व्यस्त कर दिया। दरअसल मेवाड़ की युद्ध-नीति के अनुसार शत्रु-सेना पर आक्रमण करने वाली पहली सैन्य टुकड़ी को 'हरावल' और दूसरी को 'चंदावल' कहते हैं। चंदाबल सैन्य टुकड़ी में पुरोहित गोपीनाथ, जयमल मेहता आदि थे। इसी में घाटी के मुहानों पर राणा पूंजा के नेतृत्व में भील तीर-कमानों के साथ तैनात थे। दाएँ से रामसहाय तंवर और उनके तीन पुत्र हमला करते हैं। बाईं ओर से झालामान, झाला बीदा और अक्षयमान हमला करते हैं।

मुगल इतिहासकार बदायूँनी के अनुसार—"प्रताप की सेना ने इतनी तीव्रता से आक्रमण किया कि मुगल सैनिकों को अपनी जान बचाकर बनास के दूसरे किनारे से 5 कोस (10-15 कि.मी.) दूर तक भागना पड़ा।"

महाराणा प्रताप ने हाथी पर सवार मानसिंह पर भाले से आक्रमण किया, किंतु वह बच गया। मुगल सेना ने महाराणा प्रताप को घेर लिया और हाथी की सूँड़ में लगी तलवार से महाराणा प्रताप का प्रिय घोड़ा चेतक घायल हो गया।

मुगल सेना को हारता देख मेहतर खाँ ने एक छल किया। दरअसल मुगलों की 'इलतमिश' नामक एक आरक्षित सेना थी, जिसके नेतृत्वकर्ता थे—माधो सिंह (जयपुर से) और मेहतर खान। मेहतर खाँ ने अफवाह फैला दी कि बादशाह अकबर अपनी सेना के साथ आ गए हैं। मुगलों के मुकाबले मेवाड़ की सेना संख्याबल में पहले ही कम थी, कुछ सैनिक वीरगति को भी प्राप्त हो चुके थे, फिर जब उन्होंने यह सुना कि चार घंटे के युद्ध के बाद एक नया दस्ता फिर से युद्ध लड़ने के लिए आ गया है, मेवाड़ की सेना हतोत्साहित होने लगती है। इन परिस्थितियों में पूर्व निर्धारित रणनीति के अनुसार मेवाड़ के सभी सेनापति पहाड़ों की तरफ लौटना शुरू कर देते हैं। किंतु वे इतना आगे निकल चुके थे कि वापस आना मुश्किल होता है। प्रताप स्वयं खुले में मानसिंह के सामने आ चुके होते थे।

मेहतर खाँ की अफवाह से उत्साहित मुगल सेना महाराणा प्रताप को घेर लेती है। यह देखकर झालामान और हकीम खाँ सूरी अपना बलिदान देकर महाराणा प्रताप को बचा लेते हैं।

इस युद्ध में मुगल सेना को बहुत ज्यादा नुकसान हुआ, किंतु मेवाड़ की सेना के भामाशाह और ताराशाह को छोड़कर लगभग सभी सेनानायकों को वीरगति प्राप्त हुई। हालाँकि हल्दीघाटी के युद्ध में मुगल सैनिकों की दशा देखकर अकबर को यह भलीभाँति मालूम हो गया कि मेवाड़ मुगल साम्राज्य के सम्मुख झुकने वाला नहीं है। साथ-ही-साथ आसपास के हिंदू राजाओं में भी यह सकारात्मक संदेश गया कि अगर अकेला प्रताप मुगलों से लोहा ले सकता है, तो हमें भी उनका सहयोग करना चाहिए।

वामपंथियों ने फैलाया हल्दीघाटी युद्ध में महाराणा प्रताप की हार का भ्रम

वामपंथी इतिहासकारों द्वारा लिखी गई पाठ्य पुस्तकों में आज भी हमारे बच्चों को पढ़ाया जाता है कि हल्दीघाटी के युद्ध में महाराणा प्रताप की हार हो गई थी, किंतु वास्तविकता इससे नितांत विपरीत है। वर्तमान शोध अध्ययनों से ज्ञात होता है

1. हल्दीघाटी युद्ध के तीन माह पश्चात् महाराणा प्रताप युद्ध में सहायता करने वाले लोगों को जागीर के रूप में 7 गाँव प्रदान करते हैं। यदि महाराणा प्रताप हल्दीघाटी के युद्ध में परास्त हो चुके थे, तो फिर वे क्यों और किस अधिकार से अपने लोगों को जागीरें देते?
2. हल्दीघाटी के युद्ध के पश्चात् अकबर अपने दरबार में मानसिंह और आसिफ खान के मनसब (एक पद) कम कर देता है, साथ-ही-साथ अकबर हल्दीघाटी के युद्ध में मिली हार से इतना व्यथित हो जाता है कि मानसिंह से एक वर्ष तक बात भी नहीं करता।

चूँकि इस युद्ध में मेवाड़ के सेनापतियों सहित जनहानि काफी हो चुकी थी, इसीलिए महाराणा प्रताप धैर्यपूर्वक अपनी आगामी रणनीति तैयार करने लगे। अगले दो वर्ष तक उन्होंने अपनी सेना को पुनसंर्गठित किया। उन्होंने कुछ सैन्यबल अपने ससुर से मँगवाया। बूँदी के राव मानसिंह से विद्रोह करके प्रताप से मिल जाते हैं। बहुत से ऐसे राजा, जो अकबर से मिल चुके थे, उनकी छोटी-छोटी टुकड़ियाँ विद्रोह करके महाराणा प्रताप से जुड़ जाती हैं। महाराणा प्रताप हल्दीघाटी के तुरंत

बाद भामाशाह और ताराचंद को मालवा का सूबेदार बनाकर उन्हें वहाँ से संसाधन एकत्र करने का निर्देश देते हैं।

दरअसल आगरा से गुजरात के बंदरगाहों के बीच तथा मेवाड़ की पूर्वी दिशा में स्थिति मालवा वह महत्त्वपूर्ण स्थान था, जहाँ से अकबर अपनी लूट का बड़ा धन तुर्की और अरब देशों को भेजता था। भामाशाह और ताराचंद पाँच वर्षों तक इसी रास्ते पर मुगलों द्वारा बाहर भेजे जा रहे खजाने को लूटते रहे और देखते-ही-देखते इन्होंने पच्चीस लाख स्थानीय मुद्राएँ और बीस हजार स्वर्ण मुद्राएँ एकत्र कर लीं। भामाशाह और ताराचंद लूटा गया यह खजाना प्रताप को लाकर देते हैं, जिसके बल पर प्रताप पच्चीस हजार की पैदल और पाँच हजार घुड़सवारों की सेना फिर से खड़ी कर लेते हैं। यही कारण है कि मेवाड़ राजवंश में इन दोनों भाइयों के योगदान को बड़े सम्मान से देखा जाता है, क्योंकि इनके द्वारा एकत्र किया गया वह धन मेवाड़ के लिए संजीवनी सिद्ध हुआ।

महिला अधिकारों के प्रबल समर्थक महाराणा प्रताप

16 जून, 1580 को अकबर ने अब्दुल रहीम खानखाना को आमेर का सूबेदार नियुक्त किया, साथ-ही-साथ अब्दुल रहीम खानखाना को मेवाड़ के विरुद्ध अभियान करने का भी आदेश दिया गया। एक बार की बात है, अब्दुल रहीम खानखाना द्वारा मेवाड़ के विरुद्ध अभियान करने के दौरान कुँवर अमर सिंह ने अब्दुल रहीम खानखाना की पत्नी और पुत्रियों को बंदी बना लिया। सिसोदिया वंश की गौरवशाली ऐतिहासिक यात्रा के दौरान अनेक बार हमने आपको बताया है कि म्लेच्छ हर बार युद्ध के पश्चात् हिंदू बहू-बेटियों का अपहरण कर उन पर अत्याचार करते थे, लेकिन सनातन धर्म में युद्ध के भी नियम होते हैं। युद्ध राजाओं और उनकी सेनाओं के बीच होता था। युद्ध के दौरान हिंदू राजा एक-दूसरे के परिवारों, विशेषकर महिलाओं और बच्चों को कोई नुकसान नहीं पहुँचाते थे। अमर सिंह द्वारा किए गए इस कृत्य पर महाराणा प्रताप अत्यंत क्रोधित हुए।

जी.एन. शर्मा अपनी पुस्तक 'Mewar & the Mughal Emperors' (पृ. 115) में लिखते हैं, महाराणा प्रताप ने क्रोध में आकर अमर सिंह से कहा, "तुम इन महिलाओं को क्यों बंदी बनाकर लाए हो ? क्या तुम्हें इतना भी ज्ञात नहीं है कि हम धर्मयुद्ध लड़ते हैं ? अगर हम भी ऐसा करेंगे, तो हममें (हिंदुओं) और उनमें (मुसलमानों) क्या अंतर रह जाएगा ?"

महाराणा प्रताप के आदेशानुसार अमर सिंह अब्दुल रहीम खानखाना की पत्नी

एवं बेटियों को सकुशलता उनके महल छोड़कर आते हैं। महाराणा प्रताप द्वारा शत्रु-पक्ष की महिलाओं को भी दिए गए इस सम्मान से अब्दुल रहीम खानखाना हिंदुत्व की विचारधारा से इतना प्रभावित होता है कि उसने कृष्ण की भक्ति में लीन होकर अनेक साहित्यिक रचनाएँ कीं।

दिवेर का युद्ध

हल्दीघाटी के युद्ध के पश्चात् अपने सैन्यबल का पुनर्गठन कर महाराणा प्रताप छापामार युद्ध-नीति से अकबर को छकाते रहे। इस दौरान अकबर ने शहबाज खाँ के नेतृत्व में महाराणा प्रताप के विरुद्ध तीन बार सेनाएँ भेजीं, किंतु मेवाड़ के सैनिकों के पराक्रम के आगे वह हर बार असफल रहा। मुगलों की दुर्दशा देखकर महाराणा प्रताप ने अब अपनी युद्ध-नीति में परिवर्तन करने का मन बनाया। इस बार रक्षात्मक के बजाय आक्रामक युद्ध-नीति का प्रयोग करते हुए वर्ष 1583 में महाराणा प्रताप अपनी सेना के साथ दिवेर (राजसमंद) के थाने पर हमला करते हैं। चूँकि महाराणा प्रताप के पुत्र कुँवर अमर सिंह भी अब अपनी युवावस्था में पहुँच चुके थे, इसलिए इस युद्ध के दौरान महाराणा प्रताप के साथ कुँवर अमर सिंह भी थे। इतिहासकारों के अनुसार, कुँवर अमर सिंह संपूर्ण मेवाड़ वंश में सबसे शक्तिशाली राजाओं में से एक थे। तत्कालीन समय में लगभग पंद्रह हजार की मुगल सेना के साथ दिवेर पर अकबर के चाचा सुल्तान सेरिमा खाँ का अधिकार था।

प्रताप और शक्ति सिंह दक्षिण दिशा से मुगल सेना पर हमला करते हैं। मेवाड़ की सेना का शौर्य देखकर मुगल उत्तर दिशा की तरफ भागने लगते हैं, जहाँ कुँवर अमर सिंह पहले से ही अपने दो हजार सैनिकों के साथ उनका इंतजार कर रहे थे। युद्ध के प्रारंभ में सेरिमा खाँ अपने हाथी पर बैठा होता है, परंतु परिहार राजपूत उसके हाथी के दोनों पैर काट देते हैं। जैसे ही हाथी गिरता है, वैसे ही प्रताप अपने भाले के वार से हाथी का कुंभ स्थल फोड़ देते हैं। सेरिमा खाँ सुल्तान अपने घोड़े की सहायता से उत्तर की तरफ भाग निकलता है, किंतु वहाँ उसका सामना कुँवर अमर सिंह से होता है। कुँवर अमर सिंह उस पर अपने भाले से वार करते हैं। यह वार इतना शक्तिशाली था कि कुँवर अमर सिंह का भाला सुल्तान सेरिमा खाँ की छाती और घोड़े को चीरता हुआ जमीन में छह इंच जा धँसता है।

सेरिमा खाँ अपनी यह दुर्दशा देखकर कराहते हुए पूछता है कि "ऐसा कौन वीर है, जिसकी भुजाओं में इतना बल है?" तो कुँवर अमर सिंह मरणासन्न सुल्तान खाँ के सामने जाते हैं। सेरिमा खाँ कहता है कि "मुझे गंगाजल पिला दीजिए, क्योंकि

आपके हिंदू धर्म में कहा जाता है कि इससे मोक्ष की प्राप्ति होती है।" प्रताप उसे गंगा जल पिलाते हैं और इस तरह दिवेर मुगल सत्ता से स्वतंत्र हो जाता है।

कुँवर अमर सिंह वहीं से आमेर की तरफ कूच करते हैं, जहाँ उनका सामना अब्दुल्ला से होता है। कुँवर अमर सिंह अब्दुल्ला और उसकी सेना को बुरी तरह पराजित करते हैं और एक-एक करके आमेर के हर थाने पर भगवा पताका फहराई जाती है। आमेर पर एक बार पुनः हिंदू राज स्थापित हो जाता है।

दूसरी तरफ कुंभलगढ़ जाते हुए रास्ते में महाराणा प्रताप का सामना मुगल सेनापति बहलोल खान से होता है। बहलोल खान अकबर की सेना का एक बड़ा सिपहसालार था। अकबर को उस पर बहुत अभिमान था। शायद इसका कारण यह भी था कि उसने अपने जीवन में कभी भी कोई युद्ध नहीं हारा था। बहलोल 7.8 फीट का विशालकाय था। वह इनसान के रूप में दानव था। उसकी क्रूरता का अंदाजा इसी बात से लगाया जा सकता है कि वह एक दिन के बच्चे को भी मार डालता था। अकबर ने महाराणा प्रताप को युद्ध में परास्त करने के लिए उसे पूर्ण विश्वास के साथ भेजा था। लेकिन बहलोल को शायद अंदाजा नहीं था कि वह किस मेवाड़ी शेर के सम्मुख युद्ध करने के लिए जा रहा है।

महाराणा प्रताप के सम्मुख उसने अपनी युद्ध-कला का प्रदर्शन करने की पूरी कोशिश की। थोड़ी देर तक तो महाराणा प्रताप उसका मन बहलाते रहे, फिर एक ही वार में बहलोल खान और उसके घोड़े के दो टुकड़े कर दिए। ऊपर से नीचे तक तलवार बिजली की तरह ऐसे चली, मानो एक ही पल में क्या से क्या हो गया। एक शरीर के दो भाग हो गए। विचार कीजिए, प्रताप के बाजुओं में उस समय कितना बल रहा होगा कि एक ही वार में उसके दो टुकड़े हो गए। मुगल सेना अपने सेनापति की इस हालत को देखकर भयभीत होकर भाग खड़ी हुई।

जब प्रताप कुंभलगढ़ पहुँचते हैं तो उन्हें वहाँ कोई सेना नहीं मिलती और बिना किसी संघर्ष के प्रताप कुंभलगढ़ में एक बार फिर भगवा ध्वज फहराते हैं। एक ही रात में बत्तीस मुगल थानों पर केसरिया पताका फिर से लहराने लगती है। चित्तौड़ को छोड़कर पूरे मेवाड़ पर एक बार फिर राजपूतों की सत्ता स्थापित हो जाती है। दिवेर के युद्ध की एक और खास बात यह रही कि उस युद्ध में मेवाड़ के वीर राजपूतों ने एक भी मुगल को युद्धबंदी नहीं बनाया। जितने भी मुगल मिले, उन्हें वहीं मारकर खत्म कर दिया गया।

प्रताप के जीवन की यह विशेष बात रही कि उन्होंने अपने पूर्वजों की तरह कभी भी अपने शत्रु को माफ नहीं किया।

महाराणा प्रताप ने घास की रोटियाँ खाईं ?

हम सबने लोकगीतों और कहानियों के माध्यम से सुना है कि प्रताप को जीवन में इतना संघर्ष करना पड़ा कि उन्होंने घास की रोटियाँ तक खाईं, किंतु कभी मुगल आक्रांताओं के सामने घुटने नहीं टेके। हालाँकि वास्तविकता यह है कि मेवाड़ राजवंश कभी भी आर्थिक रूप से इतना दुर्बल नहीं हुआ कि प्रताप को इन विषम स्थितियों का सामना करना पड़ा हो। हाँ, एक बात सच है कि सिसोदिया राजपूतों ने कभी मुस्लिम आक्रांताओं के सामने अपना सिर नहीं झुकाया।

दरअसल नवीन शोध-पत्रों के आधार पर आधुनिक इतिहासकार प्रताप के समय की आर्थिक दुर्दशा को इस तथ्य के साथ नकारते हैं कि जिस राजवंश का उदयपुर पर आजीवन राज रहा हो, जिनके पास महाराणा कुंभा की छोड़ी अकूत संपत्ति हो और जिनका तारासिंह जैसा कुशल वित्तमंत्री हो, उस राजवंश को कभी आर्थिक समस्याओं का सामना करना पड़ा हो, यह संभव नहीं है।

दिवेर के युद्ध के बाद बहलोल खान की दुर्दशा की बात पूरे देश में फैल जाती है और अकबर का कोई सेनापति इतना साहस नहीं जुटा पाया कि प्रताप का सामना कर सके। एक बार जगन्नाथ कछावा, जो योद्धा तो बहुत अच्छा था, किंतु अकबर के हाथों बिका हुआ था, वह आता है, परंतु उसे भी पराजित कर भगा दिया जाता है। इस प्रकार अपने पुरखों की एक-एक इंच जमीन को प्रताप विदेशी आक्रांताओं से विहीन कर देते हैं।

इतिहासकार टॉड लिखते हैं—“महाराणा प्रताप ने मेवाड़ को मुगल लाशों का रेगिस्तान बना दिया।”

महाराणा प्रताप के शौर्य एवं पराक्रम से अकबर इतना भयभीत हो गया कि वह जीवनपर्यंत महाराणा प्रताप से संघर्ष का आत्मबल तक नहीं जुटा पाया। यहाँ तक कि अपना राज्य बचाने के लिए अकबर राजपूत राजाओं को अपनी ओर शामिल करने का प्रयास करने लगता है। महाराणा प्रताप देहत्याग करने तक (1597 ई. तक) मेवाड़ पर कुशलतापूर्वक राज करते हैं।

महाराणा प्रताप की अन्य उपलब्धियाँ

- महाराणा प्रताप के प्रयासों से मेवाड़ की जनता को जौहर जैसा बलिदान नहीं देना पड़ा।
- महाराणा प्रताप ने अकाल से जूझ रही जनता के लिए कम समय एवं कम खर्च में जलाशयों के निर्माण की तकनीक दी।

- महाराणा प्रताप ने पर्यावरण संरक्षण को प्रत्येक शासक व नागरिक के लिए विशेष कर्तव्य के रूप में परिभाषित किया।
- महाराणा प्रताप ने 'विश्व वल्लभ' (समस्त संसार को प्रिय) नामक वृक्ष आयुर्विज्ञान ग्रंथ की रचना की।
- महाराणा प्रताप ने सनातन संस्कारों के आदर्शों पर 'व्यवहार आदर्श' नामक एक पुस्तक की रचना की।
- महाराणा प्रताप के संरक्षण में तैयार 'राज्याभिषेक पद्धति' कालांतर में मेवाड़, गुजरात और मराठा आदि सभी भारतीय राजाओं के लिए आदर्श बनी।
- महाराणा प्रताप ने 6 राग और 36 रागनियों के ध्यान चित्र बनाकर चावंड चित्रकला-शैली का प्रारंभ किया।

महाराणा प्रताप के व्यक्तित्व से नेतृत्व संबंधी शिक्षाएँ

- राणा कीका के रूप में मेवाड़ की भील और मीना जनजातियों के साथ महाराणा प्रताप के आत्मीय संबंध हमें प्रेरणा देते हैं कि हम अपनी जड़ों का सम्मान करें, क्योंकि हमारी वास्तविक ताकत हमारी आध्यात्मिक विरासतों, धार्मिक परंपराओं और सामान्य जनमानस में निहित है।
- निकृष्ट अकबर के अनेक कुत्सित प्रयासों के बावजूद महाराणा प्रताप ने कभी घुटने नहीं टेके। इससे हमें प्रेरणा मिलती है कि स्वाभिमानी जीवन जीने के लिए स्वतंत्रता और आत्मनिर्भरता सर्वाधिक महत्त्वपूर्ण हैं।

प्रो. जॉन एल. वार्ड और हैदराबाद के प्रो. के. रामचंद्रन की केस स्टडी (India's Mewar Dynasty: Upholding 76 Generations of Service and Custodianship) के अनुसार, "हल्दीघाटी के युद्ध के दौरान मेवाड़ का शक्तिशाली सैन्य बल एक भाड़े की सेना नहीं थी। अधिकांश सैनिकों ने स्वयंसेवकों के रूप में काम किया, जो अपने राजा के नेतृत्व में विश्वास करते थे और अपने राज्य की संप्रभुता के लिए अपना जीवन खपाने के लिए तैयार थे।"

- अपने से कई गुना बड़ी मुगल सेना को परास्त करने वाले महाराणा प्रताप के व्यक्तित्व से हमें जीवन में आने वाली कठिन चुनौतियों का सामना कर उनका समाधान निकालने की प्रेरणा मिलती है।

परमतत्त्व में विलीन महाराणा प्रताप

महाराणा प्रताप की मृत्यु पर इतिहासकारों के अलग-अलग मत हैं। कहा जाता है कि एक बार शिकार करते समय वे घायल हो जाते हैं, यही आगे चलकर उनकी मृत्यु का कारण बनता है। किंतु प्रताप की मृत्यु से पहले की एक घटना का वर्णन करना अत्यंत महत्त्वपूर्ण है।

दरअसल, अपने जीवन के आखिरी क्षणों में एक बार महाराणा प्रताप अपने पुत्र कुँवर अमर सिंह और उनकी पत्नी का एक संवाद सुन लेते हैं, जो उन्हें व्याकुल कर देता है। कुँवर अमर सिंह की पत्नी उनसे पूछती है कि "मुगलों के साथ यह संघर्ष कब खत्म होगा?" तो कुँवर अमर सिंह जवाब देते हैं कि "क्या करें! दाजी राजसा की जिद है।" (मेवाड़ में पिता को 'दाजी राज' के नाम से संबोधित करते हैं।)

यह सुनकर महाराणा प्रताप को अत्यंत पीड़ा हुई। उनके मन में लगातार यह विचार बिजली की तरह कौंध रहा था कि 'क्या मातृभूमि और सनातन धर्म के लिए किया गया उनका वर्षों का संघर्ष मात्र एक जिद है?' महाराणा प्रताप अपने सामंतों को बुलाकर पूछते हैं—"क्या आपको भी लगता है कि इतने वर्षों का हमारा यह संघर्ष सिर्फ मेरी जिद है?" सभी सामंत एकमत होकर कहते हैं—"आपने एक सच्चे राष्ट्रभक्त और राजपूत होने का दायित्व निभाया है।"

सामंतों द्वारा बहुत समझाने के बावजूद कुँवर अमर सिंह की बात प्रताप के मन में घर कर चुकी थी। उन्होंने अपने सामंतों को आदेश दिया—"अगर अमरा (कुँवर अमर सिंह) मेरी मृत्यु के पश्चात् कभी भी मुगलों से कोई संधि करने का प्रयास करता है, तो आप लोग इसे महाराणा मत बने रहने देना!" मेवाड़ के सामंत कुँवर अमर सिंह को प्रताप के पास ले जाते हैं, वहाँ कुँवर अमर सिंह यह वचन देते हैं कि मैं कभी भी मुगलों से संधि नहीं करूँगा। एक राजा का इससे बड़ा देशप्रेम क्या हो सकता है?

उसके कुछ समय बाद 9 जनवरी, 1597 को महाराणा प्रताप ने अपनी अंतिम साँस ली। भारतमाता का वीर सपूत अपनी माँ की गोद में हमेशा के लिए सो गया। हिंदू धर्म के इतिहास में जब-जब इसके रक्षकों के बारे में चर्चा होगी, तब-तब महाराणा प्रताप का नाम सामने आना स्वाभाविक है। हिंदू धर्म के गौरव के लिए जिन वीरों ने अपना सर्वस्व अर्पित कर दिया, उनमें प्रताप का नाम अग्रिम पंक्ति में शामिल है। भारतवर्ष के युवाओं के लिए महाराणा प्रताप के जीवन को जानना

इसलिए भी आवश्यक हो जाता है, क्योंकि उनके जीवन की छोटी-से-छोटी घटना भी एक बड़ा संदेश छोड़ती है। महाराणा प्रताप ही थे, जिनके कारण भारतवर्ष को इस्लामीकरण से रोका गया। उनका जीवन हमें यह शिक्षा देता है कि अपने स्वाभिमान, अपनी संस्कृति और अपने धर्म की रक्षा के लिए हम क्या कर सकते हैं और ये सब क्यों जरूरी हैं? महाराणा प्रताप के शौर्य-पराक्रम का यशगान करते हुए आज भी ये पंक्तियाँ राजस्थानी लोकगीतों में गाई जाती हैं—

"पग-पग गम्या पहाड़, धरा छोड़ राख्यो धरम,
महाराणा मेवाड़, हिरदे बसया हिंद रे।"

संदर्भ

- इस राजा की नीति से प्रेरणा लेकर वियतनाम ने दी थी सुपर पावर अमेरिका को मात, 20 साल तक युद्ध चला था।
- https://dainik-b.in/sBGY9af557
- चित्तौड़ के 3 जौहर की याद में बना जौहर ज्योत मंदिर
- https://dainik-b.in/GiqL1Bgvw8
- https://www.financialexpress.com/lifestyle/leadership-lessons-from-maharana-pratap-of-mewar/2629115/
- http://ndl.iitkgp.ac.in/document/M3FUWTRzbHM1eGRpNDNRb0VXcEk5eXBGbTlRYXlKUTl1dXAzVW5XOHR1QT0
- Mewar & the Mughal Emperors, G.N. Sharma (pg 115)
- MAHARANAS A Thousand Year war for Dhrma (Dr. Omendra Ratnu)
- R.H.DalmiaYoutubeChannal:-https://www.youtube.com/watch?v=n9_x6HofOMM&t=564s

□

महाराणा अमर सिंह से महाराणा जगत सिंह तक

(1597-1652 ई.)

कल्पना कीजिए उस महापराक्रमी के बारे में, जिसने तथाकथित मुगल साम्राज्य के युवराज सलीम उर्फ जहाँगीर के साथ अठारह लड़ाइयाँ न केवल लड़ीं, बल्कि सभी लड़ाइयाँ जीतीं भी। एक योद्धा, जिसके भाले का वार इतना तेज था कि मुगल सेनापति सेरिमा खाँ सुल्तान की छाती और घोड़े को चीरता हुआ जमीन में 6 इंच जा गड़ता है। एक आज्ञाकारी पुत्र, जिसने अपने पिता को दिए वचन का मान रखते हुए जीवनपर्यंत विदेशी मुगल आक्रांताओं के सामने सिर नहीं झुकाया। जानते हैं, उसका नाम ? उस चक्रवर्ती वीर का नाम है—महाराणा अमर सिंह।

आइए, सिसोदिया वंश की गौरवपूर्ण ऐतिहासिक यात्रा के आठवें पड़ाव की ओर बढ़ते हैं, जिसमें हम मुगलों के साथ की गई एक संधि का नाम लेकर महाराणा अमर सिंह के अमर योगदान को बौना साबित करने की कोशिश वाले दरबारी इतिहासकारों का पर्दाफाश करेंगे, साथ-ही-साथ महाराणा अमर सिंह के बेटे महाराणा करण सिंह और पोते महाराणा जगत सिंह द्वारा मातृभूमि की रक्षा हेतु दिए गए अमूल्य योगदान का भी वर्णन करेंगे। कितनी हास्यास्पद बात है कि दरबारी इतिहासकारों द्वारा जिस तथाकथित मुगल बादशाह शाहजहाँ का गौरवगान किया जाता है, वह महाराणा करण सिंह के दम पर ही मुगल सिंहासन पर बैठ पाया था। यहाँ तक कि उसका शाहजहाँ (जिसका असली नाम खुर्रम था) नामकरण भी महाराणा करण सिंह ने ही किया था।

महाराणा अमर सिंह (1597-1620 ई.)

वर्ष 1597 को महाराणा प्रताप के सत्रह पुत्रों में सबसे ज्येष्ठ कुँवर अमर सिंह उनके उत्तराधिकारी बने। मात्र आठ वर्ष की छोटी आयु से लेकर अपने यशस्वी पिता के परमतत्त्व में विलीन होने तक वे निरंतर उनके साथी रहे। बचपन से ही पिता के शौर्य एवं पराक्रम के साक्षी रहे महाराणा कुँवर सिंह की नसों में असीम ऊर्जा का संचार हो रहा था। अब इसे भारत का दुर्भाग्य ही कहा जा सकता है कि परिस्थितियों के वशीभूत होकर उनके पुत्रों को नियति से समझौता करना पड़ा, अन्यथा महाराणा अमर सिंह की भुजाओं में इतना बल था कि वे अपनी तलवार के दम पर ही उन विदेशी आक्रांताओं को परास्त कर सकते थे। महाराणा अमर सिंह मेवाड़ राजवंश के सबसे शक्तिशाली महाराणाओं में से एक थे।

कर्नल जेम्स टॉड के अनुसार, "अमर सिंह महाराणा प्रताप के योग्य पुत्र थे। उनके पास एक नायक के सभी शारीरिक गुणों के साथ-साथ मानसिक गुण भी थे और वे मेवाड़ के सभी राजकुमारों में सबसे लंबे व मजबूत थे। वे अपनी उदारता, वीरता, न्यायशीलता एवं दानप्रियता के लिए अपनी प्रजा में विख्यात थे।"

सन् 1605 में अपनी मृत्यु से पूर्व अकबर दो बार मेवाड़ पर आक्रमण करता है, किंतु दोनों बार उसे पराजय का सामना करना पड़ता हैं। चूँकि मानसिंह को अकबर ने बंगाल और अफगानिस्तान के युद्धों में भेज दिया था, तो मानसिंह कभी मेवाड़ की तरफ लौटकर नहीं आता है। धीरे-धीरे अकबर का बेटा सलीम (जो कालांतर में जहाँगीर के नाम से तथाकथित मुगल साम्राज्य का सुल्तान बना) राजकीय कार्यों में अकबर की सहायता करने लगा।

लेकिन सलीम अत्यंत विलासी एवं हर समय अफीम के नशे में धुत्त रहता था। कुछ इतिहासकार तो यहाँ तक लिखते हैं कि "यह मुगल राज का दुर्भाग्य रहा कि सलीम अकबर का उत्तराधिकारी बना।"

उसी दौरान अकबर की मृत्यु स्वयं के द्वारा रचाए गए एक षड्यंत्र में हो जाती है। दरअसल, अकबर मानसिंह को खाने में जहर देने की योजना बनाता है, किंतु किसी कारणवश खुद ही वह खाना खा लेता है, जिससे तड़प-तड़पकर उसकी मृत्यु हो जाती है। कुछ इतिहासकारों के अनुसार, "उसकी मृत्यु ठीक वैसे ही हुई, जैसे एक दुर्दांत हत्यारे की होनी चाहिए।" अकबर के जाने के बाद सलीम उर्फ 'जहाँगीर' मुगल सिंहासन पर बैठता है। अपने पिता की तरह वह भी मेवाड़ पर मुगल आधिपत्य के स्वप्न को पूरा करने के उद्देश्य से आक्रमण जारी रखता है।

वर्ष 1605 से 1615 तक अठारह लड़ाइयाँ महाराणा अमर सिंह और जहाँगीर के मध्य होती हैं। रोचक बात यह है कि एक भी युद्ध जहाँगीर जीत नहीं पाया। सारे युद्धों में अमर सिंह की सेना विजय प्राप्त करती है। महाराणा अमर सिंह के बारे में कहा जाता था कि अगर उनके फेंके हुए भाले के सामने कोई आ जाता था तो उसके चीथड़े उड़ जाते थे।

महाराणा अमर सिंह द्वारा किए गए प्रशासनिक एवं सैन्य सुधार

- महाराणा अमर सिंह ने स्वतंत्र सामंतों की तरह व्यवहार करने वाले सरदारों की स्थिति एवं विशेषाधिकारों को परिभाषित करते हुए एक पदानुक्रम (Hierarchy) का निर्धारण किया। सामंत सरदारों की परस्पर प्रतिद्वंद्विता को समाप्त कर उन पर नियंत्रण स्थापित करने तथा उन्हें जन सामान्य की भलाई हेतु प्रेरित करने के लिए सरदारों की प्रोन्नति व पदावनति (Promotion and Demotion) तथा स्थानांतरण (Transfer) करना प्रारंभ किया। बदनौर, बेगुन और रतनगढ़ की जागीरें इसके स्पष्ट उदाहरण हैं।
- स्थानीय सैन्य आवश्यकता की पूर्ति हेतु उन्होंने सिपाहियों, घोड़ों, रथों और हाथियों की एक स्थायी सेना बनाई। उन्होंने अपने तोपखाने विभाग में गोड़वाड़ और मुल्तान के लोगों को नियुक्त किया। उन्होंने मुगलों के खिलाफ आक्रामक और रक्षात्मक युद्ध चलाने के लिए कवच का एक बड़ा संग्रह बनाया।
- महाराणा अमर सिंह ने मुगलों द्वारा किए जा रहे सतत आक्रमणों के कारण अपने घरों से विस्थापित लोगों को पुनर्वासित करने का कार्य किया। जनसाधारण को अक्सर वित्तीय सहायता प्रदान की जाती थी।
- जब वे राजकुमार थे, तभी उन्होंने कुंभलगढ़ के निकट सरारा शहर और कई छोटे-छोटे गाँवों की स्थापना की। उन्होंने जहाजपुर जिले में अमरगढ़ किले का निर्माण करवाया।

खुर्रम की निर्ममता एवं मेवाड़ की बिगड़ती आर्थिक स्थिति

महाराणा अमर सिंह और जहाँगीर के बीच होने वाले इन सतत संघर्षों से दोनों तरफ की लगातार आर्थिक और सैन्य संसाधनों की क्षति होती जा रही थी। युद्ध में वीरगति प्राप्त करने वालों की संख्या का अंदाजा आप सिर्फ इस बात से लगा सकते

हैं कि एक तरफ घर में किसी बच्चे के जन्म की सूचना आती थी, तो दूसरी तरफ पिता का पार्थिव शरीर आता था। राजपूतों ने अपनी चार-चार पीढ़ियाँ मातृभूमि की खातिर अर्पण कर दी। राज्य का खजाना भी अब धीरे-धीरे खाली हो रहा था। मेवाड़ और उसकी जनता भयंकर त्रासदी झेल रही थी।

श्यामलदास कृत 'वीर विनोद' के अनुसार, "मेवाड़ ने मुगलों के विरुद्ध लगातार 47 वर्षों तक युद्ध जारी रखा; और ऐसा माना जाता है कि प्रत्येक घर से कम-से-कम चार सदस्यों ने मेवाड़ की स्वतंत्रता के लिए अपने प्राणों की आहुति दी थी।"

वहीं जहाँगीर ने इतनी पराजय के बाद 1613 ई. में अपने बेटे खुर्रम को मेवाड़ भेजा। खुर्रम ने मेवाड़ की घेराबंदी ठीक वैसे ही की, जैसे मेवाड़ की सेना करती थी। सभी व्यावसायिक रास्तों को बंद कर दिया गया। जहाँ-जहाँ मुगल सेना अपनी छावनी बैठाती, वहाँ आसपास भयंकर नरसंहार करती। इस तरह मेवाड़ बिल्कुल बरबादी के कगार पर पहुँच चुका था। ऐसे में मेवाड़ के कुछ सामंत महाराणा अमर सिंह के पास जाकर कहते हैं कि "अब हमें जहाँगीर से संधि कर लेनी चाहिए, क्योंकि परिस्थितियाँ विपरीत हैं; और अगर किसी सम्मानजनक प्रस्ताव पर मुगल साथ आते हैं, तो यही उचित होगा।"

दूसरी तरफ मेवाड़ के सामंतों के पास यह गुप्त सूचना भी थी कि जहाँगीर स्वयं मेवाड़ से संधि करना चाहता है, क्योंकि वह भी वर्षों से चले आ रहे इन युद्धों में हो रहे आर्थिक नुकसान से परेशान था। उसके बहुत से महत्त्वपूर्ण सेनापति मारे जा चुके थे। उसने अपने बेटे खुर्रम को भी यह कह दिया था कि किसी भी शर्त पर मेवाड़ से संधि कर लेनी है।

लेकिन अमर सिंह अपने सामंतों के प्रस्ताव को यह कहकर ठुकरा देते हैं कि "मैं दाजी राज को दिए गए वचन को नहीं भूल सकता। अगर आप लोग मुगलों से संधि करना चाहते हैं, तो आप संधि कर लें, पर मैं ऐसी कोई संधि नहीं करूँगा।" सामंत यही बात महाराणा अमर सिंहजी के बेटे करण सिंह को समझाते हैं कि "राज्य की जनता भूखी मर रही है। जनता विद्रोही हो जाएगी। हम निवेदन करते हैं कि आपको एक बार खुर्रम खाँ से भेंट कर लेनी चाहिए।" उन सामंतों की मंत्रणा पर करण सिंह खुर्रम से मिलने को राजी हो जाते हैं, परिणामस्वरूप गोगुंदा के पास करण सिंह और खुर्रम की मुलाकात होती है।

महाराणा अमर सिंह एवं अब्दुल रहीम खानखाना के बीच पत्र संवाद

महाराणा अमर सिंह मन-ही-मन इस बात को लेकर चिंतित थे कि अपने पिता को दिए गए वचन को कैसे बनाए रखा जाए?

जैसा कि पिछले पड़ाव में हमने महाराणा प्रताप द्वारा अब्दुल रहीम खानखाना की पत्नी एवं पुत्रियों को सकुशल उनके महल लौटाने संबंधी प्रसंग की चर्चा की थी। इस प्रकार अब्दुल रहीम खानखाना मुगल सेनापति होते हुए भी मानसिक रूप से मेवाड़ की तरफ थे।

इसी पृष्ठभूमि का स्मरण करके अपनी प्रजा के दुःखों से व्यथित महाराणा अमर सिंह अब्दुल रहीम खानखाना (जो कि उस समय दक्षिण में मुगल सेनापति थे) को पत्र लिखते हैं। उनका यह पत्र बहुत ही मार्मिक था। वे लिखते हैं—

"गौड़, कछावा, राठवड़, गोखाँ जोख करंत।
कहज्यो खानखान नै, वनचर हुआ फिरंत॥
तंवरां सूं दिल्ली गई, राठौड़ा कनवज्ज।
अमर पयपै खानने, सो दिन दीसै अज्ज॥"

अर्थात् गौड़, कछवाहे और राठौड़ (संधियाँ करके) महलों के झरोखों में आनंद कर रहे हैं। खानखाना से कहना कि हम (महाराणा) जंगलों में भटक रहे हैं, जिस दिन तंवरों के हाथ से दिल्ली गई, राठौड़ों के हाथ से कन्नौज गया, वही दिन, महाराणा अमरसिंह खानखाना से कहते हैं, आज हमें दिखाई दे रहा है, अर्थात् आज हमें मेवाड़ अपने हाथों से छूटता दिखाई दे रहा है।

अमर सिंह के इस पत्र के जवाब में खानखाना, जो स्वयं कवि थे, लिखते हैं—

"धर रहसी, रहसी धरम, खप जासी खुरसाण।
अमर विसंभर ऊपरे, राखो नहंचो राण॥"

अर्थात् धरती भी तुम्हारी ही रहेगी, धर्म भी रहेगा, और खुरसान वाले (मुगल) नष्ट हो जाएँगे। हे राणा अमर सिंह! आपके ऊपर विशंभर का आशीर्वाद है, थोड़ा धीरज रखिए।

विचार कीजिए कि दो महापुरुषों के बीच किया गया यह पत्र-संवाद कितना आत्मीय है? खानखाना के इस पत्र ने अमरसिंह को इतना साहस दिया कि वे अगले एक वर्ष तक मुगलों से लड़ते रहे।

मेवाड़-मुगल संधि (1615 ई.)

सतत रूप से जारी युद्ध की विभीषिका से व्यथित जनता के मनोभावों को समझते हुए करण सिंह मुगलों से वार्त्तालाप के लिए मान जाते हैं। सामंतों की सलाह पर कुछ समय पश्चात् अमर सिंहजी को बताए बिना करण सिंह ने मेवाड़-मुगल संधि पर हस्ताक्षर कर दिए।

यहाँ यह तथ्य विशेष रूप से उल्लेखनीय है कि वामपंथी इतिहासकारों द्वारा हमें यह बताया गया है कि महाराणा अमर सिंह के कहने पर करण सिंह ने मुगलों से संधि की थी, लेकिन सत्य इसके नितांत विपरीत है। हालाँकि तत्कालीन परिस्थितियों को देखते हुए यह कहना भी उचित होगा कि यह संधि मेवाड़ के आने वाले भविष्य के लिए आवश्यक थी, क्योंकि मुगलों से अठारह युद्ध लड़ने के बाद मेवाड़ आर्थिक रूप से कमजोर हो चुका था।

इस संधि की मुख्य बातें इस प्रकार थीं—

1. राणा अपनी पसंद की जगह पर खुर्रम से मिलेंगे।
2. राणा के पुत्र करण सिंह को उनके प्रतिनिधि के रूप में मुगल दरबार में भेजा जाएगा।
3. मेवाड़ के राजकुमार को मुगल दरबार में अन्य राजकुमारों से उच्च स्थान प्राप्त होगा तथा यह स्थान जहाँगीर के बिल्कुल निकट होगा।
4. मेवाड़ के राणा को कभी मुगल दरबार में उपस्थित नहीं होना पड़ेगा।
5. चित्तौड़ का दुर्ग राणा को पुनः दे दिया जाएगा, किंतु उसे कभी सुधारा नहीं जाएगा और न ही किलेबंदी की जाएगी।
6. राणा अपने एक हजार अश्वारोही मुगल सेना को देंगे।

करण सिंह और मेवाड़ के सामंतों ने मुगलों से संधि तो कर ली थी, किंतु महाराणा अमर सिंह को यह सूचना कैसे दें, इस बात का विचार उन्हें परेशान कर रहा था, क्योंकि वे अपने महाराणा के सामने जाने का साहस ही नहीं जुटा पा रहे थे। हालाँकि कुछ दिन बाद करण सिंह सामंतों के साथ अमर सिंह के पास जाकर संधि की बात साझा करते हैं। महाराणा अमर सिंह इस बात से बहुत दुःखी होकर कहते हैं कि "जब तुम सब लोगों ने यह कर ही लिया है, तो अब मेरे न कहने का कोई औचित्य नहीं रह जाता।" हालाँकि यह बात महाराणा अमर सिंह के मन में घर कर गई कि मैं जीवित रहते हुए अपने पिता को दिया वचन नहीं निभा पाया और इसी वेदना के कारण वे करण सिंह को राज्य का उत्तराधिकारी नियुक्त कर 1615 ई. में पिछोला में अपने महल में चले जाते हैं।

महाराणा अमर सिंह का देहावसान

अमर सिंह का संपूर्ण जीवन संघर्षमय रहा, किंतु फिर भी उन्होंने कभी अपने सिद्धांतों से समझौता नहीं किया। वे स्वभाव से गुस्सैल होते हुए भी खुले मन से विपरीत विचारधारा वाले सामंतों को सम्मानपूर्वक अपने साथ रखते थे। सभी तरह के लोग उनके दरबार में होते थे। वे कला के प्रशंसक भी थे। यह उनका दुर्भाग्य रहा कि वे अपने पिता को दिए गए वचन को नहीं निभा पाए, और इसी पीड़ा व अवसाद में पूर्ण रूप से स्वस्थ होते हुए भी समय से पूर्व ही 1620 ई. में परमतत्त्व में विलीन हो गए।

महाराणा अमर सिंह के शौर्य एवं पराक्रम का यशोगान करते हुए किसी कवि ने ठीक ही लिखा है—

"महाराणा प्रताप का वीर पुत्र था अमर सिंह आया।
शौर्य और पराक्रम का था परचम लहराया॥
नहीं झुकाऊँगा मस्तक को कभी म्लेच्छों के आगे।
मेरी रगों में खून वही, जिसे देख म्लेच्छ थे भागे।"

महाराणा करण सिंह (1620–1628 ई.)

करण सिंहजी ने मेवाड़ के महाराणा के रूप में आठ वर्ष तक शासन किया और पैंतालीस वर्ष की अल्पायु में उनका देहावसान हो गया। महाराणा करण सिंह के जीवन की दो घटनाएँ विशेष रूप से उल्लेखनीय हैं—

जब जहाँगीर के अंतिम समय में उसके बच्चों के मध्य सत्ता के लिए संघर्ष चल रहा था, तब महाराणा करण सिंहजी ने शाहजहाँ को सत्ता दिलवाने में उसकी मदद की थी। यहाँ तक कि शाहजहाँ, जिसका असली नाम खुर्रम था, को शाहजहाँ नाम भी करण सिंह ने ही दिया था। करण सिंह और शाहजहाँ की मित्रता की निशानी के रूप में उदयपुर में आज भी शाहजहाँ की पगड़ी रखी हुई है।

एक बार फिर सिसोदिया वंश के संकटमोचक बने चारण

एक बार महाराणा करण सिंह किसी युद्ध में जयपुर के कछावा राजपूत का वध कर देते हैं, तो उसी कछावा राजपूत की अगली पीढ़ी का राजा प्रण लेता है कि मैं इसका प्रतिकार लूँगा। प्रतिशोध की ज्वाला में जल रहा कछावा राजपूत अवसर की प्रतीक्षा करने लगा। एक दिन करण सिंह के बेटे जगत सिंह शिकार से लौट रहे थे। अपने प्रण को पूर्ण करने के लिए कछावा राजपूत अपने घोड़े की नाल में

हथियार लगाने के लिए वहीं के एक चारण के पास पहुँचा। चारण ने कछावा को सुबह आने को कहा तो कछावा राजपूत राजा ने चारण को कई गुना मानदेय देने का लालच दिया। चारण ने घोड़े की नाल में हथियार लगाने का कार्य तो कर दिया, किंतु मन में उत्पन्न संशय के कारण उस चारण ने कछावा राजपूत का पीछा किया।

कछावा राजपूत करण सिंहजी के पुत्र जगत सिंह पर आक्रमण करने के उद्‌देश्य से अपनी योजनाओं में लगा था, तो दूसरी तरफ चारण छुपकर यह सब देख रहा था। जगत सिंह शिकार से लौट रहे थे, उस समय उनके साथ मुश्किल से दस-पंद्रह अंगरक्षक थे, जो जंगल में भटक कर काफी पीछे रह गए थे। कछावा राजपूत जगत सिंह पर हमला कर देता है। चूँकि घटना करण सिंह के महल के पास की ही थी और संयोग से वे महल की छत से कछावा का यह हमला देख रहे थे। करण सिंह जोर से चिल्लाते हैं कि "मेरा वंश समाप्त हो जाएगा, कोई मेरे बेटे को बचाओ।" तभी वह चारण कछावा राजपूत के सामने आकर उसकी हत्या कर देता है।

करण सिंह उस चारण को अनेक पुरस्कारों से सम्मानित करते हैं। यह एक और उदाहरण है सिसोदिया वंश के संरक्षण में चारणों के योगदान का। चाहे वह महाराणा हम्मीर सिंह के समय में बरवड़ी देवी हो या फिर महाराणा लाखा के समय चंदन चारण हो, सिसोदिया वंश के विस्तार में चारणों की भूमिका सदैव महत्त्वपूर्ण रही है।

महाराणा जगत सिंह (1628-1652 ई.)

महाराणा करण सिंह की मृत्यु के पश्चात् जगत सिंह को मेवाड़ का महाराणा बनाया जाता है। जगत सिंह लगभग बाईस-तेईस वर्ष तक मेवाड़ पर शासन करते हैं। वह काल सिसोदिया वंश का सर्वाधिक विस्तार का काल सिद्ध हुआ।

वर्ष 1615 की मेवाड़-मुगल संधि के अंतर्गत एक महत्त्वपूर्ण शर्त यह भी थी कि चित्तौड़ और मेवाड़ में तोप के कारखाने लगाए जाएँगे। मुगल राज से कारीगर आते थे और तोपों का निर्माण मेवाड़ में होता था। धीरे-धीरे मेवाड़ के लोगों को भी तोप बनाने और उसके उपयोग की विधि का ज्ञान होने लगा।

महाराणा जगत सिंह के कालखंड में बड़े पैमाने पर निर्माण-कार्य हुए, आज उदयपुर की जो निर्माण-भव्यता हम लोग देखते हैं, उसमें मुख्य रूप से जगत सिंह का योगदान रहा। करण सिंह और जगत सिंह के कार्यकाल में अधिक युद्धों का तो वर्णन नहीं मिलता, लेकिन तब ऐतिहासिक इमारतों का निर्माण-कार्य बड़े जोर-शोर से हुआ।

वर्ष 1652 में महाराणा जगत सिंह सिसोदिया वंश की जिम्मेदारी अपने पुत्र राज सिंह को देने के पश्चात् मोक्ष को प्राप्त करते हैं।

संदर्भ

- MEWAR AND THE MUGHAL EMPEROR, G.N. Sharma (pg. 122-141)
- ANNALS AND ANTIQUITIES OF RAJASTHAN, by Lt. Col JAMES TOD, (Chapter 12)
- MAHARANAS A Thousand Year war for Dhrma (Dr. Omendra Ratnu)
- R.H.DalmiaYoutubeChannal:-https://www.youtube.com/watch?v=n9_x6HofOMM&t=564s
- https://udaipurtimes.com/blog/rana-amar-singh-i-today-on-the-four-hundredth-birth/c74416-w2859-cid364976-s10701.htm

□

महाराणा राज सिंह
(1652 से 1680 ई.)

"ये बादशाह औरंगजेब हैं। पूरे हिंदुस्तान में इनका कोई सानी नहीं है।" महल में चित्र बेचने आई एक बुढ़िया ने चित्र दिखाते हुए कहा।

राजकुमारी ने चित्र खरीदा, तो बुढ़िया अत्यंत प्रसन्न हुई, लेकिन यह क्या? अगले ही क्षण राजकुमारी ने चित्र को फर्श पर रखते हुए सहेलियों से कहा, "देखें, तुममें से कौन सबसे पहले इसकी नाक तोड़ती है?"

कमरे में सन्नाटा पसर गया; लेकिन राजकुमारी ने इसकी परवाह न करते हुए लात मारकर तसवीर को चकनाचूर कर दिया।

औरंगजेब की तसवीर को लात मारने वाली वह राजकुमारी थी—छोटे से राज्य किशनगढ़ के राजा रूप सिंह की सौंदर्यवती पुत्री चारुमति। यहीं से शुरुआत होती है महाराणा राज सिंह और औरंगजेब के मध्य संघर्ष की, जिसमें महाराणा राज सिंह ने एक नारी के सतीत्व की रक्षा के लिए अपना सर्वस्व दाँव पर लगा दिया। महाराणा राज सिंह ने मुगल आततायियों के अत्याचारों से रक्तरंजित भारत की मिट्टी को शुद्ध करने के लिए छत्रपति शिवाजी, गुरु गोविंद सिंह और अनेक राजपूत घरानों को एकजुट किया। इतना ही नहीं, उन्होंने अपने शौर्य एवं पराक्रम का प्रदर्शन करते हुए औरंगजेब को दो बार बंदी बनाया। आइए, सिसोदिया वंश की गौरवपूर्ण ऐतिहासिक यात्रा के इस अंतिम पड़ाव में महाराणा राज सिंह के महान् व्यक्तित्व पर चर्चा करते हैं।

वर्ष 1629 में जन्मे राज सिंह अपने पिता महाराणा जगत सिंह की मृत्यु के पश्चात् 10 अक्तूबर, 1652 को मेवाड़ के महाराणा बनते हैं। राजसत्ता सँभालते ही उन्होंने टीका दौड़ प्रथा की शुरुआत की। दरअसल, टीका दौड़ सुनियोजित नीति के

अनुसार शुरू की गई एक प्रथा थी, जिसमें मेवाड़ के राजकुमार जंगल में शिकार के बहाने शत्रु राज्य की सीमा में पचास से सौ किलोमीटर तक आगे बढ़कर अपने सैन्य शिविरों (छावनियाँ) की स्थापना कर लेते थे। इस प्रथा के बहाने महाराणा राज सिंह ने सिकुड़े हुए मेवाड़ का विस्तार मालवा व गुजरात, ऊपर संभल और पश्चिम में मारवाड़ तक के सीमावर्ती क्षेत्रों तक कर लिया। देखते-ही-देखते मेवाड़ का राज्य लगभग दोगुना हो गया।

उधर दिल्ली की राजसत्ता में भी परिवर्तन हो चुका था। जहाँगीर की मृत्यु के पश्चात् उसका बेटा खुर्रम फरवरी 1627 को शाहजहाँ के नाम से दिल्ली का सुल्तान बन गया। जैसा कि पिछले पड़ाव में हमने चर्चा की थी कि जहाँगीर के अंतिम समय में उसके पुत्रों के मध्य चल रहे गृहयुद्ध में महाराणा करण सिंह ने खुर्रम को दिल्ली की सत्ता-प्राप्ति में सहायता की थी, यहाँ तक कि खुर्रम का शाहजहाँ के रूप में नामकरण भी महाराणा करण सिंह ने ही किया था। इस प्रकार शाहजहाँ मेवाड़ राजसत्ता का ऋणी था। शायद इसीलिए, जब महाराणा राज सिंह ने टीका दौड़ प्रथा के बहाने मेवाड़ का विस्तार किया, तो शाहजहाँ ने चुप्पी साध ली।

यह तो सर्वविदित है कि मुगलों में सबसे निकृष्ट औरंगजेब था, फिर अकबर और बाबर भी बड़े आततायी हुए। उनके मुकाबले शाहजहाँ और जहाँगीर थोड़े उदारवादी थे। इसके पीछे तर्क यह भी है कि इनका जन्म राजपूत माताओं से हुआ था। औरंगजेब, अकबर और बाबर के मुकाबले इनके मन में हिंदुओं के प्रति घृणा अपेक्षाकृत कम थी।

सहायता के लिए गिड़गिड़ाने लगा औरंगजेब

सितंबर 1657 में शाहजहाँ के अचानक बीमार पड़ जाने के कारण उसके पुत्रों के मध्य मुगल सत्ता के लिए उत्तराधिकार का युद्ध प्रारंभ हो गया। शाहजहाँ के अंतिम समय में उसके मात्र चार पुत्र ही जीवित बचे थे—दारा शिकोह, शाहशुजा, औरंगजेब और मुरादबख्श।

दारा शिकोह को जोधपुर के महाराज जसवंत सिंह का साथ मिला हुआ था, तो दूसरी ओर महाराणा राज सिंह बड़ी कुशलता के साथ तटस्थ बने रहे। उन्होंने किसी की सहायता नहीं की। हालाँकि बहुत से इतिहासकारों का मानना है कि महाराणा राज सिंहजी ने परोक्ष रूप से दारा शिकोह का साथ दिया।

कविराज श्यामलदास कृत वीर विनोद (खंड-2) में संकलित महाराणा उदयपुर के कार्यालय से गोपनीय पत्रों का अध्ययन करने पर हमें ज्ञात होता है कि

उत्तराधिकार युद्ध के दौरान औरंगजेब महाराणा राज सिंह से समर्थन प्राप्त करने के लिए बहुत लालायित था—

1. फरवरी 1658 में औरंगजेब ने महाराणा राज सिंह को लिखे गए एक पत्र में कहा कि "मैं उत्तर की ओर बढ़ रहा हूँ"उत्तराधिकार के युद्ध में मेरा साथ देते हुए मेवाड़ की एक सैन्य टुकड़ी भेज दो।"
2. जब महाराणा राज सिंह ने कोई उत्तर नहीं दिया तो उसने अपने एक विश्वस्त व्यक्ति के हाथों भेजे गए पत्र के माध्यम से पुनः समर्थन की माँग की। इस बार औरंगजेब ने महाराणा के सम्मान में कीमती वस्त्र एवं रत्नजड़ित अँगूठी भी भेजी।
3. कुछ दिनों के पश्चात् एक पत्र के माध्यम से औरंगजेब ने पुनः एक राजपूत टुकड़ी की माँग की। इस बार औरंगजेब ने महाराणा राज सिंह को लालच देते हुए कहा कि वह उनके सीमावर्ती क्षेत्रों पर स्थायी अधिकार को मान्यता दे देगा।
4. मार्च 1658 को भेजे गए अपने चौथे पत्र में औरंगजेब ने गिड़गिड़ाते हुए अनुरोध किया कि मेवाड़ के युवराज को नर्मदा नदी के दूसरे तट पर उनके साथ शामिल होने के लिए भेजा जाना चाहिए।

औरंगजेब और महाराणा राज सिंह के बीच संघर्ष

अप्रैल 1659 को अजमेर के निकट देवराई की घाटी में औरंगजेब ने अपने भाई दारा शिकोह को पराजित कर उसका सिर कलम कर दिया और कटे हुए सिर को थाली में सजाकर शाहजहाँ को पेश किया गया। फिर अपने प्रिय पुत्र की इस दुर्दशा से व्यथित शाहजहाँ को कारावास में डालकर औरंगजेब ने दिल्ली की सत्ता प्राप्त कर ली।

मुगल सत्ता के सिंहासन पर औरंगजेब के बैठते ही मुगल राज्य से मेवाड़ घराने के संबंध भी बदलने लगे। दरअसल, औरंगजेब और महाराणा राज सिंह के मध्य मुख्यत: तीन कारणों से संघर्ष हुए—

1. चारुमति के सतीत्व की रक्षा

किशनगढ़ जैसे छोटे राज्य की एक सुंदर राजकुमारी थी, नाम था—चारुमति। उनके सौंदर्य की चर्चा चारों ओर थी। जैसे ही यह बात औरंगजेब तक पहुँची, वहशी औरंगजेब ने चारुमति के माता-पिता के पास विवाह का प्रस्ताव भेजा। चारुमति

के माता-पिता ने नपुंसकता दर्शाते हुए उसका प्रस्ताव स्वीकार भी कर लिया; किंतु चारुमति को औरंगजेब के साथ विवाह का प्रस्ताव स्वीकार नहीं था।

दरअसल, राजकुमारी चारुमति महाराणा राज सिंह से प्रेम करती थी। उन्होंने महाराणा राज सिंह को भेजे गए अपने पत्र में लिखा—"एक कौए के साथ बगुले का विवाह कदापि नहीं होगा''या तो आप आकर मुझसे विवाह कर लें, अन्यथा मैं अपने प्राणों की आहुति दे दूँगी।"

राजकुमारी चारुमति का यह पत्र मिलते ही महाराणा राज सिंह अपनी विशाल सेना को बरात के रूप में लेकर किशनगढ़ की तरफ रवाना हो जाते हैं। वहीं दूसरी तरफ महाराणा राज सिंह अपने एक सामंत रतन सिंह चुंडावत को 50 हजार की सेना के साथ जयपुर के रास्ते भेजते हैं, ताकि औरंगजेब की सेना पर निगरानी रखी जा सके।

यहाँ पर रतन सिंह चुंडावत से संबंधित एक मार्मिक प्रसंग का उल्लेख करना भी अत्यंत आवश्यक है। दरअसल, महाराणा जय सिंह द्वारा सामंत रतन सिंह चुंडावत को जयपुर भेजने का आदेश देने से कुछ समय पूर्व ही उनका विवाह हाड़ी रानी से हुआ था। जैसा कि युवावस्था में होता है, वे जयपुर जाते समय बार-बार अपने संदेशवाहक को भेजकर हाड़ी रानी से उनकी याद के रूप में कोई-न-कोई निशानी माँगते हैं। हाड़ी रानी भी प्रेमस्वरूप कुछ-न-कुछ यादगार भेजती हैं। जब तीसरी बार संदेशवाहक हाड़ी रानी के पास पहुँचता है, तो हाड़ी रानी के मन में यह विचार उत्पन्न होता है कि अगर रतन सिंह ऐसे ही प्रेम में बँधे रहेंगे, तो महाराणा राज सिंह के दिए हुए कर्तव्य का पालन नहीं कर पाएँगे। अतएव हाड़ी देवी अपनी गर्दन काटकर रतन सिंह के पास भेंटस्वरूप भिजवा देती हैं। जब रतन सिंह को हाड़ी देवी का कटा हुआ शीश मिलता है तो उनका हृदय आवेश एवं करुणा से भर जाता है। अन्य शब्दों में कहा जाए तो हाड़ी रानी ने रतन सिंह चुंडावतजी को अपने बंधनों से मुक्त कर दिया, ताकि वे राज-कर्तव्य की पूर्ति में तन्मयता से जुट सकें।

अपनी रानी के वियोग में व्यथित रतन सिंह चुंडावत औरंगजेब की सेना पर काल बनकर टूट पड़ते हैं; हालाँकि कई मुगल सैनिकों से एक साथ घिर जाने के कारण रतन सिंह चुंडावत को वीरगति प्राप्त होती है, किंतु उनके इस पराक्रम के कारण औरंगजेब समय पर किशनगढ़ नहीं पहुँच पाता है, जिससे महाराणा राज सिंह का विवाह चारुमति के साथ विधि-विधान से संपन्न हो जाता है। इस प्रकार

महाराणा राज सिंह ने एक वहशी एवं म्लेच्छ औरंगजेब से किशनगढ़ की राजकुमारी चारुमति के सतीत्व की रक्षा करते हुए अपने पूर्वजों की भाँति सनातन धर्म की प्रतिष्ठा बढ़ाई।

2. श्रीनाथद्वारा प्रकरण

वर्ष 1669 को धर्मांध औरंगजेब ने एक शाही फरमान जारी करते हुए कहा कि "जितने भी वैष्णव हिंदू मंदिर हैं, उन्हें तोड़ दिया जाए।" जैसे ही औरंगजेब के इस फरमान का पता गोवर्धन मंदिर के गोसाइंयों (मंदिर के पुरोहितों) को चलता है, वे श्रीनाथजी के विग्रह को लेकर राजस्थान की तरफ भागते हैं। राजस्थान पहुँचकर गोसाईं बूंदी, जयपुर, कोटा और जोधपुर के महाराजा से संरक्षण देने का आग्रह करते हैं, किंतु सभी ने संरक्षण प्रदान करने में असमर्थता जताई। गोसाइंयों ने विचार किया कि अब संपूर्ण राजस्थान में केवल एक ही पराक्रमी राजा शेष हैं, जो औरंगजेब के विरुद्ध संरक्षण प्रदान कर सकते हैं।

गोसाईं जब महाराणा राज सिंह के पास पहुँचे तो उन्होंने गरजते हुए कहा, "जब तक मेरे एक लाख राजपूतों के सिर नहीं कट जाते, तब तक औरंगजेब श्रीनाथजी की मूर्ति को हाथ नहीं लगा सकता। आपको मंदिर के लिए जो जगह उचित लगे, वहाँ मंदिर बनाइए। मैं स्वयं आकर मंदिर में मूर्ति प्रतिष्ठा करूँगा।"

20 फरवरी, 1672 को उदयपुर से 50 किलोमीटर दूर बनास नदी के किनारे सिंहाड़ गाँव में श्रीनाथजी की मूर्ति को स्थापित कर मंदिर की प्राण-प्रतिष्ठा की गई। वर्ष 1934, को उदयपुर के तत्कालीन शासक ने श्रीनाथजी मंदिर के मुख्य पुजारी श्री तिलकायतजी महाराज को मंदिर का सरंक्षक और प्रबंधक नियुक्त करते हुए श्रीनाथजी मंदिर से जुड़ी संपत्ति पर पूर्णतया मंदिर के ही अधिकार की घोषणा कर दी। वर्तमान में यह मंदिर भारत के सर्वाधिक धनी मंदिरों की श्रेणी में आता है।

कितने दुर्भाग्य की बात है कि श्रीनाथद्वारा में एक जगह पर भी इस बात का विवरण नहीं मिलता कि किस महान् महाराणा ने अपने प्राणों की चिंता न करते हुए सनातन धर्म की अस्मिता को बचाने के लिए श्रीकृष्ण की मूर्ति की रक्षा की थी।

सिंहाड़ के निकट, जहाँ वर्तमान में श्रीनाथजी का मंदिर है, वहाँ एक भयंकर युद्ध हुआ। महाराणा राज सिंहजी ने मुगलों से विमुख हो चुके जोधपुर के राठौड़ राजाओं से सहायता माँगी। महाराणा राज सिंह की सहायता के लिए हजारों की संख्या में राठौड़ मेवाड़ आते हैं, किंतु उन्हें पहुँचने में एक दिन का विलंब हो जाता है और उस एक दिन में ही मेवाड़ की आधी सेना का सफाया हो जाता है; किंतु

अगले दिन जैसे ही 50 हजार की संख्या में राठौड़ सैनिक पहुँचते हैं। राठौड़ और मेवाड़ की सयुंक्त सेना लगभग एक लाख की मुगल सेना का सफाया कर देती है। इस तरह मुगल पराजित होकर भाग खड़े होते हैं।

3. जजिया कर का विरोध

लगातार हो रहे युद्धों से बिगड़ती आर्थिक स्थिति, जिसके परिणामस्वरूप खाली हो रहे मुगल खजाने को भरने के लिए तथा अपनी कट्टर इस्लामीकरण की नीतियों पर चलते हुए औरंगजेब ने 1679 ई. को जजिया कर फिर से लागू कर दिया, जिसे 1564 में अकबर द्वारा समाप्त कर दिया गया था।

जैसा कि हम सब जानते हैं कि जजिया मुगलों द्वारा गैर-मुस्लिम जनता पर लगाया जाने वाला एक कर (Tax) था, या यों कहें कि हिंदू को हिंदू बने रहने के लिए हिंदुओं द्वारा दिया जाने वाला एक कर (Tax) था।

जजिया कर के विरोध में महाराणा राज सिंह ने औरंगजेब को एक पत्र लिखते हुए कहा, "अगर तुमको लगता है कि गैर-मुस्लिम जनता से कर वसूलकर तुम अपना खजाना भर लोगे तो मैं इस अन्याय का विरोध करूँगा।"

छत्रपति शिवाजी ने की थी महाराणा राज सिंह की प्रशंसा

एक बार छत्रपति शिवाजी ने महाराणा राज सिंह के शौर्य एवं पराक्रम की प्रशंसा करते हुए औरंगजेब के नाम एक पत्र लिखा, जिसमें वे औरंगजेब को ललकारते हुए कहते हैं—"गैर-मुस्लिम प्रजा पर जजिया का यह अधिरोपण अन्यायपूर्ण है। यदि तू लोगों पर अत्याचार करने और हिंदुओं को प्रताड़ित करने में ही धर्मपरायणता की कल्पना करता है, तो सर्वप्रथम महाराणा राज सिंह, जो हिंदुओं के मुखिया हैं, से जजिया वसूल करके दिखा।" (यह पत्र शिवाजी के कहने पर उनके फारसी सचिव नील प्रभु द्वारा तैयार किया गया था।)

उस समय तक महाराणा राज सिंह, छत्रपति शिवाजी महाराज और श्री गुरु गोविंद सिंह के मध्य एक सयुंक्त हिंदू मोर्चा बनने की बात आरंभ हो चुकी थी। महाराणा साँगा के पश्चात् महाराणा राज सिंह ही थे, जो इतने व्यापक तौर पर राजपूत घरानों को एकजुट कर पाए।

औरंगजेब को दो बार बंदी बनाया था महाराणा राज सिंह ने

वर्ष 1679 से 1680 के बीच औरंगजेब मेवाड़ पर आक्रमण कर देता है।

महाराणा राज सिंह अपने दो बेटों—महाराणा भीम सिंह और जय सिंह—के साथ औरंगजेब का प्रतिकार करते हैं। कम-से-कम एक दर्जन जगहों पर औरंगजेब और राज सिंह की सेनाओं में भयंकर युद्ध होते हैं। प्रत्येक युद्ध में मेवाड़ की सेना औरंगजेब को खदेड़ देती है।

इतिहाकार रॉबर्ट के अनुसार, महाराणा राज सिंह ने औरंगजेब को दो बार बंदी बनाया, किंतु बाद में संधि करके छोड़ दिया। इस विषय पर कुछ लोगों का मत है कि यदि महाराणा राज सिंह उसी समय औरंगजेब की गर्दन काट देते तो कालांतर में शायद इतना रक्तपात नहीं होता।

महाराणा राज सिंह और उनकी सेना के पराक्रम का अंदाजा आप इसी बात से लगा सकते हैं कि उनके पुत्र जय सिंह तथा वित्त मंत्री दयाल शाह ने मालवा में जाकर ऐसा गदर मचाया कि औरंगजेब द्वारा हिंदू आस्था पर आघात के प्रत्युत्तर में तीन सौ से ज्यादा मसजिदों को तोड़वा दिया गया और मौलवियों की दाढ़ी मुँड़वा दी गई। मालवा के पश्चात् जयसिंह चित्तौड़ पहुँचकर औरंगजेब के बेटे परवेज को पराजित कर देते हैं। इस तरह चित्तौड़ पर सनातन धर्म का प्रतीक भगवा ध्वज फहराने लगता है।

दूसरी ओर, राज सिंह के दूसरे बेटे भीम सिंह गुजरात की तरफ जाते हैं। उनके बारे में कहा जाता है कि उन्हें जो भी मंदिर तोड़कर बनाई गई मसजिद दिखती, वे उसे तोड़वाकर पुन: मंदिर बनवा देते थे। व्यापक रूप में हिंदू धर्म से मुसलमान बने लोगों की घर-वापसी करवाई जाती थी। उनके कालखंड में मुसलमानों को उन्हीं की भाषा में जवाब दिया जा रहा था। यही कारण है कि राज सिंह और उनके पुत्रों की गिनती मेवाड़ के महानतम महाराणाओं के रूप में होती है।

महाराणा राज सिंह की सामाजिक उपलब्धियाँ

- जल प्रबंधन के माध्यम से लगातार पड़ रहे भीषण अकाल को रोकने के लिए महाराणा राज सिंह ने गोमती नदी के पानी को रोककर राजसमुद्र झील (वर्तमान में राजसमंद झील) का निर्माण करवाया था। इस झील के निर्माण में लगभग 16 वर्षों का समय लगा।
- 1687 ई. को राजसमुद्र झील के उत्तरी किनारे नौचौकी नामक स्थान पर संस्कृत भाषा में रणछोड़ भट्ट तैलंग द्वारा रचित 'राज प्रशस्ति' नामक शिलालेख लगा हुआ है। 25 काले संगमरमर की शिलाओं पर खुदी हुई यह प्रशस्ति संसार का सबसे बड़ा शिलालेख है।

- महाराणा राज सिंह की पत्नी ने उदयपुर में जयाबावड़ी या त्रिमुखी बावड़ी का निर्माण करवाया।
- महाराणा राज सिंह ने श्रीनाथद्वारा की तरह ही द्वारकाधीश मंदिर (काँकरोली, राजसमंद) तथा राजस्थान का खजुराहो कहलाने वाले अंबिका माता मंदिर (उदयपुर) का भी जीर्णोद्धार करवाया।

राजस्थान धरोहर संरक्षण एवं प्रोन्नति प्राधिकरण की तरफ से राजसमंद झील के संस्थापक महाराणा राज सिंह की जीवनगाथा, उनके आदर्श व इतिहास को प्रदर्शित कराते हुए वहाँ एक पेनोरमा (चित्रावली) खोला गया है। इसे 11 अगस्त, 2018 से आमजन के लिए खोल दिया गया।

परमतत्त्व में विलीन

औरंगजेब राजस्थान के तीन राजपूत राजाओं को अपनी राह में रोड़ा मानता था। ये राजपूत राजा थे—जोधपुर के जसवंत सिंह, जयपुर के महाराजा जयसिंह और मेवाड़ के राज सिंह। चूँकि इन तीनों राजाओं से औरंगजेब सीधे युद्ध में विजय प्राप्त करने में असमर्थ रहा, अतएव षड्यंत्रों का सहारा लेते हुए अलग-अलग समयांतराल में उसने तीनों को विष देकर मरवा दिया। उनके जाने के बाद राजपूताना की ओर से चुनौती समाप्त हो गई।

जसवंत सिंह की मृत्यु तब हुई, जब उनकी पत्नी गर्भवती थी। जसवंत सिंह अपने सेनापति वीर दुर्गादास राठौड़ से वचन लेते हैं कि "आप मेरे इस अजनमे बच्चे को जोधपुर का राज दिलवाएँगे।" वीर दुर्गादास अपने वचन की पूर्ति भी करते हैं। औरंगजेब के साथ हुए महाराणा राज सिंह के युद्धों का एक महत्त्वपूर्ण कारण यह भी था कि उन्होंने जोधपुर के इस राजकुमार को शरण प्रदान की थी।

महाराणा राज सिंह की मृत्यु के पश्चात् उनके पुत्र ने औरंगजेब के साथ संधि कर ली। दूसरी ओर औरंगजेब का ध्यान भी दक्षिण की तरफ केंद्रित हो गया। राज सिंह ने अपने जीवनकाल में औरंगजेब को इतना कमजोर कर दिया था कि उनके जाने के बाद भी उसने कभी राजस्थान पर हमला करने का विचार नहीं बनाया।

वर्ष 1707 में धर्मांध एवं निकृष्ट औरंगजेब की मृत्यु के पश्चात् तथाकथित मुगल राज समाप्त हो गया।

कहते हैं कि एक बार देश के बड़े कवि रामधारी सिंह दिनकर राजस्थान आए तो ट्रेन से उतरकर चुपचाप एक जगह खड़े हो गए। जब किसी ने उनसे चलने को कहा, तो राजपूत राजाओं की वीरता एवं बलिदान की अमर कथाओं को स्मरण

करते हुए दिनकरजी का जवाब था—"कहाँ चलूँ? यह राजस्थान की पुण्य भूमि है। कहीं ऐसा न हो कि मेरे पैरों के नीचे किसी वीर राजपूत के शरीर की हड्डी या किसी वीरांगना की राख आ जाए।"

संदर्भ

- महाराणा राज सिंह, बंकिम चंद्र चट्टोपाध्याय
- Veer Vinod - Volume II, by Kaviraj Shyamaldas, (pg. 415-423) (Letter of the confidential office of the Maharana Udaipur)
- History of Aurangzib - Volume 3 - Northern India 1658-1681, by Jadunath Sarkar, pg.[Appendix VI : Shivajis remonstrance against the imposition of the Jaziya], M.C Sarkar & Sons (1928)
- "Raj Prashasti - India's longest stone etchings in Rajasthan cry for upkeep, Geetha Sunil Pillai (5 February 2018). Jaipur News - Times of India". Retrieved 3 September 2022
- MAHARANAS A Thousand Year war for Dhrma (Dr. Omendra Ratnu)
- R.H.DalmiaYoutubeChannal:-https://www.youtube.com/watch?v=n9_x6HofOMM&t=564s
- https://hindi.news18.com/news/rajasthan/jaipur-special-story-famous-temple-of-rajasthan-srinath-ji-mandir-nathdwara-mughal-emperor-aurangzeb-3529783.html

□

भाग-दो

मराठा स्वराज्य की गौरवपूर्ण ऐतिहासिक यात्रा

—लेखक : श्री श्रीकांत जोशी

कहते हैं कि 'सत्य परेशान हो सकता है, किंतु पराजित नहीं'।

भारतीय स्वाधीनता के 75 वर्षों तक वामपंथी दरबारी इतिहासकारों द्वारा तैयार किए गए एक ऐसे इतिहास को पढ़ाया जाता रहा, जिसने सिर्फ और सिर्फ तुष्टीकरण की राजनीति को पोषित किया। केवल अपने राजनीतिक आकाओं को खुश करने के लिए ऐतिहासिक तथ्यों को इस कदर तोड़-मरोड़ा गया कि भारतीय अस्मिता की रक्षा के लिए अपना सर्वस्व न्योछावर करनेवाले हमारे वीर योद्धा नेपथ्य में चले गए।

हमें कभी नहीं बताया गया कि मराठा स्वराज्य के संस्थापक छत्रपति शिवाजी महाराज ने एक ही समय में पुर्तगाली, मुगल, अंग्रेज, सिद्दी तथा आदिलशाह आदि विदेशी आक्रांताओं के साथ युद्ध करके उन्हें परास्त किया था।

हमें कभी नहीं बताया गया कि प्रथम भारतीय आधुनिक नौसेना की स्थापना छत्रपति शिवाजी महाराज ने ही की थी। हमें कभी भी महारानी ताराबाई के बारे में नहीं बताया गया, जिन्होंने औरंगजेब को त्राहिमाम् कहने पर विवश कर दिया था।

कितनी आश्चर्यजनक बात है कि हमें कभी भी पेशवा बालाजी विश्वनाथ और पेशवा बाजीराव प्रथम के बारे में भी नहीं बतलाया गया, जिन्होंने न केवल मुगल साम्राज्य को उखाड़ फेंका था, बल्कि दिल्ली के तख्त पर अब कौन सा मुगल बादशाह बैठेगा, यह भी मराठे ही तय करने लगे थे।

हमें कभी भी मराठा नौसेना सरखेल (एडमिरल) कान्होजी आंग्रे के बारे में नहीं बताया गया, जिनकी धाक ऐसी थी कि भारतीय समुद्र क्षेत्र में प्रवेश करने के लिए विदेशियों को भी मराठों द्वारा जारी पारगमन पत्र (Passport) लेने पड़ते थे।

अपने प्रारंभिक वर्षों में एक ब्रिटिश सैनिक के रूप में भारत आए जेम्स ग्रांट डफ, जिसने सतारा के भोंसले राज्य के राजनीतिक सलाहकार के तौर पर भी कार्य किया, अपनी पुस्तक 'A History of the Mahrattas' में लिखता है कि 'ब्रिटिशों ने भारत की राजनीतिक सत्ता मुगलों से नहीं, बल्कि मराठों से हासिल की थी।'

मराठों के शौर्य और सादगी भरे जीवन का जेम्स ग्रांट डफ पर इतना गहरा प्रभाव पड़ा कि भारत से वापस जाने के पश्चात् अपने ब्रिटिश अधिकारियों को लिखे गए पत्र में उसने खुद को एक 'गरीब मराठा' के नाम से संबोधित किया।

आइए, मराठा स्वराज्य की गौरवपूर्ण ऐतिहासिक यात्रा की ओर अग्रसर होते हैं, ताकि हम अपने महापुरुषों द्वारा किए गए पराक्रम का स्मरण कर अपने अस्तित्व को पहचानें और भारत को पुनः विश्वगुरु बनाएँ।

छत्रपति शिवाजी महाराज के शासनकाल से पूर्व महाराष्ट्र

इतिहासकार गोविंद सखाराम सरदेसाई के अनुसार—"पश्चिमी घाटों की दुर्जेय पर्वतमाला, तेरहवीं शताब्दी में संत ज्ञानेश्वर, हिमाद्रि और चक्रधर आदि संतों द्वारा प्रारंभ किए गए 'पंढरपुर आंदोलन' और विदेशी आक्रांताओं द्वारा हिंदू जनता पर किए जा रहे अत्याचारों ने ही मराठों को इस योग्य बनाया कि वह छत्रपति शिवाजी महाराज के नेतृत्व में मुसलमानों के विरुद्ध विद्रोह कर सकें, मुगलों की संगठित शक्ति के सामने अपनी राष्ट्रीयता को पुनः प्रदर्शित कर सकें और अपना साम्राज्य स्थापित कर सकें।"

दरअसल, छत्रपति शिवाजी महाराज ने अपने प्रभावशाली व्यक्तित्व, शौर्य एवं पराक्रम के दम पर औरंगजेब के शासनकाल के दौरान ही एक राष्ट्रीय राज्य के रूप में मराठा स्वराज्य की नींव रखी थी; किंतु इस महान् कार्य की पटकथा बहुत पहले ही लिखी जा चुकी थी। छत्रपति शिवाजी महाराज के जन्म से पूर्व अनेक धार्मिक, सामाजिक, आर्थिक एवं राजनीतिक कारण हुए, जिन्होंने मराठों को अपना स्वतंत्र स्वराज्य स्थापित करने की प्रेरणा प्रदान की। छत्रपति शिवाजी महाराज ने इन बिखरी हुई जनभावनाओं को समेकित करते हुए अपना नेतृत्व प्रदान किया और हिंदू पदपादशाही की स्थापना की।

आइए, मराठा स्वराज्य की गौरवपूर्ण ऐतिहासिक यात्रा के प्रथम पड़ाव की ओर प्रस्थान करते हैं; किंतु इससे पहले हम चर्चा करेंगे महाराष्ट्र के इतिहास और छत्रपति शिवजी के पूर्व महाराष्ट्र क्षेत्र की उन परिस्थितियों के बारे में, जिन्होंने मराठा स्वराज्य की स्थापना में सहायक की महत्त्वपूर्ण भूमिका निभाई।

महाराष्ट्र का इतिहास

महाराष्ट्र के इतिहास की जब भी बात होती है तो सह्याद्रि, समुद्र और शिवाजी—इन तीनों की बात जरूर आती है या यों कहें कि यह एक त्रिकालबाधित सत्य है।

दक्षिण-पश्चिमी भारत में लगभग 1600 किमी. में विस्तृत सह्याद्रि पर्वत-शृंखला (जिसे पश्चिमी घाट के नाम से भी जाना जाता है) विश्व की प्राचीनतम पर्वत-शृंखला है, जो महाराष्ट्र को दो भागों—कोंकण और पठार देश—में बाँटती है। इसके एक ओर ऊँचे-ऊँचे पर्वत और दूसरी ओर विशाल सागर की गहराई है। बड़े वृक्ष, घने जंगल, हिंसक पशु और ऊँचे पर्वत। यह इस प्रदेश की विशेषता थी और शायद इसीलिए प्राचीनकाल में इस क्षेत्र को 'दंडकारण्य' भी कहा जाता था। ऐसा कहा जाता था कि इस क्षेत्र पर राज करनेवाला या तो जंगल का राजा शेर है या फिर मराठे।

भगवान श्रीराम के वंशज थे छत्रपति शिवाजी महाराज

आदिकवि वाल्मीकि द्वारा रचित 'रामायण' एवं कालिदास के संस्कृत महाकाव्य 'रघुवंशम्' में उल्लेख है कि रामायण काल में अपने 14 वर्षों के वनवास के दौरान भगवान् राम, माँ सीता और लक्ष्मणजी ने गोदावरी तट पर स्थित नासिक के पंचवटी पर कुछ समय के लिए प्रवास किया था। यहीं पर दुष्ट रावण ने छलपूर्वक माँ सीता का हरण किया था। कुछ विद्वानों के अनुसार इस क्षेत्र को पहली बार मानवता का स्पर्श भगवान् श्रीराम के चरणकमलों से ही हुआ।

जैसा कि सिसोदिया वंश की गौरवपूर्ण ऐतिहासिक यात्रा के दौरान हमने चर्चा की थी कि सिसोदिया वंश स्वयं भगवान् श्रीराम के बेटे लव से प्रारंभ हुआ था और सिसोदिया वंश की ही एक शाखा दक्षिण में जाकर मराठा राजवंश के रूप में प्रसारित हुई, इस प्रकार मराठा राजवंश भी भगवान् श्रीराम के वंश का ही प्रसारित रूप है।

महाभारत काल के दौरान हमें विदर्भ, कोंकण और अश्मक आदि जनपदों का उल्लेख मिलता है। वर्तमान में ये सभी जनपद महाराष्ट्र राज्य का हिस्सा हैं।

प्राचीन भारत के महाजनपद काल के दौरान सोलह महाजनपदों में से एक अश्मक के अंतर्गत वर्तमान महाराष्ट्र के अहमदनगर के आसपास का क्षेत्र आता था।

चौथी और तीसरी शताब्दी ईसा पूर्व में महाराष्ट्र पर मौर्य साम्राज्य का शासन था। इस क्षेत्र से सम्राट् अशोक के अनेक शिलालेख प्राप्त हुए हैं।

सातवाहन राजवंश

केंद्रीय दक्षिण भारत पर शासन करने वाले सातवाहन राजवंश ने लगभग 460 वर्षों तक महाराष्ट्र पर शासन किया। सातवाहन राजवंश के संस्थापक राजा सिमुक के भतीजे एवं राजा कृष्ण के पुत्र सातकर्णी प्रथम ने गोदावरी के तट पर प्रतिष्ठान नगर को अपनी राजधानी बनाया, जो वर्तमान का पैठण है। सातवाहन काल के दौरान पुणे का उल्लेख 'पुण्य नगरी' के रूप में आता है।

सातवाहन वंश के राजा हाल ने प्राकृत (मराठी का आद्य रूप) में 'गाथा सतसई' नामक रचना की। सातवाहन राजवंश ने मुख्य रूप से अपने सिक्कों और बौद्ध मठों की दीवारों पर स्थित शिलालेखों के लिए प्राकृत भाषा का उपयोग किया। सातवाहन राजवंश के दौरान ही महाराष्ट्र भूमि को अपनी अलग पहचान मिली। इस राजवंश के राजा स्वयं को 'महारठ्ठ, यानी महाराष्ट्रीक' कहा करते थे। यह महाराष्ट्र का स्वर्ण काल था। इसी काल में अश्वमेध यज्ञ का आयोजन भी किया गया। साथ ही इसी समय अजंता-वेरुल की बौद्ध-जैन-हिंदू गुफाएँ बननी प्रारंभ हुई थीं।

वाकाटक राजवंश

इसके पश्चात् स्वयं को धर्मराज कहनेवाले वाकाटक राजवंश ने महाराष्ट्र पर शासन किया। मराठी संस्कृति का विकास कर उसे विस्तारित करने में इनका विशेष योगदान था। इनके शासनकाल के दौरान महाराष्ट्र में शिक्षा, कला एवं धर्म का चहुँमुखी विकास हुआ। इनके शासनकाल के दौरान ही अजंता की गुफाओं में उच्च कोटि के भित्तिचित्रों का निर्माण हुआ।

चालुक्य वंश

छठी शताब्दी ईस्वी से आठवीं शताब्दी तक चालुक्य वंश ने महाराष्ट्र पर शासन किया। दो प्रमुख शासक विशेष रूप से उल्लेखनीय हैं—पुलकेशिन द्वितीय और विक्रमादित्य द्वितीय, जिन्होंने क्रमशः उत्तर भारतीय सम्राट् हर्षवर्धन और 8वीं शताब्दी में अरब आक्रमणकारियों को परास्त किया था।

'महाराष्ट्र' नाम पुलकेशिन द्वितीय द्वारा 7वीं शताब्दी के एहोल शिलालेख पर उल्लिखित है, जिसमें '99,000 गाँवों के साथ तीन महाराष्ट्रकों' पर संप्रभुता की घोषणा की गई है।

राष्ट्रकूट राजवंश

राष्ट्रकूट राजवंश ने 8वीं-10वीं शताब्दी तक महाराष्ट्र पर शासन किया। एलोरा गुफाओं के अंतर्गत आने वाले 34 गुफा मंदिरों एवं मठों में से एक कैलाशनाथ मंदिर का निर्माण आठवीं शताब्दी के दौरान राष्ट्रकूट राजा कृष्ण प्रथम द्वारा किया गया था। अरब यात्री सुलेमान ने राष्ट्रकूट राजवंश के शासक (अमोघवर्ष) को 'दुनिया के 4 महान् राजाओं में से एक' कहा है।

शिलाहार राजवंश

इसके पश्चात् राष्ट्रकूटों एवं चालुक्यों के जागीरदार के रूप में कार्य करने वाले शिलाहार राजवंश ने महाराष्ट्र के कोंकण क्षेत्र सहित पश्चिमी महाराष्ट्र के कुछ हिस्सों पर शासन किया। इन्होंने 'गरुड़ ध्वज' की स्थापना की। इनके शासनकाल के दौरान मराठों की कुलदेवी कोल्हापुर की महालक्ष्मी के मंदिर को भव्यता प्रदान की गई।

देवगिरि के यादव—मध्यकाल का आरंभ

12वीं शताब्दी के मध्य में, जैसे ही चालुक्यों की शक्ति कम हुई, यादवों ने स्वतंत्रता की घोषणाकर दी। देवगिरि के यादवों ने मराठी को अपनी राजभाषा के रूप में प्रयोग किया। यादवों की राजधानी देवगिरि मराठी के विद्वानों के लिए अपने कौशल को प्रदर्शित करने और संरक्षण पाने का केंद्र बन गई। मराठी साहित्य की उत्पत्ति और विकास का सीधा संबंध यादव वंश के उदय से है।

दिगंबर बालकृष्ण मोकाशी ने कहा है कि यादव राजवंश 'पहला सच्चा मराठा साम्राज्य प्रतीत होता है।' यह 'महाराष्ट्र धर्म अर्थात् हिंदू धर्म-रक्षण, गो-ब्राह्मण रक्षण और राष्ट्र-रक्षण की स्थापना' का काल था। संत नामदेव और संत ज्ञानेश्वर आदि इसी काल में हुए। इसे महाराष्ट्र संस्कृति का स्वर्ण काल माना जाता है। यह क्षत्रियकुलवंत राजवंश था।

यादव राजवंश का नाम अपभ्रंश होकर 'जाधव' बन गया। महाराष्ट्र के 96 कुल के क्षत्रिय मराठा, जिनका संबंध तलवार को तिलक लगाने वाले राजपूत कुल से है; जाधव वंश भी उनमें से एक है। छत्रपति शिवाजी महाराज की माँ राजमाता जीजाबाई भी इसी राजवंश की कन्या थीं।

देवगिरि पर अलाउद्दीन खिलजी व मुहम्मद बिन तुगलक के आक्रमण

चौदहवीं शताब्दी की शुरुआत में महाराष्ट्र के अधिकांश हिस्सों पर शासन करने वाले देवगिरि के सम्राट् रामचंद्र यादव को परास्त कर दिल्ली सल्तनत के शासक अलाउद्दीन खिलजी ने दक्षिण के मदुरई तक अपने राज्य का विस्तार किया।

दक्षिण की हिंदू सत्ताएँ मुस्लिम आक्रांताओं की युद्ध नीतियों से परिचित नहीं थीं, इसी वजह से देवगिरि के यादव पराजित हुए। छत्रपति शिवाजी महाराज के शासनकाल से पूर्व हिंदू सम्राट् सूर्यास्त के पश्चात् युद्ध न करने के नियम का पालन करते थे। मुस्लिम आक्रांताओं ने इस नीति का अनुचित लाभ उठाया। उन्हें पता ही नहीं था कि मानवता भी कोई चीज होती है, वे तो हिंसक पशुओं के समान गाँव, किसान, मंदिर, मठ, महिला, सामान्य-जन और खेतों के ऊपर आक्रमण कर दिया करते थे।

देवगिरि के पराक्रमी शासक शंकरदेव ने घोषणा की कि अब महाराष्ट्र सुलतानों को खंडणी (लगान) नहीं देगा। देवगिरि से आने वाला लगान बंद होने के कारण अलाउद्दीन खिलजी ने अपने सेनापति मलिक काफूर को देवगिरि पर आक्रमण करने भेजा। मुस्लिम आक्रांता सिर्फ सेना से युद्ध नहीं लड़ते थे, वे 'सामान्य रैयत' पर हमला कर हिंदू राजाओं को भयभीत करते थे।

हिंदू राजाओं की विशेषता थी कि वे शासन जन समृद्धि के लिए करते थे। उसके विपरीत, मुस्लिम शासकों के मन में जिहाद की सोच के चलते उन्हें सिर्फ अपना शासन बढ़ाना होता था और गैर-मुस्लिम उनके लिए काफिर होते थे। मलिक काफूर ने भी वही किया, हिंदू नीतियों पर चलनेवाले पराक्रमी शंकरदेव को पराभूत कर दिया। इसके पश्चात् महाराष्ट्र ही नहीं, बल्कि पूरा भारतवर्ष मुस्लिम आक्रांताओं के कब्जे में आ गया। छत्रपति शिवाजी महाराज के आने के पश्चात् महाराष्ट्र में फिर से हिंदू सत्ता स्थापित हुई।

अलाउद्दीन खिलजी के शासन के पश्चात् दिल्ली के सुल्तान मुहम्मद बिन तुगलक ने महाराष्ट्र पर आक्रमण कर दिया और सामान्य जनों को फिर से उन्हीं अत्याचारों का सामना करना पड़ा। मुहम्मद बिन तुगलक ने देवगिरि का नाम बदलकर 'दौलताबाद' रख दिया; तत्पश्चात् अपनी राजधानी दिल्ली से हटाकर दौलताबाद करने का असफल प्रयास किया।

मराठा स्वराज्य की स्थापना में सहायक परिस्थितियाँ

छत्रपति शिवाजी महाराज ने अपने प्रभावशाली व्यक्तित्व, शौर्य एवं पराक्रम के दम पर औरंगजेब के शासनकाल के दौरान ही एक राष्ट्रीय राज्य के रूप में मराठा स्वराज्य की नींव रखी थी; किंतु इस महान् कार्य की पटकथा बहुत पहले ही लिखी जा चुकी थी।

छत्रपति शिवाजी महाराज के जन्म से पूर्व अनेक धार्मिक, सामाजिक, आर्थिक एवं राजनीतिक कारण हुए, जिन्होंने मराठों को अपना स्वतंत्र स्वराज्य स्थापित करने की प्रेरणा प्रदान की। छत्रपति शिवाजी महाराज ने इन बिखरी हुई जन-भावनाओं को समेकित करते हुए अपना नेतृत्व प्रदान किया और 'हिंदू पदपादशाही' की स्थापना की।

- सह्याद्रि पर्वत-शृंखला की कठोर जीवनशैली ने यहाँ के निवासियों को परिश्रमी एवं साहसी बनाया। उनके अंदर सैनिकत्व का गुण जन्मजात था। इतिहासकार सरदेसाई के अनुसार—'पश्चिमी घाटों की दुर्जेय पर्वतमाला ने ही मराठों को इस योग्य बनाया कि वह मुसलमानों के विरुद्ध विद्रोह कर सकें, मुगलों की संगठित शक्ति के सामने अपनी राष्ट्रीयता को पुनः प्रदर्शित कर सकें और अपना साम्राज्य स्थापित कर सकें।'
- बारा मावल अर्थात् सूरज डूबने की दिशा (पश्चिम) के निवासी 'मावले' कहलाते थे। मराठी भाषा में वार्त्तालाप करनेवाले मावले अपनी भौगोलिक परिस्थितियों के कारण कृषि गतिविधियों के साथ-साथ युद्ध कला में भी निपुण होते थे। इन मावलों में 18 पगड़ जाति के लोग होते थे, जिनमें क्षत्रिय, ब्राह्मण, किसान, कुम्हार, लोहार और अलग-अलग कारीगर आदि आते हैं।
- अपने सैनिकत्व के गुण के कारण इनमें स्वतंत्र शासन स्थापित करने की इच्छा बलवती हुई। कालांतर में इसी हिंदू जनसमूह को 'मराठा' के नाम से जाना जाने लगा और छत्रपति शिवाजी महाराज के नेतृत्व में 'मराठा स्वराज्य' की स्थापना हुई।
- तेरहवीं शताब्दी में संत ज्ञानेश्वर, हिमाद्रि और चक्रधर आदि संतों द्वारा प्रारंभ किए गए 'पंढरपुर आंदोलन' ने भगवान् कृष्ण के अवतार विठोबा की पूजा और आचरण की पवित्रता पर बल दिया। कर्मकांड का विरोध

किया। शैव एवं वैष्णव मतावलंबियों की पारस्परिक कटुता को समाप्त कर धार्मिक चेतना के साथ-साथ सामाजिक एकता स्थापित की।

- इस आंदोलन का नेतृत्व करनेवाले निम्न जाति के संतों, जैसे—एकनाथ, तुकाराम और रामदास ने मराठी भाषा में दिए गए अपने प्रवचनों के माध्यम से मानवमात्र की समानता का सिद्धांत स्थापित किया।
- आषाढ़ मास में साधु-संत पुणे के देहु-आलंदी नामक गाँव से निकलकर पंढरपुर तक यात्रा पर जाते हैं, जिसमें लाखों भावुक वैष्णव अपने कंधों पर भगवा ध्वज लेकर सम्मिलित होते हैं। छत्रपति शिवाजी महाराज के कार्यकाल से पूर्व यह यात्रा जंगलों से होकर छिपते-छिपाते निकलती थी, क्योंकि अनेक बार मुस्लिम आक्रांता इस यात्रा पर आक्रमण कर देते थे। महाराष्ट्र के साधु-संतों ने अपनी रचनाओं में इस्लामी आक्रमणों के अनेक वर्णन किए हैं।
- महाराष्ट्र के सभी संत तुलजाभवानी और पंढरपुर के भगवान् विट्ठल से प्रार्थना कर रहे थे कि आप एक पराक्रमी व्यक्ति के रूप में हमें बचाने के लिए आइए। साधु-संतों की प्रार्थना सुनकर भगवान् शिव स्वयं छत्रपति शिवाजी महाराज के रूप में तांडव करने के लिए महाराष्ट्र की पवित्र भूमि पर प्रकट हुए।
- इतिहासकार जदुनाथ सरकार के अनुसार—"छत्रपति शिवाजी द्वारा राजनीतिक एकता स्थापित होने से पूर्व ही महाराष्ट्र में 17वीं शताब्दी में भाषा, नस्ल और जीवन में एकता स्थापित हो गई थी। जो कुछ थोड़ी-बहुत कमी रह गई थी, वह शिवाजी द्वारा पूरी कर दी गई।"
- महाराष्ट्र की स्वदेशी संस्थाओं (जैसे परंपरागत पंचायत प्रणाली, रैयतवाड़ी प्रणाली पर आधारित भूमि व्यवस्था, कर संग्रहकर्ता के रूप में देशमुख या देसाई व्यवस्था आदि) ने मराठा स्वराज्य के उदय को बल प्रदान किया।
- रानाडे के अनुसार—"16वीं शताब्दी में जिस प्रकार प्रोटेस्टेंट्स सुधारवाद की लहर चली, उसी प्रकार भारतवर्ष में, विशेषत: दक्षिण में पंद्रहवीं-सोलहवीं शताब्दियों में धार्मिक, सामाजिक और साहित्यिक सुधारवाद ने जोर पकड़ा। इसमें पूजा-पाठ की विधि एवं जन्म के आधार पर वर्ण-व्यवस्था का विरोध और पारिवारिक पवित्रता, मानव-प्रेम, परोपकार आदि अन्य गुणों का समर्थन था।"

- हिंदू से मुस्लिम बने हसन गंगू नामक सरदार द्वारा स्थापित बहमनी साम्राज्य और उसके पश्चात् इस साम्राज्य से विखंडित वन्हाड की इमादशाही, अहमदनगर की निजामशाही, बीदर की बरीदशाही, गोलकोंडा की कुतुबशाही और बीजापुर की आदिलशाही के सुलतानों के शासन के अलावा मुगल (दिल्ली), जंजिरा के सिद्धी (अफ्रीका से आए मुसलमान), पुर्तगाली (कोंकण-गोवा) और अंग्रेज (मुंबई), ये सारे विदेशी भी महाराष्ट्र को आर्थिक, सांस्कृतिक और सामाजिक, हर ओर से निचोड़ रहे थे।

मराठी जनता स्वराज्य की स्थापना से पहले बहुत ही विभंसक अत्याचार सहन कर रही थी। महाराष्ट्र की जनता भयभीत थी, उनको आशा की कोई किरण नहीं दिख रही थी और उनको जबरन धर्मांतरण का डर भी था। इस प्रकार उस कालखंड के दौरान उन विदेशी आक्रांताओं के अत्याचारों से प्रताड़ित हिंदू जनता के अंदर भी 'हिंदू पद पादशाही' स्थापित करने की जन-भावना जाग्रत् हुई।

बाबाजीराजे भोंसले और उनके पुत्र मालोजीराजे और विठोजीराजे भोंसले

महाराष्ट्र के छत्रपति संभाजी नगर (औरंगाबाद) में प्राचीन घृष्णेश्वर मंदिर है, जो उस काल में बहुत ही कमजोर और जीर्ण हो चुका था। जंगल में स्थित भगवान् शिव के इस मंदिर में बाबाजी राजे भोंसले पूजा-अर्चना किया करते थे। जिनके दो पुत्र थे—मालोजीराजे और विठोजीराजे। जिन्हें उनके पराक्रम की वजह से निजामशाह ने वेरुल की पाटिल प्रदान की।

उनके कृतित्व की कीर्ति पूरे महाराष्ट्र में प्रसारित होने लगी। निजामशाह ने उन्हें वेरुल के साथ-साथ पुणे और सुपे (परगणा) का भी कार्यभार दे दिया। पुणे और सुपे ये प्रदेश बारा मावल का हिस्सा थे, जहाँ से स्वराज्य का आंदोलन चलाया गया।

हिंदू राजाओं की विशेषता थी कि उनके हाथ में थोड़ी भी सत्ता आती तो वे जनता के बारे में सोचने लगते। मालोजीराजे और विठोजीराजे, दोनों ने ही प्रजा के लिए काम करना शुरू कर दिया। सिंचाई और पेयजल के लिए कुएँ खुदवाए, वृक्ष लगावाए और साथ ही अनाज का उत्पादन अच्छा हो, इसके लिए प्रयत्न किए। एक

सरदार होकर भी वे स्वतंत्र राजा की तरह अपना शासन चलाने लगे।

मालोजीराजे भोंसले के पुत्र थे—शहाजीराजे भोंसले और विठोजी राजे भोंसले के पुत्र थे—शरीफजीराजे भोंसले, ये दोनों पुत्र भी पराक्रमी थे और उन्होंने भी निजामशाही में अच्छा नाम प्राप्त किया। उन दोनों ने जनता के हित के लिए अच्छे कार्य किए। लेकिन गुलामी आखिर गुलामी ही होती है, केंद्रीय सत्ता तो मुस्लिम सुल्तान की ही थी, जिसके परिणाम सामान्य जनों को भुगतने पड़ते थे।

देवगिरि साम्राज्य के वारसदार लखोजी राजे जाधव

देवगिरि साम्राज्य के यादव वंश से लखोजी राजे जाधव भी निजामशाही के एक बड़े सरदार थे। ये राजमाता आई जिजाऊ के पिता, अर्थात् छत्रपति शिवाजी महाराज के नाना थे।

निजामशाह को लगा कि लखोजी राजे भोंसले आदिलशाह से मिले हुए हैं। इस संशय की वजह से निजामशाह ने देवगिरि के दुर्ग पर लखोजी की परिवार सहित हत्या करने का षड्यंत्र रचा।

लखोजी राजे भोंसले कर्तव्यपरायण और लोकप्रिय सरदार थे, उस वजह से बाकी सरदार उनसे द्वेष करते थे। यह भी एक महत्त्वपूर्ण कारण था कि निजामशाह ने जाधव कुल को खत्म करने की कोशिश की। लेकिन जाधव परिवार का एक सदस्य किसी काम से बाहर गया था, जिस वजह से देवगिरि का क्षत्रिय जाधव कुल बच पाया।

राजमाता जीजाबाई ये सब अपनी आँखों से देख रही थीं। उन्हें समझ आ गया कि गुलामी खत्म होने के पश्चात् ही महाराष्ट्र की जनता एक अच्छा जीवन व्यतीत कर पाएगी। इसी कारण छत्रपति शिवाजी महाराज और शाहजी राजे भोंसले की स्वतंत्रता के लिए किए गए प्रयासों के पीछे राजमाता जिजाऊ की प्रेरणा थी।

स्वराज्य-निर्माण में राजमाता जिजाऊ का अप्रतिम योगदान

इस काल में मराठी भाषा फारसी भाषा की गुलाम हो चुकी थी। उसे स्वतंत्रता तब मिली, जब छत्रपति शिवाजी महाराज ने फारसी के शब्दों को निकालकर 'संस्कृत प्रचुर राज्यव्यवहार कोश' बनवाया।

स्वराज्य के निर्माण में राजमाता जिजाऊ का बहुत बड़ा योगदान था। कहा जाता है, किसी जननी ने अगर शूरवीर को जन्म दिया है तो जरूर वह जननी खास होगी! शिवाजी अपनी माँ को अपना मित्र, मार्गदर्शक और प्रेरणास्रोत मानते थे,

यही वजह है कि शिवाजी बहुत कम उम्र में ही समाज एवं अपने कर्तव्यों को समझ गए थे।

अपनी माँ की प्रेरणा से उन्होंने हिंदू साम्राज्य स्थापित करने की शुरुआत छोटी उम्र में ही कर दी थी। राजमाता जिजाऊ ने छत्रपति शिवाजी महाराज को ऐसा प्रशिक्षण दिया, जिसके कारण वे कभी किसी सुल्तान या बादशाह के सरदार नहीं बने। छत्रपति शिवाजी महाराज ने प्रचंड संघर्ष करके शक्तिशाली मराठा साम्राज्य की नींव रखी, जिसने विदेशी आक्रांताओं के मुगल साम्राज्य को ध्वस्त कर दिया और पूरे भारत में 'हिंदू पदपादशाही' का परचम लहराया। आगे चलकर पराधीनता की बेड़ियाँ तोड़ते हुए मराठा साम्राज्य अफगानिस्तान से असम और दिल्ली से तमिलनाडु तक फैल गया।

संदर्भ

- Rh dalmia YouTube channel
- https://www.youtube.com/live/vM-3XXsjFr0?feature=share
- मराठों का नवीन इतिहास, गोविंद सखाराम सरदेसाई
- https://amp.bharatdiscovery.org/india/महाराष्ट्र का इतिहास
- https://m-hindi.webdunia.com/sanatan-dharma-history/history-of-maharashtra-119112300052_1.html
- https://en.m.wikipedia.org/wiki/History_of_Maharashtra
- A Comprehensive History of Ancient India (3 Vol. Set): p.203
- 'Yadav – Pahila Marathi Bana', S.P. Dixit (1962)

□

मराठा स्वराज्य संस्थापक : छत्रपति शिवाजी महाराज

'आपत्सु रामः समरेषु भीमः।
दानेषु कर्णः नयेषु कृष्णः॥'

अर्थात् 'संकटकाल में वह श्रीराम हैं, युद्धक्षेत्र में वह भीम हैं, कर्ण के समान वह दानी हैं और भगवान् श्रीकृष्ण के समान वह सभी नीतियों में निपुण हैं।'

छत्रपति शिवाजी महाराज के शौर्य एवं पराक्रम का यशगान करने वाली ये पंक्तियाँ हमें हिंदुत्व के उस प्रकाश-पुंज की याद दिलाती हैं, जिसने विदेशी आततायियों के अत्याचारों से प्रताड़ित जनसामान्य को उनके कष्टों से मुक्ति दिलाई। हिंदू धर्म के उद्धारक! जिन्होंने महाराष्ट्र धर्म, अर्थात् हिंदू धर्म-रक्षण, मातृभूमि का रक्षण और गौ-रक्षण का पालन करते हुए 'हिंदू पदपादशाही' की नींव रखी। एक महान् योद्धा! जिन्होंने अफजल खान जैसे दुष्ट का वध किया और एक ही समय में पुर्तगाली, मुगल, अंग्रेज, सिद्दी तथा आदिलशाह आदि के साथ युद्ध करके उन्हें परास्त किया।

आइए! मराठा स्वराज्य की गौरवपूर्ण ऐतिहासिक यात्रा के द्वितीय पड़ाव में मराठा स्वराज्य की स्थापना करने वाले छत्रपति शिवाजी महाराज के व्यक्तित्व एवं कृतित्व के बारे में जानते हैं। इस पड़ाव के अंत में हम प्रत्येक सनातनी को गर्व की अनुभूति कराने वाली छत्रपति शिवाजी महाराज की उन तलवारों के विषय में भी जानेंगे, जिन्होंने मराठा स्वराज्य की स्थापना में अहम भूमिका निभाई।

हिंदुत्व के प्रकाश-पुंज का उदय

एक बार महाराष्ट्र में भयंकर अकाल पड़ा, लोगों के पास खाने के लिए कुछ भी नहीं था। अश्रुपूरित आँखों से लोग भगवान् महादेव, भगवान् पांडुरंग और आई

भवानी से प्रार्थना कर रहे थे—"दार उघड बये, आना दार उघड," अर्थात् हे प्रभु! इन संकटों से मुक्ति के द्वार खोलो!

इन विकट परिस्थितियों में 19 फरवरी, 1630 (हिंदू पंचांग के अनुसार फाल्गुन माह तृतीया) के दिन महाराष्ट्र में एक नए सूर्य का उदय हुआ। माँ भवानी के आशीर्वाद से शिवनेरी के किले में माँ जीजाबाई के गर्भ से एक तेजस्वी बालक ने जन्म लिया। नाम रखा गया—शिवाजी भोंसले! महाराष्ट्र की पीड़ित जनता के जीवन में एक नई उमंग आई। दरअसल, शिवाजी महाराज साक्षात् भगवान् श्रीराम के वंशज थे।

जैसा कि सिसोदिया वंश की ऐतिहासिक यात्रा के दौरान हमने चर्चा की थी कि सिसोदिया वंश भगवान् श्रीराम के ही वंशज हैं। उसी सिसोदिया वंश की एक शाखा महाराष्ट्र के देवगिरि प्रांत में आई और उसने महाराष्ट्र में मराठी स्वराज्य की स्थापना की।

हिमालय के समान ही विशाल एवं हर मराठी, महाराष्ट्रीयन और हर हिंदू के स्वाभिमान के प्रतीक सह्याद्रि पर्वत की ममतामयी गोद में बालक शिवाजी बड़े होने लगे। माँ जीजाबाई अत्यंत धार्मिक एवं विदुषी महिला थीं, उन्होंने बालक शिवाजी को न केवल रामायण, महाभारत आदि ग्रंथों की कहानियाँ सुनाकर सनातन मूल्यों की शिक्षा-दीक्षा दी, साथ-ही-साथ तात्कालिक घटनाओं के माध्यम से मुस्लिम आक्रांताओं से पीड़ित महाराष्ट्र की जनता के उद्धारक के रूप में भी तैयार किया।

किशोरावस्था के दौरान शिवाजी बैंगलोर (वर्तमान में बेंगलुरु) चले गए। उनके पिताजी शाहजी राजे भोंसले कर्नाटक प्रांत में आदिलशाही के सरदार थे। आदिलशाही सरदार होकर भी उन्होंने बैंगलोर में स्वयं का एक बड़ा राजमहल बनाया और उस राजमहल के दरबार में उन्होंने विद्वान् पंडितों को स्थान दिया, जहाँ वे महाराज विक्रमादित्य की तरह चर्चा करते थे। दूसरे शब्दों में कहा जा सकता है कि उन्होंने स्वयं का एक छोटा सा अलग राज्य बनाया हुआ था।

बीजापुर के सुल्तान के सम्मुख नतमस्तक नहीं हुए

एक बार पिता शाहजी राजे भोंसले के साथ बालक शिवाजी का बीजापुर के शासक आदिलशाह के दरबार में जाना हुआ। चूँकि शिवाजी दुष्ट आदिलशाह द्वारा किए जाने वाले अत्याचारों से परिचित थे, अत: उन्होंने आदिलशाह को मुजरा (प्रणाम) करने से साफ इनकार कर दिया, जिससे आदिलशाह अत्यंत क्रोधित हुआ।

बीजापुर दरबार से वापस आते समय उन्होंने गाय की हत्या करने के लिए ले जा रहे कसाई का हाथ भी काट दिया।

इन घटनाओं के माध्यम से शाहजी राजे ने मात्र आठ वर्ष के बालक शिवाजी के गुणों को पहचाना और उन्हें वापस पुणे भेज दिया।

इधर नाराज आदिलशाह और मुगलों ने मिलकर शाहजी राजे का महल जला दिया, जिसके पश्चात् आई जिजाऊ (माँ जीजाबाई) ने पुणे में 'लाल महल' नामक अत्यंत विशाल महल बनवाया। महल बनवाने के बाद आई जिजाऊ ने गणपति की पूजा की और कस्बा 'पुणे' की स्थापना की। ऐसा कहा जाता है, जहाँ आदिलशाही सेना ने लकड़ी का हल चलाया, उसी जगह छत्रपति शिवाजी महाराज और हमारी राजमाता जिजाऊ ने सोने का हल चलाया। धीरे-धीरे आदिल शाह के अत्याचारों से पीड़ित जनता में आत्मविश्वास जगा और वे पुणे में रहने के लिए आने लगे, जिससे पुणे का विस्तार हुआ। बालक शिवाजी ने प्रशासन की सुनियोजित व्यवस्था करते हुए सियार आदि हिंसक जीवों के आतंक से जनता को मुक्ति दिलाई।

प्रजापालक एवं जननायक

बाल शिवबा (बालक शिवाजी) निकटवर्ती मावल प्रदेश में जाने लगे और वहाँ छोटे-छोटे बच्चों के साथ दोस्ती करने लगे। दस-बारह साल के बाल शिवबा जंगल में रहने वालों के साथ दोस्ती करते थे। पहले जो आदिलशाही सैन्य सरदारों के लड़के आते थे, वे जंगल में रहने वाले गरीब लोगों के पास नहीं जाते थे और उनपर तरह-तरह के अन्याय एवं अत्याचार करते थे, लेकिन बाल शिवबा कुछ अलग ही थे, वे लोगों के साथ घुल-मिल जाते थे।

वे गरीब और सामान्यजन के साथ दोस्ती करते, उनके घर खाना खाते थे। ये बातें उन लोगों के लिए अत्यंत गौरवपूर्ण थीं कि आदिलशाही के एक बड़े सरदार का लड़का हमारे घर में आता है, बैठता है और हमारे साथ खाना भी खाता है!

उस समय, जब बाकी के सरदार आते, तो उन्हें दूर से देखकर सारे बच्चे पेड़ के पीछे छुप जाते थे, लेकिन बाल शिवबा के साथ वे दोस्ती करते थे। शिवबा ने बहुत अच्छे दोस्त बनाए, जो आगे चलकर बड़े-बड़े सरदार बने। ये बड़े सरदार सामान्य किसानों के लड़के थे, न कि किसी राजवंश से। जैसे सूबेदार तानाजी मालुसरे, येसाजी कंकर, फिरंगोजी नरसाला, नेताजी पालकर, बाजीप्रभु देशपांडे। एक नहीं, ऐसे सैकड़ों दोस्त बाल शिवबा ने अपने बचपन में बना लिये। ये सारे मावले सह्याद्रि की गोद में रहने वाले गरीब घर से थे।

बचपन से खेलते थे किला जीतने का खेल

बाल शिवबा इन सब बच्चों के साथ मिलकर अलग-अलग प्रकार के खेल खेलते थे। राजमाता जिजाऊ इन सब बालकों को भी राम-कृष्ण, महाराणा प्रताप और पृथ्वीराज चौहान आदि की कथाएँ सुनाती थीं। इन कथाओं के माध्यम से वे इन छोटे-छोटे बच्चो को स्वतंत्रता और स्वराज्य स्थापना का संदेश देती थीं।

ये बच्चे लाल महल के आँगन (मैदान) में अक्सर एक खेल खेला करते थे, जिसमें छत्रपति शिवाजी महाराज अपना एक छोटा सा किला बनाते, उस किले के लिए आपस में लड़ाई करते थे, जिसमें मुगल और आदिलशाही सेना पराभूत हो जाती थी और बाल शिवबा की सेना विजयी होती थी। जिसके पश्चात् बाल शिवाबा छोटे से किले पर बैठते, लोगों की समस्या सुनते और उनका समाधान करते थे।

बाल शिवबा घोड़े पर बैठ दूर ऊँचे पर्वत चढ़ते, जंगल में जाते और शेरों का शिकार करते थे। इस तरह बाल शिवबा और उनके साथी बड़े हो रहे थे।

आदिलशाही के खिलाफ युद्ध का शंखनाद

समय बीतने के साथ-साथ बाल शिवबा युवक हो गए और उनको अच्छी मूँछें आ गईं। एक दिन शिवबा घोड़े पर सवार होकर चल दिए, तो उनकी बालक सेना यह कहते हुए उनके पीछे दौड़ने लगी—"अरे अपने शिवबा कहाँ जा रहे हैं?" शिवबा ने देखा और कहा, "हमारे साथ चलो!" और घोड़े की लगाम खींच दी। वे सह्याद्रि के अलग-अलग पर्वत पार करते हुए एक ऊँचे शिव मंदिर में जा पहुँचे। उस मंदिर का नाम था—रायरेश्वर मंदिर! युवा शिवबा ने अपने सारे मावलों को रायरेश्वर मंदिर में बैठाया और भगवान् शंकर पर फूल, बेल और भंडारा (हल्दी) चढ़ाया। महाराष्ट्र में बेल-भंडारा चढ़ाकर शपथ ली जाती है।

शिवबा ने कहा, "हम स्वराज्य की स्थापना करेंगे, यह तो भगवान् महादेव की इच्छा है।" और सबने मिलकर 'हर-हर महादेव' का नारा दिया। इसके बाद युवा शिवबा ने अपने साथियों से कहा, "हमारे पूर्वजों के साथ जो अन्याय हुआ है, हमारी माता-भिगनी के साथ जो अत्याचार हुए हैं, हमारे किसानों के खेत जलाए जाते हैं... अब हम इस सबका बदला लेंगे और स्वराज्य स्थापना करेंगे...हमारे साधु-संतों के ऊपर हुए अत्याचारों का बदला लेंगे...अब हमारे साधु-संत, हमारी वारी (विट्ठल यात्रा) हमारे राज्य से जाएँगी और उनको बुरी नजर से देखने वालों की हम आँखें निकाल लेंगे।"

शिवाजी महाराज ने इस तरह की गर्जना की और महाराष्ट्र की संस्कृति को

बचाने के लिए स्वराज्य स्थापित करने की शपथ ली। मावल के युवकों ने मुट्ठियाँ कस लीं और कहा, "अब हम मुगलों और आदिलशाही को नहीं छोड़ेंगे, हमारे पास कुछ भी नहीं रहेगा तो हम पत्थरों के हथियार बना लेंगे।" इस प्रकार युवा शिवबा की सेना ने आदिलशाही और मुगलों के खिलाफ युद्ध का शंखनाद कर दिया।

मात्र 16 वर्ष की आयु में तोरणा किले पर अधिकार

युवा शिवबा ने तोरणा किले को जीतने की योजना बनाई, लेकिन जब वह किले के समीप पहुँचे और किलेदार ने देखा कि मराठा स्वराज्य का संकल्प लिये शाहजी राजे भोंसले के पुत्र शिवाजी महाराज स्वयं आए हैं, तो उसने सर्वप्रथम उन्हें प्रणाम किया और शिवाजी महाराज से युद्ध किए बिना ही आदिलशाही निशान को नीचे कर भगवा ध्वज फहरा दिया।

इस प्रकार मात्र 16 वर्ष की आयु में शिवाजी महाराज ने पुणे जिले के सबसे ऊँचे किले पर अपना अधिकार कर लिया। उन्होंने उसका नाम बदलकर 'प्रचंडगढ़' रख दिया। शिवाजी महाराज ने किले पर स्थित तोरणाई देवी के मंदिर की मरम्मत करने का आदेश दिया। मंदिर की मरम्मत के दौरान मंदिर के नीचे बहुत सारा धन मिला।

इसी प्रकार शिवाजी महाराज ने तोरणा किले के सामने स्थित राजगढ़ किला (जिसे मुरुमदेव का डोंगर/पर्वत भी कहते हैं) जीत लिया और तोरणा किले से प्राप्त हुए धन से राजगढ़ किले की मरम्मत व सौंदर्यीकरण करवाकर उसे सही मायनों में राजगढ़, अर्थात् 'राजे का गढ़' की प्रतिष्ठा प्राप्त करवाई।

शिवाजी महाराज के गढ़ को मराठी में 'राजांचा गड म्हणजे राजगड' कहा जाता है। इस सुंदर किले को स्वराज्य की पहली राजधानी बनने का सौभाग्य प्राप्त हुआ, जिसके बाद शिवाजी महाराज ने बारा मावल में स्वराज्य के विस्तार का कार्य तीव्र गति से प्रारंभ कर दिया।

ऐसा कहा जाता है कि समर्थ रामदास स्वामी, जो सतारा में सज्जनगढ़ किले और चाफड़ में निवास करते थे, वे शिवाजी महाराज के राजकीय गुरु थे। वैसे ही संत तुकाराम उनके आध्यात्मिक गुरु थे। ये दोनों महत्त्वपूर्ण गुरु शिवाजी महाराज का मार्गदर्शन करते थे। इनके बहुत सारे पत्र उपलब्ध हैं।

शिवाजी महाराज के विजय-रथ से भयभीत हो गए मुगल

सन् 1647 तक शिवाजी महाराज मावल क्षेत्र के बहुत सारे किले जीत चुके

थे। शिवाजी महाराज का पराक्रम देखकर दिल्ली में बैठे मुगल चिंतित हो उठे। स्वराज्य के इस विजय-रथ को रोकने के लिए मुगलों ने मिर्जा राजे जयसिंह को दक्षिण की ओर भेजा। मिर्जा राजे जयसिंह स्वयं सिसोदिया वंश के एक वीर योद्धा थे। उन्होंने पुरंदर किले का घेराव इस प्रकार किया कि मावले न तो नीचे आ सकते थे और न ही ऊपर जा सकते थे।

उस समय पुरंदर किले पर मुरारबाजी देशपांडे नामक किलेदार और उनके बहुत सारे नाइक थे। महाराष्ट्र के रक्षक कहलाने वाले ये नाइक महार समुदाय से थे, जिनका शरीर पत्थरों जैसा मजबूत होता था। ऐसा कहा जाता है कि महाराष्ट्र की जनता और किलों (दुर्ग) में रक्त का संबंध है। किला बनाते समय कुछ परिवार किले के अंदर स्वयं को दफना (समर्पित) दिया करते थे। किला खड़ा करते समय महाराष्ट्र की जनता इतना बड़ा त्याग करती थी।

अपने नाइकों सहित किलेदार मुरारबाजी देशपांडे ने मिर्जा राजे जयसिंह के साथ आए दिलेर खान नामक राक्षस का अदम्य साहस दिखाते हुए कड़ा मुकाबला किया, किंतु नीचे से अतिरिक्त सैन्य सहायता न उपलब्ध होने की विवशता के कारण अपने नाइकों सहित किलेदार मुरारबाजी देशपांडे वीरगति को प्राप्त हुए। इसके पश्चात् राक्षस दिलेरखान ने जनसाधारण के ऊपर अत्याचार करना प्रारंभ कर दिया, उनके घर जला दिए, उनके खेत जला दिए तथा महिलाओं का शोषण किया जाने लगा।

शिवाजी महाराज यह सब देखकर द्रवित हो उठे, क्योंकि जिस प्रजा के हित के लिए उन्होंने स्वराज्य की स्थापना का संकल्प लिया था, वही आज दुःखमय जीवन व्यतीत करने के लिए विवश थी।

भगवान् एकलिंगजी की पूजा करने वाले मिर्जा राजे जयसिंह और भगवान् महादेव की पूजा करने वाले शिवाजी महाराज के बीच भेंट हुई। ये भेंट सिसोदिया राजवंश के दो महापुरुषों के बीच थी। दोनों एक संधि पर सहमत हुए, जिसके अनुसार शिवाजी महाराज ने व्यथित होकर अपने सैनिकों के त्याग और बलिदान से जीते हुए 23 किले वापस दे दिए, साथ ही तय संधि के अनुसार शंभूजी राजे को मुगलों के पास रहना था।

इस संधि के पश्चात् शिवाजी महाराज कुछ दिन तो शांत बैठे, किंतु धीरे-धीरे फिर से अपनी ताकत बढ़ाई और बारा मावल पर फिर से कब्जा कर लिया।

गढ़ आया, पर सिंह गया

शिवाजी महाराज पुणे के 'लाल महल' में रहते थे। वहाँ से मुगलों को दिया

हुआ कोंढाणा (सिंहगढ़) किले पर मुगलों का निशान दिखाई देता था। राजमाता जिजाऊ अक्सर शिवाजी महाराज से कहती थीं—"ये निशान निकलना चाहिए, यह हर रोज सामने ही दिखाई देता है।"

शिवाजी महाराज भी व्यथित थे, उन्हें अपना पराक्रम आगे बढ़ाना था, स्वराज्य की जनता को सुखी करना था। हिंदू स्वराज्य को कैसे आगे बढ़ाया जाए? वह इस पर विचार कर ही रहे थे कि उन्हें एक सुअवसर प्राप्त हुआ। शिवाजी महाराज को अपने बचपन के मित्र तान्हाजी मालुसरे के पुत्र रायबा की शादी का निमंत्रण प्राप्त हुआ।

राजगढ़ में तानाजी मालुसरे से भेंट करते समय शिवाजी महाराज ने उनसे कोंढाणा (सिंहगढ़) किला जीतने की इच्छा प्रगट की। इतना सुनते ही तान्हाजी मालुसरे और उनके भाई सूर्याजी मालुसरे अचानक बोल पड़े—"यदि आपका आदेश है तो ये कोंढाणा किला जीतना क्या बड़ी बात है? कल ही कर लेते हैं।" शिवाजी महाराज ने प्रश्न किया—"कल तो घर में शादी है?" तान्हाजी मालुसरे ने प्रत्युत्तर देते हुए कहा—"पहले शादी कोंढाणा की, फिर रायबा की" अर्थात् पहले स्वराज्य का कार्य, मातृभूमि का कार्य, तत्पश्चात् मांगलिक कार्य।

हालाँकि, कोंढाणा किले पर विजय प्राप्त करना इतना आसान कार्य नहीं था, उस किले पर उदयभान नामक एक पराक्रमी राजपूत सरदार की तैनाती थी। लेकिन शिवाजी महाराज की सेना के मेरुमणि कहलाने वाले तान्हाजी मालुसरे ने एक कुशल युद्ध नियोजन करते हुए कहा, "रात के अँधेरे में तेज गति से कोंढाणा किले पर चढ़ना है। किले की घेराबंदी नहीं करनी है, सीधा ऊपर जाकर उदयभान के मुगल सैनिकों के साथ युद्ध कर उन्हें परास्त करना है।"

यहाँ ध्यान देने वाली बात यह है कि जैसे राजपूत मैदानों में युद्ध लड़ते (साका) हैं, वैसे ही मावले 'गनिमिकवा' करके मुगलों, आदिलशाही और अंग्रेजों को परास्त करते हैं।

मराठा सैनिकों और मुगलों के मध्य भयंकर युद्ध हुआ। मुगल सैनिकों का नेतृत्व कर रहा राजपूत उदयभान मारा गया। हालाँकि, तन्हाजी मालुसरे भी वीरगति को प्राप्त हुए। तत्पश्चात् तान्हाजी मालुसरे के बड़े भाई सूर्याजी मालुसरे ने युद्ध का नेतृत्व करते हुए मराठा सैनिकों में जोश जगाए रखा। माँ भवानी के आशीर्वाद से शीघ्र ही कोंढाणा किले पर हिंदू स्वराज का प्रतीक भगवा ध्वज फहराने लगा।

कोंढाणा विजय के पश्चात् वहाँ रखी घास को आग लगा दी गई, जिसे देख

शिवाजी महाराज आनंदित हो उठे। पूरे राजगढ़ पर नगाड़ों का शोर सुनाई देने लगा। मिठाई बाँटी जाने लगी।

अगले दिन सूर्याजी मालुसरे राजगढ़ आए, उन्होंने महाराज को प्रणाम करते हुए कोंढाणा-विजय की आधिकारिक सूचना दी। किंतु शिवाजी महाराज की आँखें तान्हाजी मालुसरे को ढूँढ़ रही थीं। पूछने पर पता चला कि तान्हाजी मालुसरे हुतात्मा हो गए हैं।

यह सुनकर शिवाजी महाराज अत्यंत दुःखी हुए, उनके मुँह से अनायास ही निकल पड़ा—'गढ़ आला पर सिंह गेला', अर्थात् हमने किले पर विजय तो प्राप्त कर ली, किंतु शेर सा पराक्रम दिखाने वाले वीर योद्धा को खो दिया। कोंढाणा जीतने के बाद स्वराज्य का काम आगे बढ़ता चला गया।

जावली-विजय एवं प्रतापगढ़ किले का निर्माण

कोंकण से आने वाले व्यापारिक मार्ग पर स्थित जावली नामक क्षेत्र (पुणे के समीप सातारा जिले में) में बड़े पैमाने पर आदिलशाही का कर जमा होता था। दरअसल, आदिलशाही कोंकण के अरब सागर के व्यापार से होने वाली आय पर निर्भर थी।

मुंबई-कल्याण, कोंकण, राजापुरी और सिंधुदुर्ग से होने वाले व्यापार का कर जावली में एकत्र किया जाता था। वहाँ पर 96 कुल के मराठों के वंश से 'मोरे' का राज्य था, जिसे यह सत्ता छत्रपति शिवाजी महाराज ने ही दिलवाई थी। लेकिन अभी मोरे आदिलशाह से मिल बैठे थे।

मोरे द्वारा किए गए इस विश्वासघात का दंड देने के लिए शिवाजी महाराज ने उस पर आक्रमण कर संपूर्ण जावली क्षेत्र पर अधिकार कर लिया और वहाँ पर प्रतापगढ़ नामक एक बड़ा किला बनवाया। आगे चलकर यह किला अत्यंत महत्त्वपूर्ण साबित हुआ। इसी किले के माध्यम से शिवाजी महाराज ने कूटनीतिपूर्वक अफजल खान का वध किया था।

जावली हाथ ये जाने के बाद आदिलशाह की आय बहुत घट गई, जिससे उसकी सत्ता दुर्बल हो गई। आदिलशाह ने कमजोर होती सत्ता को फिर से मजबूत करने के लिए अफजल खान नामक एक क्रुर सरदार को भेजा। अफजल खान अत्यंत निकृष्ट प्रवृत्ति का था। इसी ने छत्रपति शिवाजी महाराज के बड़े भाई संभाजी राजे को तोप के आगे रखकर उड़ा दिया था और शिवाजी महाराज के पिताजी शाहजी राजे भोंसले को भी कैद किया था।

शिवाजी महाराज ने मुगलों के साथ कूटनीति अपनाकर आदिलशाही से अपने पिता को छुड़ाया और आदिलशाही ने उनको फिर से बड़ा सरदार बना दिया था। शिवाजी महाराज के पास बुद्धि और युक्ति, दोनों थीं (हालाँकि कुछ समय पश्चात् ही शाहजी राजे भोंसले परमतत्त्व में विलीन हो गए)।

अफजल खान का वध

बीजापुर का दरबार लगा हुआ था। बड़े-बड़े सरदार अपने आसन पर विराजमान थे। आदिलशाह की ओर से बड़ी बेगम साहिबा राज करती थीं। स्वराज्य के रथ पर सवार शिवाजी महाराज के शौर्य एवं पराक्रम से भयभीत बेगम साहिबा ने याचना करते हुए कहा, "शिवाजी ने हमारे बहुत सारे किले जीत लिये हैं...अब तो वह हमारा पूरा राज्य खत्म करने पर तुला है...शिवाजी को खत्म करना है। है कोई ऐसा सरदार, जो यह कार्य करेगा?"

शिवाजी महाराज का नाम सुनते ही आदिलशाही के सब सरदार घबराते थे। उन्हें लगता था कि शिवाजी को कुछ तो काला जादू आता है। लेकिन सत्य तो यह था कि शिवाजी महाराज एक वीर योद्धा और कुशल रणनीतिकार थे। बेगम साहिबा ने शिवाजी महाराज को जिंदा या मुर्दा पकड़ लाने की घोषणा की। तत्पश्चात् अफजल खान नामक सरदार खड़ा हुआ और उसने कहा कि हम शिवाजी को खत्म करेंगे।

उस समय शिवाजी महाराज का स्वराज्य अपेक्षाकृत छोटा था, पूरे भारत में फैला हुआ नहीं था। उदाहरण के लिए हाथ में एक छोटी सी रेखा जितना बड़ा था। उनके पास दस-बारह हजार से ज्यादा मावले नहीं थे। शिवाजी महाराज के छोटे से राज्य को खत्म करने के लिए अफजल खान जैसा बड़ा सरदार 1,20,000 की सेना लेकर आया।

उसने सर्वप्रथम शिवाजी महाराज की कुलदेवी आई तुलजा भवानी के मंदिर को तोड़ने का अपराध किया। तत्पश्चात् सभी महाराष्ट्रीयन लोगों की आस्था के केंद्र पंढ़रपुर मंदिर को भी तोड़ दिया। प्रजा पर अनेक अत्याचार करने प्रारंभ किए। किसानों के खेत जला दिए। यहाँ तक कि महिलाओं एवं बच्चियों का शीलहरण तक करने लगा। अफजल खान को लगा कि इन कुकृत्यों को करने से शिवाजी महाराज चिंतित हो उठेंगे।

दरअसल, मराठों की प्रमुख युद्धनीति 'गोरिल्ला युद्ध' से बचने के लिए वह शिवाजी महाराज को मैदान में लाने की कोशिश कर रहा था। लेकिन शिवाजी

महाराज ने अपने पूर्वजों से बहुत कुछ सीखा था, जैसे कि हमारे हिंदू पूर्वज रात में युद्ध नहीं करते थे, लेकिन मावले रात में ही युद्ध करने निकलते थे और अपने प्रतिद्वंद्वी की ईंट का जवाब पत्थर से देते थे।

धीरे-धीरे अफजल खान जावली तक जा पहुँचा। वहाँ वह मोरे से मिला। उसने देशमुख, देशपांडे, कुलकर्णी और पाटिल आदि सभी वतनदारों को पत्र भेजकर आदिलशाही सेना में सम्मिलित होने का आदेश दिया। जैसे उत्तर भारत में चौधरी, पटेल, ठाकुर होते हैं, वैसे ही महाराष्ट्र में वतनदार होते थे। वतनदारों को लगा कि अफजल खान उसकी सारी जागीर को हथिया लेगा, अतः घबराकर वे उसकी सेना में सम्मिलित हो गए।

इधर शिवाजी महाराज ने आई भवानी की प्रार्थना करते हुए एक कूटनीति तैयार की। सभी मावलों को बुलाकर आदेश दिया कि साक्षात् आई भवानी का आशीर्वाद हम सबके साथ है···हमारी विजय सुनिश्चित है···युद्ध की तैयारी शुरू करो।"

साथ-ही-साथ कूटनीतिक योजना के अनुसार अफजल खान तक यह संदेश भिजवाया गया कि "शिवाजी महाराज आप से बहुत डर गए हैं, आप तो शिवाजी महाराज के चाचा की तरह हैं। शिवाजी आपसे मिलना चाहते हैं।" यह सुनकर अफजल खान को भी भ्रम हो गया कि शिवाजी सचमुच उससे डर गया है।

शिवाजी महाराज ने उसे प्रतापगढ़ की ऐसी ऊँचाई पर बुलाया, जहाँ उसके साथ उसकी सेना न आ सके और अफजल खान के साथ बचे हुए लोग नीचे भी नहीं जा सकें। अफजल खान ने मुलाकात के समय शिवाजी महाराज की पीठ पर खंजर से वार कर दिया, लेकिन शिवाजी महाराज ने पूर्व योजना के अनुसार चिलखत पहना हुआ था, जिसकी वजह से उनको बिल्कुल तुकसान नहीं हुआ।

पलटकर वार करते हुए उन्होंने अपने वाघनखा (Tiger Nails) से अफजल खान का पेट फाड़ दिया। बहुत सारा खून निकलने लगा और अफजल खान जोर-जोर से चिल्लाने लगा—'दगा! दगा! दगा!' अफजल खान के साथ आया हुआ सैयद जैसे ही आगे बढ़ा, मावलों ने उसे घेर लिया। शिवाजी महाराज द्वारा अफजल खान का वध करने के पश्चात् मावले अफजल खान की सेना पर काल बनकर टूट पड़े। ऐसा कहा जाता है कि अफजल खान की सेना को परास्त करने के पश्चात् मराठों के घोड़े दिल्ली में जाकर ही रुके।

जंजीरा के सिद्दियों पर नियंत्रण

कोंकण तट पर निवास करने वाली प्रजा अक्सर शिवाजी महाराज से शिकायत किया करती थी कि सिद्दी और अंग्रेज हिंदू जनता पर तरह-तरह के अत्याचार कर रहे हैं और उनको अरबस्तान के बाजार में गुलामों की तरह बेचा जा रहा है। प्रजा के कल्याण हेतु शिवाजी महाराज ने कोंकण-विजय अभियान शुरू किया और सिद्दियों को परास्त किया। कोंकण के स्वराज्य में सम्मिलित होने के पश्चात् सिद्दियों की सत्ता जंजीरा किले तक ही सीमित रह गई और कोंकणवासी सुरक्षित हो गए।

डेढ़ लाख की मुगल सेना को सिर्फ 60 मावलों ने 56 दिनों तक रोके रखा

इधर औरंगजेब शिवाजी महाराज के स्वराज्य-विस्तार से चिंतित हो उठा। उसे मुगल सल्तनत पर संकट के बादल स्पष्ट रूप से दिखाई देने लगे। मुगल सल्तनत की गिरती हुई प्रतिष्ठा को बचाने के लिए औरंगजेब ने शाइस्ता खान को डेढ़ लाख की मुगल सेना के साथ दक्षिण की ओर रवाना किया। स्वराज्य में उस समय 20,000 के आसपास ही सैनिक थे। शाइस्ता खान ने दक्षिण में आते ही चाकण किले की घेराबंदी शुरू कर दी। यह किला कर-संग्रहण के लिए अत्यंत महत्त्वपूर्ण था। लेकिन चाकण के किलेदार फिरंगोजी नरसाला थे। उन्होंने न केवल अपने सिर्फ 60 मावलों के साथ वीरतापूर्वक युद्ध किया, बल्कि शाइस्ता खान दो महीनें तक किला नहीं जीत पाया। कल्पना कीजिए 1,50,000 की मुगलों की सेना को सिर्फ 60 मावलों ने 56 दिनों तक रोके रखा।

फिरंगोजी नरसाला का पराक्रम देखकर शाइस्ता खान अचंभित रह गया। उसने कहा, "मुगल सेना में शामिल हो जा···तुझे बहुत बड़ी मनसबदारी देता हूँ।" फिरंगोजी नरसाला ने गुस्से से देखा और कहा, "ऐसे हजारों मनसब हम अपने शिवाजी महाराज के चरणों में समर्पित कर देते हैं। तू कौन है? तुम्हारा बादशाह महाराज से बड़ा है क्या? हमारे स्वराज्य से बड़ा है क्या?"

शिवाजी महाराज के मावले बहुत ही एकनिष्ठ होते थे, उन्हें धन का लालच नहीं था।

दुर्ग हारने से निराश फिरंगोजी नरसाला राजगढ़ पहुँचे। व्यथित फिरंगोजी नरसाला अपनी गर्दन नीचे झुकाकर महाराज के सामने खड़े हो गए और भारी मन से कहा, "चाकण का संग्राम दुर्ग हार गया महाराज!" शिवाजी महाराज पास आए और हँसते हुए कहा, "अरे संग्रामदुर्ग! अर्थात् छोटी सी गढ़ी, उसे जीतने के लिए

मुगलों की 1,50,000 की सेना हमारे 60 मावलों से दो महीने तक लड़ रही थी, यही आपकी विजय है।" उन्होंने फिरंगोजी की पीठ थपथपाई, उन्हें सोने का कड़ा सम्मान में दिया। मावलों के लिए यह अत्यंत सम्मान की बात थी। शिवाजी महाराज अपने वीर योद्धाओं को सोने का कड़ा भेंट देते थे।

कल्पना कीजिए, वे मावले कितने एकनिष्ठ थे, जिन्होंने मनसबदारी नहीं ली और शिवाजी महाराज के सामने सर झुकाकर खड़े हो गए!

मुगलों की आर्थिक राजधानी-सूरत पर आक्रमण

शाइस्ता खान आगे बढ़ा और लाल महल पर कब्जा कर लिया। शिवाजी महाराज ने लाल महल पर आक्रमण कर शाइस्ता खान को परास्त किया और उसकी तीन उँगलियाँ काट डाली। औरंगजेब गुस्सा हो गया। उसने शाइस्ता खान को पुणे प्रांत से बंगाल प्रांत में भेज दिया। जब वह जा रहा था तो शिवाजी महाराज सूरत जाने के लिए उसकी सेना के पास से गुजरे। वहाँ किसी ने कहा, शिवाजी आ गया है, तो मुगल सेना भयभीत होकर भाग खड़ी हुई। शिवाजी महाराज ने पुणे के लाल महल में शाइस्ता खान को ऐसी शिकस्त दी थी कि वह अब कुछ भी नहीं कर सकता था।

जब शाइस्ता खान स्वराज्य में आया तो उसने जनता की बहुत हानि की थी। सूरत मुगलों की आर्थिक राजधानी थी, अतः मुगलों से पैसा वसूल करने के लिए सूरत के ऊपर आक्रमण कर बहुत सारा सोना और कर शिवाजी महाराज वापस ले आए, ताकि स्वराज्य में हुई हानि की पूर्ति की जा सके।

शिवाजी महाराज का राज्याभिषेक

एक बार शिवाजी महाराज औरंगजेब के निमंत्रण पर आगरा गए, लेकिन वहाँ उन्हें धोखे से कैद कर लिया गया। लेकिन अपनी योजनाओं और युक्ति से शिवाजी महाराज औरंगजेब के हाथों से निकलकर महाराष्ट्र के राजगढ़ में वापस आ गए। औरंगजेब ने मिर्जा राजे जयसिंह के ऊपर शिवाजी महाराज को आगरा से पलायन करने में मदद का आरोप लगाकर उनकी हत्या कर दी।

सिसोदिया राजवंश के दो राजपुरुष योद्धा मिर्जा राजे जयसिंह और छत्रपति शिवाजी महाराज, यदि दोनों मिल जाते तो भारत कब का आजाद हो चुका होता। लेकिन ऐसा हुआ नहीं और यह अत्यंत दुःख की बात है कि हमारी मातृभूमि के दो रक्षक आपस में ही लड़ रहे थे।

आगरा से आने के बाद शिवाजी महाराज को अपना राज्याभिषेक करना बहुत जरूरी लगा, क्योंकि राजतंत्र के लिए लोकमान्यता अत्यंत आवश्यक होती है। इसलिए शिवाजी महाराज ने राज्याभिषेक करके लोकमान्यता प्राप्त की, जिसके बाद वे हिंदू स्वराज्य के छत्रपति बन गए।

छत्रपति शिवाजी महाराज की राजमुद्रा पर अंकित था—

"प्रतिपच्चन्द्रलेखेव वर्धिष्णुर्विश्ववन्दिता।
शाहसूनोः शिवस्यैषा मुद्रा भद्राय राजते॥"

अर्थात् प्रतिपदा के चंद्र की तरह शाहजी पुत्र शिवाजी महाराज का राज्य आगे बढ़ता जा रहा है और उनका राज्य लोक कल्याण के लिए है।

अंग्रेजों को परास्त करने वाले इकलौते हिंदू सम्राट्

मुंबई के पास खांदेरी-उंदेरी किले हैं, जिसे अंग्रेज 'हेनरी-केनेरी' बोलते थे। शिवाजी महाराज ने उंदेरी पर एक किला बनवाया था और खांदेरी पर अंग्रेजों का राज था। छत्रपति शिवाजी महाराज ने अंग्रेजों के साथ युद्ध करके उनको भी परास्त किया।

शिवाजी महाराज अंग्रेजों को 'हट्टीजात' कहा करते थे, अर्थात् ऐसे लोग, जिनके हाथ में यदि भूमि आ गई तो उसे आसानी से नहीं छोड़ेंगे। इसलिए इन्हें स्वराज्य से दूर रखना चाहिए। इनसे निपटने का एकमात्र उपाय है—उनसे युद्ध करो और इन्हें अपने क्षेत्र में आने ही न दो।

परमतत्त्व में विलीन

3 अप्रैल, 1680 को स्वराज्य की दूसरी राजधानी रायगढ़ पर हनुमान जयंती के दिन छत्रपति शिवाजी महाराज का देहांत हो गया। लेकिन शिवाजी महाराज ने हिंदुओं के मन-मस्तिष्क में स्वतंत्रता की जो ज्योति प्रज्वलित की, उससे संपूर्ण भारत खड़ा हो गया। उन्हीं की प्रेरणा से छत्रसाल बुंदेला ने बुंदेलखंड में स्वराज्य की स्थापना की थी।

जब छत्रसाल बुंदेला 16 वर्ष के थे, तब वे मिर्जा राजे जयसिंह और दिलेर खान के साथ दक्षिण में आए थे। एक दिन वे मुगल छावनी से भागकर शिवाजी महाराज के पास आए और कहा, "मुझे अपने यहाँ नौकरी दे दीजिए।" शिवाजी महाराज ने कहा, "आप भी राजपूत राजघराने से हैं। आप बुंदेलखंड में जाइए, वहाँ की परिस्थिति महाराष्ट्र जैसी ही है। वहाँ पर भी बहुत बड़े-बड़े पहाड़ हैं, वहाँ पर

आप गोरिल्ला युद्ध कर स्वराज्य की स्थापना कीजिए।"

शिवाजी महाराज ने वचन दिया कि जब कभी आपको मराठों की जरूरत होगी, तब मराठा आपकी मदद के लिए बुंदेलखंड आएँगे। उस वचन का अनुसरण पेशवा बाजीराव (प्रथम) ने छत्रसाल बुंदेला को बंगश के आक्रमण से बचाकर किया। छत्रपति शिवाजी महाराज दूरदर्शी थे। उनकी कीर्ति चिरकाल तक हमें प्रेरणा देती रहेगी।

संस्कृत भाषा को बढ़ावा दिया

- शाहजी राजे भोंसले संस्कृत के प्रकांड विद्वान् थे। शिवाजी महाराज को संस्कृत सीखने के लिए समय कम मिला, क्योंकि वे स्वराज्य की स्थापना के पुनीत कार्य में लगे थे। हालाँकि, उनके पुत्र शंभूजी महाराज और उनके पिताजी शाहजी राजे, दोनों संस्कृत के प्रकांड विद्वान् थे।
- संस्कृत को संरक्षण देने की अपनी कुल की परंपरा को आगे बढ़ाते हुए छत्रपति शिवाजी ने किलों के नाम संस्कृत में रखे, जैसे प्रचंडगढ़, सुवर्णदुर्ग, सिंधुदुर्ग आदि।
- संस्कृत के प्रकांड विद्वान् केशव पंडित उनके राजपुरोहित थे, जिन्होंने राजदरबार की पुरानी हिंदू रीतियों को पुनर्जीवित किया।
- उन्होंने मराठी से फारसी का प्रभाव दूर करने के लिए संस्कृत प्रचुर मराठी भाषा में 'राजव्यवहार कोश' बनवाया। इतिहासाचार्य विश्वनाथ काशीनाथ राजवाड़े कहते हैं, 'मराठी फारसी की बटिक (गुलाम) बन चुकी थी। छत्रपति शिवाजी महाराज ने उसे मुक्त किया।'

दरबारी इतिहासकारों द्वारा फैलाए गए झूठ

- तुष्टीकरण की राजनीति करने वाले राजनीतिज्ञों के चाटुकार दरबारी इतिहासकार ने शिवाजी के विषय में अनेक झूठ फैलाए, जैसे कि उनकी सेना में अनेक मुस्लिम अधिकारी थे, जबकि वास्तविकता यह है कि उनकी सेना में किसी भी मुस्लिम अधिकारी के होने का प्रमाण नहीं है।
- एक अन्य झूठ यह है कि उन्होंने अनेक मसजिदों का निर्माण करवाया, किंतु वास्तविकता में उन्होंने मुस्लिम आक्रांताओं द्वारा मंदिर तोड़कर बनाई गई मसजिदों को गिरवाया और भव्य मंदिरों का निर्माण कर पुन: उनमें प्राण-प्रतिष्ठा की।

छत्रपति शिवाजी महाराज ने हिंदू से मुस्लिम बने लोगों की पुनः हिंदू धर्म में वापसी करवाई। इसका एक महत्त्वपूर्ण उदाहरण है, स्वराज्य के सरसेनापति नेताजी पालकर, जिन्हें औरंगजेब ने जबरन धर्मांतरण कर 'मुहम्मद कुलित खान' नाम दे दिया था।

छत्रपति शिवाजी महाराज की अन्य उपलब्धियाँ

- छत्रपति शिवाजी महाराज ने दक्षिण दिग्विजय भी किया और पूरे कर्नाटक पर भगवा फहराया। तत्पश्चात् वे तमिलनाडु गए, जहाँ जिंजी किला है, जो कालांतर में मराठों की राजधानी भी बना। जब औरंगजेब दक्षिण में आया, तब जिंजी राजाराम महाराज की राजधानी था।
- छत्रपति शिवाजी महाराज बहुत दूरदर्शी थे और एक अच्छे अभियंता भी थे। उनके द्वारा बनवाया गया हर एक किला अलग तरीके का था। वे समाज विज्ञान के अच्छे अभ्यासक थे।
- सारे हिंदू एक होने चाहिए, इसलिए उन्होंने हर एक हिंदू को जाति से ऊपर उठाकर संगठित किया और सामान्य जनता में स्वराज्य की भावना विकसित की।
- शिवाजी महाराज ने एक ही समय में पुर्तगाली, मुगल, अंग्रेज, सिद्दी और आदिलशाह आदि के साथ युद्ध किया।
- शिवाजी महाराज ने स्वयं का 'आरमार' (नौसेना) स्थापित किया। जो मध्ययुग की सबसे पहली नौसेना थी। उनकी नौसेना के विषय में हम मराठा स्वराज्य की गौरवपूर्ण ऐतिहासिक यात्रा, सातवें पड़ाव में विस्तार से चर्चा करेंगे।

शिवाजी महाराज की तलवारें

छत्रपति शिवाजी महाराज की तलवारों के बारे में जानने की उत्सुकता वर्षों से रही है। उनकी कुल कितनी तलवारें थीं, वर्तमान में इस विषय पर अनेक शोध कार्य चल रहे हैं। उपलब्ध जानकारी के अनुसार छत्रपति शिवाजी महाराज की तीन मुख्य तलवारें निम्नलिखित थीं—

1. जगदंबा तलवार
2. तुलजा तलवार
3. भवानी तलवार

1. जगदंबा तलवार

स्वराज्य की स्थापना से पूर्व, जब छत्रपति शिवाजी महाराज कर्नाटक प्रांत से पुणे आ रहे थे, उस समय शाहजी राजे भोंसले ने यह तलवार शिवाजी महाराज को भेंट दी थी। यह तलवार स्वराज्य की स्थापना के लिए किए गए युद्धों की साक्षी रही है, जिसमें अफजल खान का वध भी शामिल है। इस कारण तलवार का महत्त्व कई गुना बढ़ जाता है।

"Catalog of the Collection of the Indian Arm & Object of the Art" शीर्षक पुस्तक और कोल्हापुर स्टेट के पुराभिलेखागार के दस्तावेजों के अनुसार, जगदंबा तलवार की लंबाई 121 सेंटीमीटर थी। तलवार की मूठ पर सोने का डिजाइन और बहुत से मूल्यवान हीरे लगे थे।

अनेक उपलब्ध साक्ष्यों के अनुसार जगदंबा तलवार छत्रपति शिवाजी महाराज (चतुर्थ) (कोल्हापुर) के दुष्ट दीवान बर्वे की सलाह पर अक्तूबर 1875 ई. में भारत आए वेल्स के राजकुमार को भेंट कर दी गई। कालांतर में इसी दुष्ट दीवान बर्वे ने अंग्रेजों के साथ मिलकर छत्रपति शिवाजी महाराज (चतुर्थ) को उनके पद से हटाने का षड्यंत्र रचा। जब इस विषय के बारे में लोकमान्य बाल गंगाधर तिलक को जानकारी हुई, उन्होंने महाराष्ट्र के दुर्देव से अगरकर के साथ मिलकर छत्रपति शिवाजी महाराज (चतुर्थ) का समर्थन करते हुए अंग्रेजों के विरुद्ध एक बहुत बड़े आंदोलन की शुरुआत कर दी। यह सब देखकर महात्मा ज्योतिबा फुले भी उनके समर्थन में आ गए। अंग्रेजों की षड्यंत्रकारी नीतियों की वजह से छत्रपति शिवाजी महाराज (चतुर्थ) की मृत्यु हो गई। उनकी समाधि कोल्हापुर में स्थित है।

ऐतिहासिक एवं धार्मिक रूप से यह तलवार अत्यंत मूल्यवान थी। महाराष्ट्र सरकार ने इस तलवार को वापस भारत लाने के अनेक प्रयास किए, लेकिन असफल रही। हम हिंदुओं के लिए इस तलवार का महत्त्व बहुत अधिक है, इसलिए हमें जगदंबा तलवार को वापस लाने का प्रयास करते रहना होगा।

2. तुलजा तलवार

छत्रपति शिवाजी महाराज द्वारा सिंधुदुर्ग किले के निर्माण के दौरान कूडा के सावंत ने शिवाजी महाराज को तुलजा तलवार भेंट दी थी। वर्तमान में यह तलवार सिंधुदुर्ग किले पर स्थित छत्रपति शिवाजी महाराज के मंदिर में काँच के एक बक्से में रखी है।

3. भवानी तलवार

यह तलवार पुर्तगालियों ने अनेक धातुओं का मिश्रण कर बनाई थी। उपलब्ध साक्ष्यों के अनुसार, इसे पुर्तगालियों ने छत्रपति शिवाजी महाराज को भेंट किया था। वर्तमान में यह तलवार कहाँ है, इसकी कोई जानकारी उपलब्ध नहीं है। अनेक इतिहासकार और पुरातत्त्वविद् इसकी खोज कर रहे हैं।

आज आवश्यकता है कि हम सभी हिंदुत्व के प्रकाश-पुंज छत्रपति शिवाजी महाराज के महान् चरित्र के बारे में अपनी आने वाली पीढ़ियों को बताएँ। हम उनके व्यक्तित्व एवं कृतित्व से प्रेरणा लेकर विधर्मियों से अपनी मातृभूमि की रक्षा करें और भारत को पुन: विश्वगुरु के रूप में प्रतिस्थापित करें।

भारतीय जनचेतना के निर्माण में छत्रपति शिवाजी महाराज के योगदान को रेखांकित करते हुए सत्य ही कहा गया है—

"चरितं शिवराजस्य विजयश्रीविराजितम्।
वीराद्भुतरसं पुण्यं रामायणमिवापरम्॥"

अर्थात् 'छत्रपति शिवाजी महाराज का जीवनचरित्र महान् विजयों से सुशोभित है, वीरता और आश्चर्य से ओत-प्रोत यह गाथा रामायण के समान पुण्यकारी है।'

संदर्भ

- Rh dalmia YouTube channel-
- https://www.youtube.com/live/FL_FmWb6zmA?feature=share.
- मराठों का नवीन इतिहास, गोविंद सखाराम सरदेसाई
- Book- Catalog of the Collection of the Indian Arm & Object of the Art.

□

स्वराज्य-रक्षक छत्रपति शंभूजी महाराज

"देश धर्म पर मिटने वाला, शेर शिवा का छावा था।
महापराक्रमी परम प्रतापी, एक ही शंभू राजा था॥
तेजस्वी आँखें निकल गईं, पर शीश शंभु का झुका नहीं।
दृष्टि गई पर राष्ट्रोन्नति का, दिव्य स्वप्न तो मिटा नहीं॥"

छत्रपति शंभूजी महाराज का यशोगान करती ये पंक्तियाँ हमें याद दिलाती हैं, इतिहास के उस एकमात्र योद्धा के बारे में, जिन्होंने अपने संपूर्ण जीवनकाल में 120 से अधिक युद्ध लड़े और एक भी युद्ध में परास्त नहीं हुए।

यह गौरवगाथा है उस स्वराज्य-रक्षक की, जिसकी प्रशंसा करते हुए स्वयं शत्रु (औरंगजेब) ने कहा था कि "यदि मेरे चार पुत्रों में से एक भी तुम्हारे जैसा होता तो आज पूरा हिंदुस्तान मुगल सल्तनत का हिस्सा बन चुका होता!"

यह कहानी है उस पराक्रम की, जिससे विचलित होकर औरंगजेब ने कसम खाई—"जब तक शंभू राजे गिरफ्तार नहीं किया जाता, वह अपने सिर पर किमोंश (पगड़ी) नहीं चढ़ाएगा।"

यह कहानी है उस रणनीतिकार की, जिसने औरंगजेब को उसके जीवन के अधिकांश समय दक्षिण भारत में ही उलझाए रखा, जिससे उत्तर भारत के वर्तमान बुंदेलखंड, पंजाब, राजस्थान आदि प्रांतों में नए हिंदू राज्यों की स्थापना करने में सहायता प्राप्त हुई।

यह कहानी है तेरह भाषाओं में पारंगत विद्वान् की, जिसने देववाणी संस्कृत में अनेक कालजयी ग्रंथों की रचना की।

आइए, मराठा स्वराज्य की गौरवपूर्ण ऐतिहासिक यात्रा के तीसरे पड़ाव में चर्चा करते हैं उस धर्मवीर की, जिसने 40 दिनों तक अपने एक-एक अंग को काटे जाने के बावजूद इस्लाम कबूल नहीं किया और गरजते हुए कहा, "हजार बार जीऊँगा! हजार बार मरूँगा! लेकिन हिंदू धर्म नहीं छोड़ूँगा।"

मराठा स्वराज्य, अर्थात् हिंदू स्वराज्य की रक्षा, धर्मवीर शंभूजी महाराज ने की थी। भोंसले कुल में 'शंभूजी' नाम का अलग सा महत्त्व है। ऐसा कहा जाता है कि भोंसले कुल में शंभूजी नाम तीन पीढ़ियों से चलता आ रहा था।

शाहजी राजे भोंसले, अर्थात् छत्रपति शिवाजी महाराज के पिताजी के चचेरे बड़े भाई निजामशाह के दरबार में एक युद्ध में उनका देहांत हो गया। शाहजी राजे भोंसले जब पिता बने, उन्होंने बड़े लड़के का नाम 'शंभूजी' रखा। छत्रपति शिवाजी महाराज के बड़े भाई शंभूजी राजे को अफजल खान नाम के एक आदिलशाही सरदार ने युद्ध में दगा दी और युद्धभूमि में ही उनकी मृत्यु हो गई।

शंभूजी नाम युद्धभूमि से जुड़ा हुआ नाम है, शंभूजी वीरत्व का नाम है। जब शिवाजी महाराज के बड़े भाई शंभूजी राजे भोंसले युद्ध में वीरगति को प्राप्त हुए, उसी समय महारानी सईबाई को पुत्ररत्न की प्राप्ति हुई और उसका नाम भी 'शंभूजी' रखा गया।

स्वराज्य रक्षक शंभूजी महाराज का जन्म

शंभूजी महाराज के जन्म से पूर्व एक भयानक परिस्थिति थी। उत्तर का एक जहरीला सर्प दक्षिण में आया, जिसे आदिलशाही खत्म करनी थी। उस जहरीले सर्प का नाम था—औरंगजेब। मुगल साम्राज्य के विस्तार हेतु दक्षिण का वायसराय बनकर आया औरंगजेब आदिलशाही सरदारों से युद्ध करने और सामान्य जनता पर अत्याचार करने लगा। बीजापुर शासक ने शिवाजी से अपने लिए सहयोग की अपील की, जिसे उन्होंने स्वीकार कर लिया। शिवाजी ने मुगलों के विरुद्ध अपना अभियान आरंभ करते हुए उनके दक्षिण-पश्चिमी भाग पर आक्रमण के साथ-साथ पुणे के जुन्नार ठाणे पर धावा बोलकर तीन लाख हूण लूट लिये। यह अभियान तभी रुका, जब मुगलों ने बीजापुर सुल्तान के साथ संधि कर ली। औरंगजेब तिलमिलाकर रह गया। प्रतिशोध की आग में जल रहा औरंगजेब अब मराठा स्वराज्य पर आक्रमण करने की योजना बनाने लगा।

संकट की इन विकट परिस्थितियों में मराठा साम्राज्य में एक नए सूर्य का उदय हुआ। 14 मई, 1657, शुद्ध द्वादशी हेमलंबी संवत्सर, ज्येष्ठ मास,

बृहस्पतिवार को सुबह 10 बजे पुरंदर किले का परिसर हर्षोल्लास से भर उठा। छत्रपति शिवाजी महाराज की ज्येष्ठ पत्नी सईबाई ने एक तेजस्वी बालक को जन्म दिया, जिसका नाम रखा गया—'शंभू राजे'। ऐसा कहा जाता है कि शंभूजी महाराज का जन्म अत्यंत शुभ सिद्ध हुआ। उनके जन्म के बाद से स्वराज्य का विस्तार होता चला गया।

शंभूजी राजे महाराज का लालन-पालन

दादी जीजाबाई तथा माँ सईबाई की ममतामयी गोद में खेल-खेलकर शंभूजी राजे बड़े होने लगे। लेकिन धीरे-धीरे महारानी सईबाई की तबीयत बिगड़ने लगी। शंभू राजे जब मात्र सवा दो वर्ष के थे, तभी महारानी सईबाई का देहांत हो गया। अब शंभू राजे के संपूर्ण लालन-पालन की जिम्मेदारी राजमाता जीजाबाई पर आ गई।

उन्होंने शिवाजी के समान शंभू राजे को भी रामायण, महाभारत आदि पवित्र ग्रंथों की कहानियाँ सुनाकर स्वराज्य की रक्षा हेतु प्रेरित किया। युद्धकला का भी प्रशिक्षण दिया। इस प्रकार राजमाता जीजाबाई के संरक्षण में शंभू राजे ने शस्त्र और शास्त्र दोनों में निपुणता प्राप्त की।

संस्कृत के प्रकांड विद्वान्

शंभूजी महाराज ने बुद्धभूषणम्, नायिकाभेद, सातशातक और नखशिखांत जैसे संस्कृत ग्रंथों की रचना की। तीन भागों में विभाजित बुद्धभूषणम् में काव्यालंकार, शास्त्र, संगीत, पुराण, धनुर्विद्या आदि का वर्णन किया गया है। इसमें राजा के गुणों व कर्तव्यों, सलाहकारों, राजकोष, दुर्ग, सैन्य व गुप्तचर व्यवस्था आदि की जानकारी भी प्राप्त होती है।

पुरंदर की संधि

समय का चक्र अपनी गति से घूम रहा था। शंभूजी राजे वयस्कता की ओर अग्रसर होने लगे। जैसा कि पिछले पड़ाव में हमने चर्चा की थी कि 22 जून, 1665 को शिवाजी और जयसिंह राजे के मध्य 'पुरंदर की संधि' हुई थी, जिसके तहत शिवाजी महाराज को मुगलशाही को 23 किले देने थे, साथ-ही-साथ शंभू राजे को पंचहजारी मनसबदार के तौर पर मुगलों की छावनी में ही रहना था। उस समय शंभूजी राजे महाराज की आयु मात्र 8 वर्ष थी।

सामान्य दृष्टिकोण से देखा जाए तो इस संधि ने शंभूजी राजे महाराज का

बचपन छीन लिया। उन्हें अब औरंगजेब का मनसबदार बनकर उसके दरबार में हाजिरी देनी थी, किंतु वास्तविकता में शिवाजी के इस फैसले के पीछे अत्यंत कुटिल रणनीति छिपी हुई थी। दरअसल, शिवाजी का उद्देश्य मुगलों के रीति-रिवाज, सैन्य ठिकानों, शासन-व्यवस्था एवं उनकी छिपी हुई कमजोरियों का पता लगाना था।

छत्रपति शिवाजी का आगरा की ओर कूच

शहजादे से मुगल बादशाह बन चुका औरंगजेब अपनी 50वीं सालगिरह मना रहा था, इसी संदर्भ में मिर्जा जयसिंह के आग्रह पर मार्च 1666 ई. को शिवाजी महाराज ने औरंगजेब से व्यक्तिगत मुलाकात करने के उद्देश्य से आगरा की ओर कूच किया। 11 मई, 1666 को सुबह 10 बजे आगरा की सीमा पर मिर्जा जयसिंह के पुत्र रामसिंह ने शिवाजी महाराज का स्वागत किया।

अगले दिन औरंगजेब से मुलाकात हुई, परंतु उसने शिवाजी के साथ बड़ा अपमानजनक व्यवहार किया। औरंगजेब ने न तो ठीक तरीके से मुगल दरबार में शिवाजी का स्वागत किया, न ही अन्य उपस्थित लोगों के समान 'खिल्लत' से सम्मानित किया। दरबार में पाँच हजारी मनसब प्रदान कर शिवाजी को मनसबदारों की तीसरी पंक्ति में खड़े रहने को कहा गया।

अपमानित शिवाजी ने क्रुद्ध होकर औरंगजेब को विश्वासघाती कहा और दरबार छोड़कर चले गए। औरंगजेब ने शिवाजी को आगरा के 'जयपुर भवन' में कैद करने का आदेश दे दिया।

कारावास की बेड़ियाँ टूट गईं

शिवाजी महाराज कैद से निकलने की योजना बनाने लगे। इस योजना के क्रियान्वयन में शंभू राजे ने अत्यंत महत्त्वपूर्ण भूमिका निभाई और शिवाजी महाराज द्वारा उनको मुगलों का मनसबदार बनाने के कूटनीतिक निर्णय को सार्थक सिद्ध किया।

ऐसा कहा जाता है कि शंभू राजे पचासी दिनों तक आगरा में रहे। इस दौरान औरंगजेब से उनकी 167 बार मुलाकात हुई। शंभू राजे ने आगरा किले के भू-नियोजन, अर्थात् रास्तों, दुर्गों आदि सहित किस दुर्ग पर कौन सा पहरेदार किस समय पहरा देता है, की संपूर्ण एवं सटीक जानकारी शिवाजी महाराज को प्रदान की। अपना भेस बदलकर शिवाजी महाराज मिठाई के टोकरे में बैठकर कारावास से निकल आए।

मृत्यु का स्वाँग

एक बार संन्यासियों की टोली ने राजगढ़ किले के दरवाजे पर आकर राजमाता जिजाऊ से मिलने की इच्छा व्यक्त की। राजमाता जिजाऊ धर्मपरायण महिला थीं। वह संन्यासियों और ऋषि-मुनियों का बहुत आदर करती थीं। वे संन्यासियों को सम्मानपूर्वक बुलाकर उनको दान-दक्षिणा देने लगीं। अचानक एक संन्यासी उठकर राजमाता जिजाऊ के चरणकमलों का वंदन करने लगा।

राजमाता आश्चर्यचकित होकर सोचने लगीं कि कोई संन्यासी ऐसा कैसे कर सकता है? ध्यानपूर्वक देखने पर ज्ञात हुआ कि वह कोई और नहीं, बल्कि संन्यासियों के वेश में स्वयं शिवाजी महाराज हैं!

दरअसल, शिवाजी महाराज संन्यासी का वेश धारण कर एक गुप्त मार्ग से राजगढ़ किले के दरवाजे पर आ पहुँचे थे। राजमाता जिजाऊ शिवाजी महाराज को देखकर अत्यंत प्रसन्न हुईं, किंतु उनकी आँखें अपने पौत्र शंभूजी को ढूँढ़ रही थीं। शिवाजी महाराज ने कहा, "हमारे शंभूजी राजे की मृत्यु हो गई है।" यह बात पूरे महाराष्ट्र में आग की तरह फैल गई और गुप्तचरों के माध्यम से औरंगजेब तक भी पहुँच गई।

कुछ ही दिनों बाद शंभूजी का श्राद्ध कर दिया गया। अब मुगलों को पूरी तसल्ली हो गई कि शंभूजी की मृत्यु हो गई है। 20 नवंबर, 1666 को मथुरा के कुछ ब्राह्मण एक छोटे से बालक को लेकर राजगढ़ पधारे, बालक साक्षात् भगवान् वामन जैसा दिख रहा था। उसको चोटी थी, जनेऊ पहना हुआ था, उपनयन किया गया था। उस छोटे से बटुक को देखकर जिजाऊ को बहुत अच्छा लगा।

कुछ समय पश्चात् ज्ञात हुआ कि यह बालक और कोई नहीं, स्वयं शंभू राजे हैं। दरअसल, आगरा किले के कारावास से निकलते समय शिवाजी महाराज ने एक कूटनीति के तहत शंभू राजे को मथुरा के ब्राह्मणों के पास रहने व वेदों का अध्ययन करने की आज्ञा दी थी।

शंभूजी की मृत्यु का स्वाँग इसलिए रचा गया, ताकि वे सुरक्षित रहें। राजगढ़ खुशियों से हर्षोल्लसित हो गया, नगाड़े बजने लगे, मिठाई बाँटी गई।

शंभूजी महाराज का विवाह

धीरे-धीरे शंभूजी महाराज और बड़े होने लगे। 11 वर्ष की आयु में उनका विवाह पिलाजी राजे शिर्के की पुत्री येसुबाई शिर्के के साथ संपन्न हुआ। विवाह पश्चात् सर्वप्रथम उन्हें एक पुत्रीरत्न की प्राप्त हुई, जिसका नाम 'भवानी बाई' रखा

गया। इसके पश्चात् एक पुत्ररत्न की प्राप्ति हुई, जो 'शाहूजी महाराज' के नाम से जाने गए।

कुशल प्रशासक

ऐसा कहा जाता है कि 26 जनवरी, 1671 से शिवाजी महाराज ने शंभूजी राजे को प्रशासन का प्रशिक्षण देने की शुरुआत की। शिवाजी महाराज ने सदर (न्याय-व्यवस्था की जगह जहाँ, सिर्फ छत्रपति या महाराज बैठ सकते थे) के प्रशासन का पूर्ण अधिकार शंभूजी महाराज को दे दिया, वहाँ बैठकर शंभूजी राज्य कार्यभार और प्रशासन अच्छे से देखने लगे। दरअसल, शिवाजी महाराज शंभूजी को भावी छत्रपति के रूप में तैयार कर रहे थे।

सन् 1672 को भारत आए एक फ्रांसीसी प्रवासी एबे कैरे शंभूजी महाराज से हुई मुलाकात के संदर्भ में लिखते हैं—"शिवाजी महाराज ने 10,000 शूर सैनिक शंभूजी राजे को दिए हुए हैं। यह युवक अत्यंत निडर है, पिता की कीर्ति को आगे बढ़ाने के लिए पूर्ण प्रयत्न करता है और बड़े-बड़े अभियानों में भाग लेता है।"

शंभूजी की प्रशंसा सुनकर शिवाजी को भी अत्यंत गर्व की अनुभूति होती थी। धीरे-धीरे शंभूजी महाराज पर राष्ट्र-व्यवहार (विदेश नीति) भी दिखने लगे। उस समय महाराष्ट्र की कोंकण किनारे पट्टी पर अरब सागर में अंग्रेज, पुर्तगाली, फ्रेंच आदि अलग-अलग यूरोपियन सत्ताएँ (ईस्ट इंडिया कंपनियाँ) आकर बस गईं। तभी उन्हें स्वराज्य की प्रजा से अंग्रेज अधिकारियों द्वारा दुर्व्यवहार करने की जानकारी प्राप्त हुई। इसका प्रतिशोध अंग्रेजों की हुबली (कर्नाटक) और राजापुरी (महाराष्ट्र) की फैक्टरी पर आक्रमण करके लिया गया।

पिता के समान ही कूटनीति में पारंगत

रायगढ़ स्वराज्य की दूसरी राजधानी और एक महत्त्वपूर्ण किला था। एक बार की बात है, शिवाजी महाराज स्वराज्य का कार्यभार शंभूजी को सौंपकर चंद्रग्रहण होने के कारण किसी तीर्थस्थान पर स्नान-ध्यान के लिए चले गए। 24 मई, 1673 को अंग्रेज अधिकारी थॉमस निकोलस आया। शंभूजी महाराज को अंग्रेजी सहित 16 भाषाओं का ज्ञान था।

शंभूजी महाराज ने थॉमस निकोलस से अंग्रेजी में संवाद करते हुए कहा, "शिवाजी महाराज इस समय यहाँ नहीं हैं और आपने जो विषय कहा है, उस संदर्भ में मैं कुछ नहीं कर सकता। हमारे रायगढ़ किले पर बहुत तेज हवाएँ चलती हैं,

वातावरण अच्छा नहीं रहता है। अत: उचित यह होगा कि आप किले में रुकने के बजाय किले से दूर पाचाड नामक गाँव में रुकिए।"

दरअसल, शंभूजी को पूर्व आभास था कि यदि अंग्रेज किले के अंदर रुके तो अवश्य ही कुछ-न-कुछ गड़बड़ करेंगे। अत: इन्हें किले से दूर रखना ही उचित है। युवावस्था से ही शंभूजी राजे शिवाजी महाराज की तरह कूटनीति में पारंगत थे। इस संपूर्ण प्रसंग का वर्णन थॉमस निकोलस ने स्वयं अपनी डायरी में किया है।

शिवाजी का राज्याभिषेक एवं शंभूजी का युवराज्याभिषेक

6 जून, 1674 की ज्येष्ठ शुक्ल द्वादशी को रायगढ़ किले में शिवाजी महाराज का राज्याभिषेक हुआ और वे 'छत्रपति' बने। उनकी अन्य उपाधियाँ 'गो-ब्राह्मण प्रतिपालक', 'क्षत्रिय कुलवंतमसां' (क्षत्रिय परिवार के आभूषण), 'हैंदवधर्मोद्धारक' थीं। इसी समय शंभूजी महाराज का युवराज्याभिषेक हुआ।

कुछ समय पश्चात् ही नियति ने निष्ठुरता दिखाई और राजमाता जिजाऊ का देहांत हो गया, जिसके बाद शंभूजी महाराज बहुत अकेले हो गए, क्योंकि उनकी माँ तो बचपन में चली गई थीं, उसके बाद उनकी माँ राजमाता जिजाऊ ही थीं और अब वे भी चली गईं! कुछ समय तक शोकाकुल रहने के बाद स्वराज्य की रक्षा के लिए उन्होंने अपने आप को सँभाला और राज्य का कार्यभार पुन: ग्रहण कर तन्मयता के साथ उसका निर्वहन करने लगे।

एक बार एक अभियान से आने के पश्चात् छत्रपति शिवाजी को मस्तक शूल नामक बीमारी ने बहुत तंग किया और उस समय वे 56 दिनों तक बीमार रहे। इसी दौरान राज्य कार्यभार चलाते समय युवराज और मंत्रिगणों के मध्य मतभेद प्रारंभ हो गया। यह मतभेद मुख्य रूप से कारभारी अनाजी पंथ और युवराज के बीच था। शिवाजी महाराज स्वस्थ हुए और दक्षिण-विजय के अभियान पर चले गए, जहाँ उन्होंने कर्नाटक-विजय किया और तमिलनाडु तक अपना स्वराज्य विस्तार किया। लेकिन इसी दौरान मंत्रिगणों एवं युवराज के मध्य दूरियाँ बढ़ती चली गईं।

शंभूजी महाराज इन सभी अशांतताओं से दूर जाने के लिए अपनी युवराज्ञी येसुबाई के मायके श्रृंगारपुर के जावली में चले गए। वहाँ उन्होंने संस्कृत भाषा में 'बुधभूषण' नाम का एक उत्तम ग्रंथ लिखा। उस समय उत्तर से उनका एक बहुत अच्छा मित्र आया हुआ था, जिससे आगरा में उनकी मुलाकात हुई थी। उस मित्र का नाम था—कवि कलस, जोकि शाक्त संप्रदाय का ब्राह्मण था। शाक्त संप्रदाय

तंत्र–मंत्र को मानता है। उस तरह शंभूजी राजे भी अपने दोस्त कवि कलस के साथ शाक्त संप्रदाय का अनुसरण करने लगे।

शंभूजी महाराज की राजनीतिक भूल

दक्षिण–दिग्विजय के पश्चात् छत्रपति शिवाजी महाराज रायगढ़ आए। तब मंत्रिगण शिवाजी महाराज से शंभूजी राजे के संदर्भ में चर्चा करने लगे। उन्होंने बताया कि अब वे शाक्त संप्रदाय का अनुसरण करने लगे हैं।

शिवाजी महाराज ने एक पत्र लिखकर श्रृंगारपुर भेजा, जिसमें उन्होंने शंभूजी महाराज से कहा कि आप आते समय सज्जनगढ़ होते हुए आइए। सज्जनगढ़ रामदास स्वामी और कल्याण स्वामी का एक महत्त्वपूर्ण ठाणा था। इस वजह से शंभू राजे नाराज हो गए कि वे ऐसा क्यों कहते हैं? मैं कुछ गलत नहीं कर रहा हूँ! युवावस्था के आवेश में शंभूजी ने अब स्वयं का स्वतंत्र विश्व, अर्थात् राज्य बनाने का निश्चय किया।

उसी समय आदिलशाही को खत्म करने के लिए दिलेर खान नाम का एक मुगल मनसबदार आया। इसने शंभूजी महाराज की नाराजगी का फायदा उठाने की कोशिश की, लेकिन सफल नहीं हो पाया। शंभूजी महाराज उस समय सज्जनगढ़ में थे।

एक संवाद में उसने कहा, 'मैं तुम्हें सप्तहजारी मनसब देता हूँ। तुम हमारी छावनी में आ जाओ।' शंभूजी महाराज छत्रपति शिवाजी महाराज जैसे ही शूरवीर, स्वराज्यनिष्ठ और धर्मनिष्ठ थे, परंतु उस समय उन्हें खुद का विश्व बनाना था, इसलिए वे दिलेर खान की छावनी में चले गए। दिलेर खान ने बीजापुर की आदिलशाही खत्म करने का प्रण लिया हुआ था। लेकिन छत्रपति शिवाजी महाराज हमेशा की तरह मुगलों का ध्यान भटकाने की कोशिश करने लगे और उन्होंने मुगल छावनी पर आक्रमण कर दिया। इस समय तक आदिलशाही कमजोर हो चुकी थी, लेकिन शिवाजी महाराज को हिंदू स्वराज्य के रक्षण के लिए आदिलशाही को खत्म नहीं करना था।

उनका मानना था कि ये दक्षिण के वे छोटे–छोटे राज्य हैं, जो हमेशा मदद करेंगे और यदि दक्षिण के सारे राजा या बादशाह साथ में आएँगे तो हम मुगल सल्तनत को खत्म कर सकेंगे। इसलिए शिवाजी महाराज ने आदिलशाही को बचाने का प्रयत्न किया। उस वजह से दिलेर खान ने स्वराज्य के ऊपर आक्रमण शुरू कर

दिया। शिवाजी महाराज ने आदिलशाही से उसका ध्यान भटका दिया। हमारे शिवाजी महाराज बहुत दूरदर्शी थे।

मराठों के भोपालगढ़ किले पर फिरंगोजी नरसाला नाम के किलेदार थे। ये वही किलेदार फिरंगोजी नरसाला हैं, जो चाकण में थे, जब शाइस्ता खान आया था। दिलेर खान को लगा कि वह भोपालगढ़ आसानी से जीत लेगा, क्योंकि उसके पास 35,000 की सेना थी। लेकिन जैसा चाकण में हुआ था कि लाखों की सेना को फिरंगोजी नरसाला ने पराभूत किया था, वैसे ही यहाँ पर भी वे अच्छी तरह से टक्कर दे रहा था। कहते हैं न, हुकुम का इक्का, वैसे ही मुगल छावनी में हमारे युवराज थे।

भोपालगढ़ में दिलेर खान ने शंभूजी को आगे कर दिया। स्वराज्य के युवराज आए हैं, अर्थात् स्वराज्य के भावी छत्रपति को सामने देख फिरंगोजी नरसाला ने युद्ध को विराम दिया। फिरंगोजी मुगलों को किला कभी नहीं देते, लेकिन सामने शंभूजी राजे थे, तभी दिलेर खान अपने सैनिकों सहित चुपके से किले के अंदर घुस गया। उसने 700 मराठों के हाथ कलम कर दिए। अब वह सामान्य जनता पर अत्याचार करने लगा। शंभूजी इस वीभत्स दृश्य को अपनी आँखों से देख रहे थे।

उन्हें मुगल सल्तनत और हिंद स्वराज्य के मध्य का भेद स्पष्ट रूप से समझ आने लगा—'स्वराज्य जनता, धर्म और मातृभूमि के लिए है और मुगल सल्तनत सिर्फ और सिर्फ विदेशी आक्रांताओं की सत्ता है।'

शंभूजी राजे अब मुगल छावनी से निकलने का प्रयास करने लगे। केवल कुछ सहयोगियों, अपनी बहन और पत्नी के साथ आए शंभूजी ने दिलेर खान का प्रतिरोध करना प्रारंभ किया। वे अपनी जनता के लिए लाखों सैनिकों की छावनी में अकेले तलवार लेकर पिल पड़े।

यहाँ पर एक बार पुनः शिवाजी की दूरदर्शिता का उदाहरण मिलता है। दरअसल, छत्रपति शिवाजी महाराज जब आदिलशाह से महत्त्वपूर्ण चर्चा करने बीजापुर गए थे, तभी उन्होंने युवराज शंभूजी महाराज के पीछे 'गुप्तहेरयंत्रणा' (गुप्तचर) लगाई हुई थी। जिसका काम था—जब युवराज बाहर जाने की कोशिश करेंगे, तब उनको मदद करनी है।

शंभूजी महाराज अपने प्रयासों और 'गुप्तहेरयंत्रणा' की सहायता से वहाँ से निकल पड़े और पन्हाला में आ गए। शिवाजी महाराज भी बीजापुर से पन्हाला आए हुए थे। वहीं पर छत्रपति शिवाजी महाराज और शंभू राजे की भेंट हुई। छत्रपति शिवाजी महाराज ने उन्हें गले से लगाते हुए कहा—"मुगल सल्तनत हिंदुओं के

ऊपर हुए अत्याचारों पर खड़ी है। यह स्वराज्य तुम्हारा है। यह सारी जनता तुमसे प्रेम करती है।" शंभूजी महाराज को समझ आ गया कि मुगलों की छावनी में जाना बहुत बड़ी भूल थी।

शिवाजी महाराज का देहांत एवं शंभूजी का राज्याभिषेक

शंभूजी महाराज जब वापस आ गए तो मराठा स्वराज्य में उत्तराधिकार के लिए मतभेद होने लगे।

दरअसल, शिवाजी महाराज की दूसरी पत्नी सोयराबाई अपने 10 वर्षीय पुत्र राजाराम को उत्तराधिकारी बनाना चाहती थी। मुख्य समस्या यह थी कि यदि 10 वर्षीय राजाराम को राजसत्ता सौंप दी जाती तो मराठा स्वराज्य पर मुगल आक्रमण का खतरा बढ़ जाता, क्योंकि अल्पवयस्क राजाराम को उस समय तक प्रशासन का कुछ खास अनुभव नहीं था। अतः मराठा स्वराज्य की अखंडता की रक्षा हेतु यह अत्यावश्यक था कि राजसत्ता शंभूजी महाराज को ही प्राप्त हो। किंतु उसी समय छत्रपति शिवाजी महाराज को ज्वर की बीमारी बढ़ने लगी और 3 अप्रैल, 1680 को उनका देहांत हो गया। जब शंभूजी महाराज को छत्रपति शिवाजी महाराज की सबसे ज्यादा जरूरत थी, तब वे ब्रह्मलीन हो गए और राज दरबार में शंभूजी महाराज के विरोध में बातें चलने लगीं।

फिर भी उन्होंने कुशलतापूर्वक सभी षड्यंत्रों को समाप्त किया, देशद्रोहियों को सजा देने के साथ-साथ उदार हृदय दिखाते हुए मंत्रिगणों को क्षमा कर दिया। उन्होंने पन्हाला गढ़ पर स्वराज्य के सभी सरदारों और महत्त्वपूर्ण व्यक्तियों को संगठित किया।

राजसत्ता के सर्वाधिकार अपने हाथ में लेते हुए उन्होंने दिलेर खान द्वारा मराठा स्वराज्य को हुए नुकसान की भरपाई करने की योजना बनाई।

शंभूजी ने मुगलों के महत्त्वपूर्ण व्यापारी ठाणे बुरहानपुर (महाराष्ट्र) पर आक्रमण किया। बुरहानपुर अत्यंत सुंदर था, यहाँ बड़े-बड़े जौहरी और व्यापारी आते थे। यहाँ से उन्हें हीरे-जवाहरात व स्वर्ण आदि बहुमूल्य संसाधनों की प्राप्ति हुई। राज्याभिषेक से ठीक पहले औरंगजेब को सीधी चुनौती देकर उन्होंने सिंहासन के लिए अपनी योग्यता सिद्ध कर दी थी। बड़े ही धूमधाम से 16 जनवरी, 1681 को शंभूजी महाराज का राज्याभिषेक हुआ और वे 'छत्रपति' कहलाए।

छत्रपति शंभुजी महाराज की राजमुद्रा पर अंकित था—

'श्री शंभो: शिवजातस्य मुद्रा द्यौरिव राजते।
यदंकसेविनी लेखा वर्तते कस्य नोपरि॥'

अर्थात् छत्रपति शिवाजी महाराज के पुत्र शंभू राजे, इनकी यह राजमुद्रा सूर्य के तेज की तरह तेजस्वी है। इस राजमुद्रा के सारे आश्रित सुखी रहेंगे, इस राजमुद्रा से श्रेष्ठ कोई नहीं है।

चूर-चूर हो गया औरंगजेब का अहंकार

इधर शंभूजी द्वारा बुरहानपुर (महाराष्ट्र) पर आक्रमण करने के कारण भयभीत मुल्ला-मौलवियों ने औरंगजेब को एक पत्र में लिखा—'काफिरों का राज बहुत बढ़ गया है, उनकी शक्ति इतनी बढ़ गई है कि हमें अब शुक्रवार की नमाज भी बंद करनी पड़ेगी।' प्रतिशोध की आग में जल रहा औरंगजेब 3 लाख अश्व बल, 4 लाख पैदल सैनिक, असीमित तोपखाना, हाथी आदि लेकर बुरहानपुर पहुँच गया।

मुगल सल्तनत की तुलना में मराठा स्वराज्य के पास बहुत ही कम संसाधन थे, फिर भी मराठों ने हार नहीं मानी। विशाल सैन्य बल के अहंकार में औरंगजेब ने महाराष्ट्र के नासिक में स्थित रामसेज नामक किले को मात्र एक दिन में ही जीतने की घोषणा कर दी। औरंगजेब की सेना किले पर चढ़ाई करने लगी, किंतु किले पर तैनात मात्र 600 मराठा मावलों ने इतना तीव्र प्रतिकार किया कि औरंगजेब का सपना धरा का धरा रह गया।

मात्र एक दिन में रामसेज किले को जीतने का दम भरनेवाला औरंगजेब कभी भी उस किले को जीत नहीं पाया। अपने इस बड़बोलेपन के कारण औरंगजेब घोर अपमानित हुआ। औरंगजेब शायद भूल गया था कि स्वराज्य का हर एक मराठा मातृभूमि के प्रति निष्ठावान और स्वराज्य के लिए मर मिटने वाला है।

पुर्तगालियों को भी खूब छकाया

इस समय छत्रपति शंभूजी राजे पर चारों ओर से आक्रमण हो रहे थे। शहजादा मुअज्जम, सिद्दी और पुर्तगाली सभी मराठों के खिलाफ थे, किंतु छत्रपति शंभूजी महाराज ने सभी को युद्ध में परास्त किया।

ऐसा लग रहा था कि साक्षात् भगवान् शिवशंभू मराठों के शरीर में संचार कर रहे हों और मुगल सैनिकों के साथ युद्ध कर रहे हों। छत्रपति शंभूजी महाराज ने पुर्तगालियों पर आक्रमण कर अंजादिवा किले पर कब्जा कर लिया। धीरे-धीरे उन्होंने पूरे गोवा को पुर्तगालियों से मुक्त करा लिया।

छत्रपति शंभूजी महाराज की अन्य उपलब्धियाँ

- शंभूजी ने अपने जीवनकाल में कुल 120 युद्ध लड़े, जिनमें से किसी भी युद्ध में वे परास्त नहीं हुए। इस प्रकार की उपलब्धि प्राप्त करने वाले छत्रपति शंभूजी महाराज इकलौते योद्धा हैं।
- औरंगजेब से मुठभेड़ कर उसका पुत्र शहजादा अकबर राजपूत राजा दुर्गादास राठौड़ के साथ शंभूजी महाराज से शरण लेने के लिए आया। शंभूजी महाराज ने उन दोनों को आश्रय प्रदान किया।
- शंभूजी ने मुगलों के दबाव के कारण हिंदू से मुस्लिम बने लोगों के घर वापसी के लिए एक अलग विभाग की स्थापना की थी। उदाहरण के तौर पर इस्लाम में जबरदस्ती परिवर्तित किए गए कुलकर्णी नामक युवक को पुनः हिंदू बनाया था।
- दक्षिण भारत के साथ-साथ उत्तर भारत के हिंदू राजा भी शंभूजी महाराज के विशेष रूप से आभारी थे, क्योंकि शंभूजी ने औरंगजेब को दक्षिण भारत में ही उलझाए रखा, जिससे उत्तर भारत के हिंदू राजाओं को अपने राज्य-संरक्षण का पर्याप्त समय मिल गया। जीवनपर्यंत दक्षिण भारत में उलझे रहने के कारण औरंगजेब का साम्राज्य उसकी मृत्यु होते ही भरभराकर ढह गया।

धर्मांध हब्शी औरंगजेब के जुल्मों के आगे भी नहीं झुके धर्मवीर

कुछ समय पश्चात् आदिलशाही और कुतुबशाही खत्म हो गई और उनके सरदार मराठों से आ मिले। मराठों की शक्ति दिन-प्रति-दिन बढ़ती जा रही थी। मराठा पहले से ज्यादा निडर और पराक्रमी हो गए थे।

ऐतिहासिक संग्रहालय में आज भी संरक्षित 16 जनवरी, 1688 को मुंबई ठाणे से एक अंग्रेज अधिकारी द्वारा लिखे गए पत्र के अनुसार—'मुगल सैनिक मराठा सेना पर हमला करने से डरते हैं।'

किंतु तभी छत्रपति शंभूजी महाराज को फितूरी हो गई। वे रत्नागिरी के संगमेश्वर नामक स्थान पर निवास करने लगे। बहनोई गानोजी शिर्के के विश्वासघात के कारण औरंगजेब के सरदार मुकर्रबखान ने छत्रपति शंभूजी महाराज तथा कवि कलश को कैद कर लिया। उन्हें संगमेश्वर से बहादुरगढ़ लाया गया। 15 फरवरी, 1689 को वह काला दिन आ गया। एक छेद की हुई लकड़ी में उनके हाथ बाँधे गए, उनके पाँव में बेड़ियाँ डाली गईं और ऊँट पर बिठाया गया। मुगलों ने मराठों

के राजा, हिंदुओं के राजा को विदूषकों की टोपी पहनाई और पुरी छावनी में जुलूस निकाला गया। उनके शरीर से उनकी खाल निकाल दी गई। उनका शरीर पूरा लाल हो गया था।

छत्रपति शंभूजी महाराज औरंगजेब की आँखों में आँखें डालकर कवि कलस से पूछते हैं कि "मैं कैसा दिख रहा हूँ?"

कवि कलश काव्य के माध्यम से कहते हैं—

'यावन रावण की सभा, शंभू बंध्यो बजरंग।
लहु लसत सिंदुर सम, खूब खेल्यो रणरंग।
ज्यों रवि छबी लखतही खद्योत होत बजरंग।
त्यों तुव तेज निहारी के तख्त तज्यो अवरंग॥'

अर्थात् "रावण के दरबार में लाल हुए हनुमान खड़े हैं और रावण की तरफ आँखें खोलकर देख रहे हैं, उन आँखों की ज्वाला से डरकर औरंगजेब ने अपना तख्त छोड़ दिया है।"

इतना सुनते ही औरंगजेब ने कवि कलश की जिह्वा काटने का आदेश दिया और छत्रपति शंभूजी महाराज से इस्लाम स्वीकार करने को कहा। छत्रपति शंभूजी महाराज ने गरजते हुए कहा, 'मैं इस्लाम नहीं स्वीकारूँगा, धर्म की रक्षा के लिए, स्वराज्य की रक्षा के लिए, मातृभूमि की रक्षा के लिए मैंने यह व्रत लिया है।'

जिसके बाद छत्रपति शंभूजी महाराज की दोनों आँखें फोड़ी दी गईं, उनके दोनों हाथ काटे गए। उनको मारने के लिए ऐसा समय निश्चित किया गया, जब महाराष्ट्र में नया साल मनाया जाता है, उससे पहले जो अमावस आती है, जिसे हम 'मृत्युंजय अमावस' कहते हैं! तो फाल्गुन अमावस के दिन छत्रपति शंभूजी महाराज के पूरे शरीर के छोटे-छोटे टुकड़े कर दिए गए। पुणे में वडु नामक ठिकाणा है, जहाँ नदियों का संगम है। उस संगम के पास छत्रपति शंभूजी महाराज का कटा हुआ शरीर डाला गया था। वहाँ के शिवले नामक पाटिल ने उनके शरीर को जोड़कर अग्नि में दहन किया।

शंभूजी महाराज का सिर काट दिया गया था, जिसे पूरे महाराष्ट्र में घुमाया गया, ताकि आगे से कोई 'गुड़ी पड़वा' न मना सके। लेकिन शंभूजी महाराज की मृत्यु के पश्चात् मराठों में एकजुटता आ गई। मराठों ने प्रण लिया कि 'हमारे शंभूजी महाराज को यातनाएँ देनेवाले इन आक्रांताओं की सत्ता को खत्म किए बिना हम चुप नहीं बैठेंगे। हम दिल्ली सल्तनत का नामोनिशान मिटा देंगे।'

छत्रपति शंभूजी महाराज चिरंजीवी हुए। युवावस्था में हजारों युवाओं के दिल में क्षत्रियत्व का तेज देकर वे अपने पिताजी के पास चले गए, वे अमर हुए, चिरंजीवी हुए!

छत्रपति शंभूजी महाराज को जिन 40 दिनों तक यातना दी गई, आज भी हजारों युवक उन दिनों में 'गुड़ी पड़वा' तक उपवास रखते हैं और गुड़ी पड़वा के दिन शंभूजी महाराज का स्मरण करके ही उपवास तोड़ते हैं।

संदर्भ

- https://www.youtube.com/live/a7jITtBG7k0?feature=share
- https://www.enavabharat.com/state/maharashtra/chhatrapati-sambhaji-maharajs-death-anniversary-today-know-how-this-great-king-died-702025/
- https://navbharattimes.indiatimes.com/metro/mumbai/politics/chhatrapati-sambhaji-maharaj-explainer-know-all-about-the-maratha-empire-of-shivaji-clan/articleshow/96702539.cms
- https://www.hindujagruti.org/history/sambhaji-maharaj

□

छत्रपति राजाराम महाराज और महारानी ताराबाई

'अक्सर युद्धभूमि में वही लोग विजयी होते हैं, जो युद्ध से पहले ही मनभूमि में युद्ध की समस्त परिस्थितियों की कल्पना कर उनका निवारण कर लेते हैं।'

आइए, मराठा स्वराज्यं की गौरवपूर्ण ऐतिहासिक यात्रा के चौथे पड़ाव की ओर बढ़ते हैं, जिसमें आज हम चर्चा करेंगे, प्रखर बुद्धि के धनी एवं कुशल कूटनीतिक छत्रपति राजाराम महाराज के बारे में, जिन्होंने औरंगजेब के नहले पर दहला फेंकते हुए उसे चारों खाने चित कर दिया था।

एक कुशल राजनीतिज्ञ! जिनके नेतृत्व में मराठा सैनिकों ने न केवल खोए हुए मराठा स्वराज्य को पुनः प्राप्त किया, साथ-ही-साथ गुजरात, मध्य प्रदेश और पंजाब तक अपनी धाक जमाई। मराठा स्वराज्य पर मँडराते संकट के दौरान सबको साथ लेकर चलने वाले एक रणनीतिकार! जिन्होंने सनातन धर्म की अस्मिता की रक्षा हेतु महाराष्ट्री धर्म निभाने का आह्वान किया। एक सनातन धर्म उद्धारक, जिन्होंने औरंगजेब की योजनाओं पर पानी फेरते हुए भारत का इस्लामीकरण होने से बचाया।

मराठा स्वराज्य की गौरवपूर्ण ऐतिहासिक यात्रा के इस पड़ाव में हम मुगलमर्दिनी महारानी ताराबाई के अप्रतिम योगदान को भी याद करेंगे, जिन्होंने एक ऐसे अभेद्य चक्रव्यूह की रचना की, जिसमें फँसकर मुगल सेना चकनाचूर हो गई। आपको बताएँगे कि किस प्रकार दक्कन-विजय के अपने दिवास्वप्न को साकार करने के लिए 27 वर्षों तक दक्षिण भारत की धूल फाँकने वाले औरंगजेब को उसके जीवन के अंतिम सात वर्षों के दौरान छत्रपति शिवाजी महाराज की पुत्रवधू एवं छत्रपति राजाराम महाराज की धर्मपत्नी महारानी ताराबाई ने त्राहिमाम् कहने पर विवश कर दिया।

छत्रपति राजाराम महाराज मराठा स्वराज्य के नेतृत्व का संकट

पिछले पड़ाव में हमने चर्चा की थी कि किस प्रकार धर्मांध औरंगजेब ने छत्रपति शंभू राजे महाराज की निर्मम हत्या कर दी थी, जिससे आक्रोशित मराठों ने मुगल सल्तनत का समूल नाश करने की प्रतिज्ञा ली।

इधर औरंगजेब ने समय व्यर्थ न गँवाते हुए अपने दक्कन-विजय अभियान में एकमात्र रोड़ा बन रहे मराठा स्वराज्य पर आक्रमण प्रारंभ कर दिए। धीरे-धीरे वह रायगढ़ तक आ पहुँचा। औरंगजेब के सूबेदार जुल्फिकार खान ने रायगढ़ को घेर लिया और दुर्ग जीतने की कोशिश करने लगा। रायगढ़ में छत्रपति शंभूजी महाराज की पत्नी महारानी येसुबाई, राजाराम महाराज, महारानी ताराबाई, सोयराबाई और शंभूजी महाराज के पुत्र आदि थे।

नेतृत्वविहीन हो चुके संपूर्ण मराठा स्वराज्य पर संकट के बादल मँडरा रहे थे। मराठों की सर्वप्रथम आवश्यकता थी—मराठा स्वराज्य के छत्रपति की घोषणा, जिसकी छत्रच्छाया में पुनः संगठित हो सकें और मराठा स्वराज्य को निगलने आ रहे मगरमच्छ रूपी मुगल सल्तनत का वध कर सकें।

किंतु मराठा स्वराज्य के नेतृत्व के प्रश्न पर एक विकट समस्या थी। छत्रपति शंभूजी महाराज व महारानी येसुबाई के पुत्र शिवाजी (अन्य नाम शाहूजी महाराज) अत्यंत छोटे थे। महारानी येसुबाई ने इस समस्या का हल निकालते हुए छत्रपति शंभूजी महाराज के छोटे भाई राजाराम का सिंहासनारोहण करा दिया। मात्र 19 वर्ष की आयु में राजाराम महाराज छत्रपति बन गए।

यहाँ एक रोचक तथ्य यह है कि छत्रपति राजाराम महाराज ने स्वयं को छत्रपति के बजाय शाहूजी महाराज के प्रतिनिधि के रूप में ही स्वीकार किया। उन्होंने घोषणा की—'यह राज्य महारानी येसुबाई और छत्रपति शंभूजी महाराज के पुत्र शाहूजी महाराज का है, मैं सिर्फ उसका रक्षण कर रहा हूँ। जैसे भरत ने भगवान् श्रीराम का सिंहासन सँभाला, वैसे ही मैं भी कार्य करूँगा।' छत्रपति राजाराम महाराज बिल्कुल भी स्वार्थी नहीं थे। आगे चलकर उनका यही स्वभाव मराठों के राज्य विस्तार में महत्त्वपूर्ण भूमिका निभाता है।

छत्रपति राजाराम महाराज की दो राजमुद्राएँ थीं, जिनमें से एक बिल्कुल शिवाजी महाराज जैसी ही थी, सिर्फ नाम अलग था। दूसरी राजमुद्रा पर यह अंकित था—

'धर्मप्रद्योतिताशेषवर्ण दशरथेऽरिव
राजारामस्य मुद्रेयं विश्ववंद्या विराजते।'

अर्थात् 'धर्म को आगे बढ़ाने वाली और संरक्षण प्रदान करने वाली छत्रपति राजाराम महाराज की यह राजमुद्रा दशरथ-पुत्र श्रीराम जैसी विश्ववंदनीय है।'

छत्रपति राजाराम महाराज द्वारा जिंजी की ओर प्रस्थान

जुल्फिकार खान जैसा शत्रु रायगढ़ के द्वार पर खड़ा था। महाराष्ट्र के अनेक सूबेदारों ने भी मुगल सल्तनत से हाथ मिला लिये थे। संकट की इस घड़ी में मराठा स्वराज्य की रक्षा हेतु छत्रपति का बचना अत्यंत आवश्यक था। महारानी येसुबाई के आदेश से छत्रपति राजाराम महाराज कुछ अधिकारियों के साथ रायगढ़ से प्रस्थान कर गए और वहाँ से विशालगढ़ होते हुए पन्हाला पहुँचे। जहाँ छत्रपति शिवाजी महाराज और छत्रपति शंभूजी महाराज के समय से ही निष्ठावान सेवकों ने उन्हें मराठा स्वराज्य के सुदूर हिस्से जिंजी किले (वर्तमान में तमिलनाडु प्रांत में स्थित) में रहकर राजव्यवहार के कार्य करने की सलाह दी।

ऐसा कहा जाता है कि राजाराम महाराज को पन्हाला से जिंजी तक के प्रवास के दौरान अनेक कठिनाइयों का सामना करना पड़ा। इस दौरान केलाड़ी रानी चेन्नम्मा ने उनकी सहायता की थी।

इधर जुल्फिकार खान ने रायगढ़ जीत लिया। महारानी येसुबाई की दूरदर्शिता के कारण छत्रपति राजाराम महाराज तो पहले ही किले से प्रस्थान कर चुके थे। औरंगजेब ने महारानी येसुबाई और उनके पुत्र शाहूजी महाराज को पकड़ लिया और उन्हें मुगल छावनी में नजरकैद कर दिया।

इसी दौरान एक ऐसा प्रसंग होता है, जिससे ज्ञात होता है कि मराठा शूरवीरों से औरंगजेब किस कदर खौफ खाता था! दरअसल औरंगजेब का दरबारी इतिहासकार खाफी खान लिखता है—'औरंगजेब को शिवाजी नाम से ही डर लगता था और उसे शिवाजी नाम से घृणा भी थी। इसलिए उसने शंभूजी महाराज के पुत्र का नाम शिवाजी से बदलकर 'शाहूजी' रख दिया।' कालांतर में शाहूजी महाराज स्वराज्य के चौथे छत्रपति बने।

सबको साथ लेकर चलनेवाले रणनीतिकार

इतिहासकार एवं कवि परमानंद के पौत्र के साहित्य, विदेशी यात्री निकोलो के दस्तावेजों तथा औरंगजेब के दरबारी इतिहासकारों के वर्णन आदि अध्ययन-स्रोतों

के माध्यम से हमें ज्ञात होता है कि छत्रपति राजाराम महाराज को युद्ध के वास्तविक कौशलों का अनुभव नहीं था, क्योंकि उनका लालन-पालन रायगढ़ किले में राजसी वैभव के साथ हुआ था।

वे शंभूजी महाराज जैसे राजबिंडे (शरीर से मजबूत) नहीं थे, क्योंकि उनका जीवन छत्रपति शंभूजी महाराज जैसा संघर्षमय नहीं था। वे दिखने में अत्यंत सुंदर, मितभाषी और कोमल हृदयवाले थे। उनका व्यक्तित्व छत्रपति शंभूजी महाराज के समान रौद्र रूप वाला नहीं था।

यदि ध्यानपूर्वक चिंतन किया जाए तो तत्कालीन परिस्थितियों में छत्रपति राजाराम महाराज की इन विशेषताओं ने मराठा स्वराज्य को पुनर्संगठित करने में अत्यंत महत्त्वपूर्ण भूमिका निभाई। दरअसल, उस समय मराठा स्वराज्य के लिए एक महान् योद्धा के बजाय सबको साथ लेकर चलनेवाले एक रणनीतिकार की आवश्यकता थी।

ऐसा कहा जाता है कि राजाराम महाराज के जन्म के समय मराठा स्वराज्य पर उत्तर से भयंकर आक्रमण हुआ। बहुत से ज्योतिषियों ने कहा, 'राजाराम का जन्म पैर की तरफ से हुआ है, इसलिए यह हमारे स्वराज्य के लिए शुभ संकेत नहीं है।' किंतु सकारात्मक सोचवाले छत्रपति शिवाजी ने इसको झुठलाते हुए कहा, 'इसने मुगल बादशाही को पाँव से धकेलने के लिए जन्म लिया है।'

औरंगजेब ने स्वराज्य की भूमि पर अधिकार कर लिया। ऐसा लग रहा था कि मराठों का राज्य बचा ही नहीं है! उस समय औरंगजेब यह सोचकर प्रसन्न हो रहा था कि उसने रायगढ़ जीत लिया और मराठों के स्वराज्य को खत्म कर दिया है! लेकिन शायद औरंगजेब यह भूल गया था कि राष्ट्र तो विचारों और निष्ठा से बनता है, भूमि से नहीं। छत्रपति शिवाजी महाराज ने मराठों को एक ध्येय दिया—'महाराष्ट्र धर्मः', अर्थात् हिंदू धर्म-रक्षण, मातृभूमि का रक्षण और गौ-रक्षण।

राजसत्ता सँभालते ही छत्रपति राजाराम महाराज ने अपने अधिकारियों व प्रजा के नाम पत्र लिखा—'मराठा तितुका मेलवावा, महाराष्ट्र धर्मः वाढवावा', अर्थात् 'समस्त मराठा जनों को एकजुट होकर महाराष्ट्र धर्म को बढ़ाना है।'

छत्रपति राजाराम महाराज अपने मराठा सरदारों को पिता की तरह प्यार करते थे। अपने समावेशी दृष्टिकोण का उपयोग करते हुए उन्होंने शीघ्र ही बिखरे हुए मराठा सरदारों को पुनः एकसूत्र में पिरोने का कार्य प्रारंभ किया। देखते-ही-देखते छत्रपति राजाराम महाराज का सैन्य बल 35-40 हजार तक हो गया। उन्होंने

संताजी घोरपड़े और धनाजी जाधव नाम के दोनों योद्धाओं को सेनापति पद दिया और 'आज्ञापत्र' नामक छत्रपति शिवाजी महाराज की 'राजकीय तत्त्वज्ञान' लिखने वाले राजनीतिक धुरंधर रामचंद्रपंत अमात्य को 'हुकूमतपन्हा' (प्रशासन संबंधी कार्यभार) बना दिया।

शत्रु को उसकी भाषा में जवाब

मराठों ने अपने राजपूत पूर्वजों से बहुत कुछ सीखा था। जैसे राजपूत शाम के समय युद्ध नहीं करते थे। वे बहुत ही नीतिपूर्ण युद्धनीति अपनाते थे, इस वजह से विदेशी आक्रांताओं के आक्रमणों का सामना नहीं कर सके। लेकिन मराठों ने अपने राजपूत पूर्वजों से यह बात सीख ली कि सामनेवाला जैसा हो, वैसे ही हमें उत्तर देना है।

अगर वे रात को युद्ध करते हैं, तो हमें भी रात को युद्ध करना है, अगर वो छिपकर युद्ध करते हैं तो हमें भी छिपकर युद्ध करना है। वे हमारे क्षेत्र में घुसते हैं और उसे ध्वस्त करते हैं तो हम भी उनके सूबे में जाएँगे और उसे ध्वस्त करेंगे। अब मराठा इसी नीति का अनुसरण करने लगे।

नहले पर दहला : युद्धक्षेत्र का परिदृश्य ही बदल गया

छत्रपति शिवाजी महाराज के 'राजकीय तत्त्वज्ञान' में रामचंद्रपंत अमात्य वतनदारों के बारे में लिखते हैं—'वतनदार याँस सामान्य गणावे ऐसे नाही हे राज्याचे दयादच आहेत', अर्थात् वतनदार कोई आम इनसान नहीं हैं, वे राज्य के मालिक हैं, भूमि के मालिक हैं।"

वतन एक तरह की सूबेदारी होती थी, जो पीढ़ी-दर-पीढ़ी हस्तांतरित होती रहती थी। इस प्रकार उनकी पीढ़ियाँ सदैव सरदार बनी रहती थीं।

ऐसा कहा जाता है कि वतन को लेकर मराठों में अंतर्कलह उत्पन्न हो जाती थी और पीढ़ी-दर-पीढ़ी स्थानांतरित होने के कारण प्रशासनिक अकुशलता उत्पन्न होती थी। इसीलिए छत्रपति शिवाजी महाराज ने वतन, जहाँगीरी आदि देने के बजाय नकद वेतन देने की परंपरा की शुरुआत की।

छत्रपति राजाराम महाराज के नेतृत्व में पुनर्संगठित हो रहे मराठा सरदारों की एकता से भयभीत औरंगजेब कुटिल चालें चलने लगा। औरंगजेब ने मराठा सरदारों की एकता को भंग करने के लिए उन्हें सूबेदारी का प्रलोभन देना प्रारंभ किया।

लेकिन प्रखर बुद्धि के धनी छत्रपति राजाराम महाराज ने औरंगजेब के नहले

पर दहला चल दिया। उन्होंने मराठा सरदारों से कहा कि 'जो सरदार मुगलों के जिस क्षेत्र को जीत लेगा, वही उसकी सरदारी हो जाएगी।' उन्होंने दाभाडे को कहा, 'आप गुजरात जीत लीजिए, सारा गुजरात आपका होगा!' इसी प्रकार घोरपड़े को दक्षिण और धनाजी जाधव को उत्तर जाने का आदेश देते हुए कहा कि 'जितना प्रदेश आप जीतेंगे, वह सारा प्रदेश आपकी जहागीर होगा।'

जब औरंगजेब गुजरात की सूबेदारी का प्रलोभन देता तो दभाड़े यह कहते हुए गुजरात पर आक्रमण कर देते कि 'गुजरात तो पहले से ही मेरी जागीर है।'

इस प्रकार छत्रपति राजाराम महाराज की राजनीतिक सूझ-बूझ ने युद्ध क्षेत्र की परिस्थितियाँ ही बदल दी थीं।

कल्पना कीजिए, एक ऐसे समय, जब औरंगजेब दक्षिण-विजय करने आया था, छत्रपति राजाराम महाराज ने मराठा सरदारों को उत्तर जीतने का आदेश दे दिया। उनकी इस अभेद्य चक्रव्यूह रचना से मुगल सल्तनत भौचक्की रह गई, उन्हें समझ ही नहीं आया कि मुगलों के सूबे कब मराठों के हो गए।

औरंगजेब के शयनकक्ष से सोने का कलश काट लाए

छत्रपति शंभूजी महाराज की निर्मम हत्या का प्रतिशोध लेने के लिए मराठा स्वराज्य के सेनापति संताजी घोरपड़े और धनाजी जाधव ने औरंगजेब की अहमदनगर छावनी पर आक्रमण कर दिया। हालाँकि छुप जाने के कारण औरंगजेब तो बच गया, किंतु वे उसके शयनकक्ष में लगे सोने के कलश को काटकर ले आए।

इस घटना के बाद औरंगजेब के मानसिक स्वास्थ्य पर अत्यंत गहरा दुष्प्रभाव पड़ा। मुगल सैनिकों के मन-मस्तिष्क में मराठों का इतना भय व्याप्त हो गया कि जब उनके घोड़े पानी नहीं पीते थे तो वे आपस में कहा करते थे कि लगता है, इसने पानी में संताजी घोरपड़े और धनाजी जाधव का प्रतिबिंब देख लिया है!

साक्षात् महादेव का रौद्र रूप धारण कर चुके मराठा सैनिक अब रुकने वाले नहीं थे। उन्होंने मुगल सल्तनत के सूबों पर अनवरत आक्रमण जारी रखे। धीरे-धीरे मराठों ने न केवल अपना खोया हुआ मराठा स्वराज्य पुन: प्राप्त कर लिया, साथ ही साथ वे गुजरात एवं मध्य प्रदेश में भी घुस गए।

छत्रपति राजाराम महाराज का देहांत

2 मार्च, 1700 को मात्र 30 वर्ष की आयु में पुणे के सिंहगढ़ किले में छत्रपति राजाराम महाराज का देहांत हो गया। लेकिन इतनी कम आयु में भी उन्होंने मराठों

को संगठित कर मराठा स्वराज्य को पुनः प्राप्त किया। उन्होंने औरंगजेब की योजनाओं पर पानी फेरते हुए प्रजाजन का इस्लामीकरण होने से बचाया। उन्होंने सनातन धर्म की अस्मिता की रक्षा के लिए स्वराज्य के निवासियों से महाराष्ट्र धर्म के पालन का आह्वान किया।

छत्रपति राजाराम महाराज द्वारा प्रदान की गई महाराष्ट्र धर्म की प्रेरणा से कालांतर में 'मराठा मंडल' का निर्माण हुआ। मराठा स्वराज्य की गौरवपूर्ण ऐतिहासिक यात्रा के आठवें पड़ाव में हम मराठा मंडल पर विस्तृत चर्चा करेंगे।

मुगलमर्दिनी महारानी ताराबाई

छत्रपति राजाराम महाराज का देहांत होते ही एक बार पुनः मराठा स्वराज्य के नेतृत्व का संकट उत्पन्न हुआ। शाहूजी महाराज अपनी माता महारानी येसुबाई के साथ अभी भी औरंगजेब की कैद में थे। इन विकट परिस्थितियों में छत्रपति राजाराम महाराज की धर्मपत्नी महारानी ताराबाई अपने 4 वर्षीय पुत्र शिवाजी द्वितीय का राज्याभिषेक कर प्रशासन का कार्यभार स्वयं सँभालने लगीं।

सन् 1675 को सतारा जिले के तलबीड गाँव में जनमी महारानी ताराबाई स्वराज्य के सरसेनापति हंबीरराव मोहिते की पुत्री थीं। वह एक कुशल योद्धा थीं। महारानी येसुबाई ने स्वयं रायगढ़ किले में उनको युद्ध का प्रशिक्षण दिया था। उनमें शौर्यत्व और क्षत्रियत्व का गुण सहज ही था। छत्रपति राजाराम महाराज जब जिंजी गए, तो पन्हाला किले का प्रशासन मात्र 15 वर्षीय महारानी ताराबाई ही सँभालती थीं। महारानी ताराबाई प्रशासनिक कार्यों में इतनी दक्ष थीं कि छत्रपति राजाराम महाराज की ओर से राज्य का कार्यभार देखनेवाले अमात्य हुकुमतपन्हा रामचंद्र पंत अपने सभी निर्णय महारानी ताराबाई से संवाद करने के पश्चात् ही लेते थे।

इधर औरंगजेब को लगने लगा कि छत्रपति शिवाजी महाराज, छत्रपति शंभूजी महाराज एवं छत्रपति राजाराम महाराज के देहांत के पश्चात् मराठा स्वराज्य को जीतना अब चंद दिनों की ही बात है। दरअसल, औरंगजेब को भ्रम था कि मराठा स्वराज्य का अस्तित्व केवल दुर्गों (किलों) तक ही सीमित है। मराठों के किलों पर अधिकार के होते ही वे पराजित हो जाएँगे। शायद औरंगजेब मराठों की युद्धनीति, स्वतंत्र रहने की प्रवृत्ति, अपने धर्म पर विश्वास और शिवाजी महाराज के स्वराज्य के प्रति निष्ठा आदि गुणों को भूल गया था।

अभेद्य चक्रव्यूह की रचना

महारानी ताराबाई किले से युद्ध करती थीं। बारिश के समय किले का उपयोग नहीं होता था, क्योंकि महाराष्ट्र में बारिश बहुत खतरनाक होती है। जब बारिश आती है, तब सभी किले बादलों में छिप जाते हैं और बिजलियाँ कड़कती रहती हैं। बारिश के दौरान किले पर भयंकर स्थिति रहती है, इसलिए बारिश शुरू होने से तुरंत पहले महारानी ताराबाई औरंगजेब की सेना के साथ संधि कर धन के बदले किला औरंगजेब को दे देती थीं।

औरंगजेब को लगता कि मराठों का किला उसके अधिकार में आ गया है। बारिश खत्म होते ही दशहरे के शुभ अवसर पर मराठा सैनिक पुनः किले को अपने अधिकार में कर लेते।

जैसा कि हमने पहले चर्चा की है कि मराठा सैनिक किले का घेराव करने के बजाय पहाड़ के रास्ते सीधे किले पर चढ़कर जाते थे। (जैसा कि 'तान्हाजी' चित्रपट (movie) में दिखाया गया है) किले पर अधिकार होते ही उन्हें मुगल सेना द्वारा किले के अंदर रखी हुई युद्ध सामग्री के साथ-साथ खाने-पीने की वस्तुएँ भी भारी मात्रा में प्राप्त हो जाती थीं।

लेकिन एक बार मराठा सरदार थोपटे बंधू ने अप्रैल की गरमियों में ही पुणे का सिंहगढ़ किला मुगलों को दे दिया। बारिश आने में अभी दो-तीन महीने बाकी थे। तब महारानी ताराबाई ने आक्रोशित होकर थोपटे को एक पत्र लिखा—'तुम्ही कोणत्या अधिकारने हा गड पावसाल्या आधी, मोगलांचना स्वाधीन केला', अर्थात् 'किस अधिकार से आपने यह किला बरसात से पहले मुगलों को सौंप दिया?'

महारानी ताराबाई की यह कूटनीति थी कि बारिश शुरू होने से तुरंत पहले तक किला बचाकर रखना है, बारिश के समय मुगलों से संधि करके धन के बदले किला देना है और दशहरे के समय किला फिर से जीत लेना है। लगभग सभी किलों के संदर्भ में ऐसा ही होता था।

भारत आया एक इतालवी (Italian) प्रवासी इस संदर्भ में लिखता है—'औरंगजेब इस तरह ही मराठों से युद्ध करता रहा, तो उनके सारे किले जीतने के लिए उसे कई जन्म लेने पड़ेंगे।'

अब आपके मन में एक प्रश्न यह उठ रहा होगा कि आखिर मुगल सेना सबकुछ जानते हुए हर बार बारिश से पहले संधि क्यों कर लेती थी? दरअसल इसके कई कारण थे—

- सर्वप्रथम कारण तो यह है कि स्थानीय होने के कारण मराठा सैनिकों को सह्याद्रि पर्वत की भौगोलिक जानकारी अपेक्षाकृत अधिक थी, अतः वह पर्वतों के रास्ते किले पर सीधे चढ़ाई कर देते थे, जोकि मुगल सैनिकों के लिए कदापि संभव नहीं था।
- मुगल सेना के लिए बारिश सबसे बड़ी बाधा थी। महाराष्ट्र के पहाड़ी इलाके से मुगल सेना तंग आ चुकी थी, क्योंकि अनेक बार मुगल सेना बारिश से हुई बाढ़ में बह जाया करती थी। दो-तीन बार तो औरंगजेब की छावनी में ही बाढ़ आ गई।
- एक किले का घेराव करने में मुगल सेना को 6 माह से अधिक का समय लगता था, जिसमें जनशक्ति के साथ-साथ बहुत अधिक मात्रा में धन राशि खर्च हो जाती थी। अब मुगल किले को जीते बिना वापस भी नहीं जा सकते थे और किले को जीतना उनके सामर्थ्य से परे था। अतः संधि ही एकमात्र उपाय था।

इस प्रकार एक अभेद्य चक्रव्यूह की रचना कर महारानी ताराबाई ने औरंगजेब को उसके जीवन के अंतिम समय तक सह्याद्रि पर्वत-श्रृंखला के मध्य फँसाकर रखा और आखिरकार दक्कन ही औरंगजेब की कब्रगाह बन गया।

आ गई वेला प्रलय की

महारानी ताराबाई के कार्यकाल के दौरान मराठा सैनिक गोरिल्ला युद्ध के साथ-साथ सीधे मैदानी युद्ध में भी पारंगत हो गए—

- 1703 ई. में मराठा सैनिकों ने बरार पर आक्रमण कर उस पर अपना अधिकार कर लिया।
- 1704 और 1706 ई. में क्रमशः सतारा और गुजरात पर आक्रमण कर मराठा सैनिकों ने उसके कुछ क्षेत्र जीत लिये।
- 1704 ई. में आदिलशाही की राजधानी बीजापुर पर एक जबरदस्त आक्रमण किया।
- नर्मदा के किनारे रतनपुर में मराठा सेना ने मुगलों को परास्त किया।
- उन्होंने मुगलों के सबसे संपन्न बंदरगाह सूरत पर तीन बार आक्रमण कर स्वराज के लिए धन का प्रबंध किया।

औरंगजेब के आधिकारिक इतिहासकार खासी खान के अनुसार—"ताराबाई की युद्ध-रणनीति और मुगल सेना पर किए गए उनके प्रहार उनके पति के कार्यकाल

से भी अधिक घातक थे। महारानी ताराबाई के पराक्रम से मराठा सेनाओं ने वह कार्य कर दिखाया, जो वे छत्रपति शिवाजी महाराज तथा छत्रपति शंभूजी महाराज के कार्यकाल के दौरान भी नहीं कर पाए थे।"

1704 ई. में मुनची ने लिखा—"आजकल मराठा सैनिकों के आत्मविश्वास एवं पराक्रम से मुगल सेना भयभीत रहती है। मराठा सैन्यबल के पास तलवार, धनुष-बाण, बरछी आदि पारंपरिक शस्त्रों के साथ-साथ आधुनिक शस्त्र, जैसे बंदूकें और छोटी तोपें भी हैं।"

इसी प्रकार ताराबाई के पराक्रम का गुणगान करते हुए कवि गोविंद लिखते हैं—

'देखकर बुरी हालत पातशाह (बादशाह) की,
खिलखिलाकर हँस रही इंद्रसभा भी।
आ गई वेला प्रलय की
भागो-भागो मुगलो, खुद को सँभालो
ढह गई दिल्ली राजधानी
उतर गया बादशाह का पानी
आई-आई ताराबाई राजरानी
जैसे रक्त की प्यासी रणचंडी भवानी!'

मजदूरी करने को मजबूर हुए मुगल सैनिक

औरंगजेब की सेना मराठों से वर्षों तक युद्ध करके कंगाल हो चुकी थी। उत्तर से तो उनके पास धन आता था, लेकिन दक्षिण में मराठे धन आने ही नहीं देते थे। बंगाल मुगलों का सबसे समृद्ध सूबा था। महारानी ताराबाई के आदेश से मराठा सैनिकों ने बंगाल और गुजरात पर आक्रमण कर वहाँ से आने वाली रसद एवं खाद्य सामग्री को रोक दिया। इसी प्रकार दिल्ली से आने वाले धन भी रोक दिया गया।

औरंगजेब के आधिकारिक इतिहासकार खासी खान के अनुसार—"1704-06 ई. के दौरान मुगल सैनिक आसपास के गाँव के घरों में जाकर मजदूरी करते थे और उससे जो कुछ भी मिलता था, उससे भाकरी (रोटी) बनाकर अपना गुजारा करते थे।"

त्राहिमाम् कहते हुए काल के गर्त में समा गया औरंगजेब

दक्कन-विजय के अपने दिवास्वप्न को साकार करने के लिए औरंगजेब 27 वर्षों तक दक्षिण भारत में ही धूल फाँकता रहा, जिसमें से उसके जीवन के आखिरी सात वर्षों के दौरान छत्रपति शिवाजी महाराज की पुत्रवधू महारानी ताराबाई ने उसे 'त्राहिमाम्' कहने पर विवश कर दिया।

मराठों ने मुगलों के दिल्ली से लेकर बंगाल तक और दक्षिण में कर्नाटक तक सारे सूबे औरंगजेब के जीवनकाल में ही ध्वस्त कर दिए।

1707 ई. में एक पैर से लड़खड़ाता हुआ औरंगजेब औरंगाबाद में ही दफन हो गया। औरंगाबाद वर्तमान में महाराष्ट्र में स्थित है और वर्ष 2022 में औरंगाबाद का नाम बदलकर 'छत्रपति संभाजी नगर' कर दिया गया है।

'शिवभारत' लिखने वाले छत्रपति शिवाजी महाराज के मित्र कवि परमानंद के पौत्र देवदत्त ने महारानी ताराबाई की प्रसंशा करते हुए मराठी में लिखा है—

दिल्ली झाली दीनवाणी। दिल्लीशाहीचे गेले पाणी।
ताराबाई रामराणी। भद्रकाली कोपली॥

अर्थात् 'जैसे महारुद्र की तरह भवानी नृत्य कर रही हों, वैसे ही वे नृत्य कर रही हैं और मुगलों को समाप्त कर रही हैं।'

महारानी ताराबाई को अपने कार्यकाल के दौरान मुगलों और पुर्तगालियों के साथ-साथ अपने लोगों का भी विरोध सहना पड़ा, फिर भी उन्होंने स्वराज्य निष्ठा नहीं छोड़ी। कालांतर में उन्होंने उदार हृदय से शाहूजी महाराज के सिंहासनारोहण की अनुमति प्रदान की। महारानी ताराबाई को दीर्घायु प्राप्त हुई। उनकी मृत्यु 9 दिसंबर 1761 को हुई।

मात्र 25 वर्ष की अवस्था में अपनी कमर पर तलवार बाँधकर मराठा सैनिकों का नेतृत्व करनेवाली महारानी ताराबाई की समाधि के ऊपर लिखा हुआ है—'छत्रपति महारानी ताराबाई'। महारानी ताराबाई को महाराष्ट्र में भद्रकाली, मुगलमर्दिनी कहा जाता है।

संदर्भ

- https://www.youtube.com/live/54j7W6rk7YU?feature=share
- https://www.jagran.com/uttar-pradesh/varanasi-city-tarabai-saheb-who-broke-the-mughal-emperor-

was-also-rich-in-talk-and-also-rich-in-swords-jagran-special-22594865.html

- https://historyinhindi.in/रानी-ताराबाई-मोहिते-rani-tarabai-mohite-history-in-hindi/
- देशभक्तों की अमर कहानियाँ, चित्रा गर्ग।

□

छत्रपति शाहूजी महाराज और पेशवा बालाजी विश्वनाथ

'अपने मरणासन्न होने से पूर्व ही पेशवा बालाजी विश्वनाथ ने मुगल साम्राज्य के खँडहरों पर एक हिंदू स्वराज स्थापित कर लिया था।'

जैसे ही यह कथन रिचर्ड टेंपल ने अपनी पुस्तक 'Oriental Experience' में लिखा, तुष्टीकरण की राजनीति करने वाले तथाकथित राजनीतिज्ञों के चाटुकार वामपंथी इतिहासकारों के पैरों के नीचे से जमीन खिसक गई। उन्होंने इतिहास को तोड़-मरोड़कर पेश करने का भरसक प्रयास किया, किंतु सह्याद्रि एवं हिमालय की पर्वत-शृंखलाएँ आज भी चीख-चीखकर पेशवा बालाजी विश्वनाथ की शौर्यगाथाओं का वर्णन करती हैं।

एक कुशल कूटनीतिक! जिन्होंने बिना किसी खून-खराबे के सभी महत्त्वपूर्ण मराठा सरदारों को एकजुट कर मराठा स्वराज्य को संभावित गृहयुद्ध से बचाने का अद्भुत कार्य किया। मराठा स्वराज्य के द्वितीय संस्थापक! जिन्होंने छत्रपति शिवाजी महाराज के स्वप्न को साकार किया। एक कुशल प्रशासक, जिन्होंने एक ऐसे सुदृढ़ मराठा संघ की नींव रखी, जो अगले 150 वर्षों तक अनवरत रूप से चलता रहा।

आइए, मराठा स्वराज्य की गौरवपूर्ण ऐतिहासिक यात्रा के पाँचवें पड़ाव की ओर बढ़ते हैं, जिसके अंतर्गत हम सर्वप्रथम चर्चा करेंगे छत्रपति शंभूजी महाराज के पुत्र छत्रपति शाहूजी महाराज के बारे में, जिन्होंने अपने पूर्वजों का मान बढ़ाते हुए अखिल भारतीय सत्ता की स्थापना की।

छत्रपति शाहूजी महाराज

पिछले पड़ाव में हमने जाना कि किस प्रकार औरंगजेब द्वारा छत्रपति शिवाजी महाराज के पुत्र छत्रपति शंभूजी महाराज की निर्मम हत्या के पश्चात् छत्रपति शंभूजी महाराज की पत्नी महारानी येसुबाई ने छत्रपति शिवाजी महाराज के दूसरे पुत्र राजाराम महाराज को ससम्मान छत्रपति बनाया।

अपने छत्रपति को बचाने की कोशिश में रायगढ़ किले में ही रहने का निश्चय करने वाली महारानी येसूबाई और बालक शाहूजी को मुगल सल्तनत द्वारा धोखे से गिरफ्तार कर लिया गया। जब छत्रपति राजाराम महाराज का देहांत हो गया तो संकट की इस घड़ी में महारानी ताराबाई ने अपने पुत्र शिवाजी द्वितीय को छत्रपति बनाकर औरंगजेब को 'त्राहिमाम्' कहने पर विवश कर दिया।

वर्ष 1707 में एक पैर से लड़खड़ाता हुआ औरंगजेब दक्कन-विजय के अपने कभी न पूरे होने वाले स्वप्न के साथ काल के गर्त में समा गया।

औरंगजेब के मरते ही उसके बेटों के बीच उत्तराधिकार का संघर्ष प्रारंभ हो गया। शहजादे मुअज्जम ने छत्रपति शंभूजी महाराज और महारानी येसूबाई के पुत्र शाहूजी महाराज को मुगल छावनी से रिहा कर दिया।

दरअसल, मुअज्जम को अपने भाइयों से युद्ध करने के लिए उत्तर (दिल्ली) जाना था। उसे लगा कि अगर मुगल-मराठों का युद्ध ऐसे ही चलता रहा तो वह बादशाह नहीं बन सकेगा! उसने यह भी सोचा कि शाहूजी महाराज को छोड़ दिया तो मराठों में आपसी गृह-युद्ध हो जाएगा और मराठा स्वराज्य स्वयमेव समाप्त हो जाएगा।

18 वर्षों तक मुगलों की कैद में रहे शाहूजी महाराज को औरंगजेब ने सप्तहजारी मनसब प्रदान किया था। दरअसल, इसके पीछे औरंगजेब की एक सोची-समझी साजिश थी। औरंगजेब चाहता था कि बालक शाहूजी को इस प्रकार शिक्षण दिया जाए कि वह भविष्य में कभी मुगलों के खिलाफ न जाए और स्वराज्य की गतिविधियों में कभी भाग न ले।

लेकिन औरंगजेब इस साजिश में कामयाब नहीं हो सका, क्योंकि शाहूजी महाराज की माँ येसुबाई स्वयं उनके साथ थीं। गिरफ्तार होने से पूर्व 7 वर्ष की आयु तक उनका बचपन रायगढ़ किले में ही व्यतीत हुआ था। वे अपने पितामह छत्रपति शिवाजी महाराज तथा पिता छत्रपति शंभूजी महाराज की शौर्यगाथाएँ सुनकर बड़े हुए थे। उनके अंदर स्वराज्य के संरक्षण एवं प्रबंधन संबंधी गुण जन्मजात थे।

औरंगजेब ने अपनी पुत्री जीनत उन्नीसा बेगम को महारानी येसुबाई और शाहूजी महाराज की देख-रेख की जिम्मेदारी दे रखी थी। औरंगजेब की पुत्री शाहूजी महाराज से पुत्रवत् प्रेम करती थी।

ऐतिहासिक साक्ष्यों से पता चलता है कि औरंगजेब जब शंभूजी महाराज का धर्मांतरण न करा पाया तो उसने शाहूजी महाराज का धर्मांतरण करने की कोशिश की। छत्रपति शाहूजी महाराज और महारानी येसुबाई इतने धर्मनिष्ठ थे कि उन्होंने अपना धर्मांतरण नहीं होने दिया और इस सबमें औरंगजेब की पुत्री ने उनका साथ दिया।

मराठा स्वराज्य को वापस लौट रहे शाहूजी महाराज के सम्मुख दो मुख्य चुनौतियाँ थीं—

- मराठा स्वराज्य के अंतर्गत रहते हुए भी स्वतंत्र राजा की तरह व्यवहार करनेवाले मराठा सरदारों को पुनः एकजुट करते हुए ध्वस्त हो चुकी प्रशासनिक संरचना एवं नीतियों को एकरूपता प्रदान करना।
- अपने राजसिंहासन के अधिकार को प्राप्त करते हुए 'अखिल भारतीय सत्ता' का निर्माण करना।

मराठा सरदारों को एकजुट किया

छत्रपति शंभूजी महाराज की मृत्यु के पश्चात् लगातार 25 वर्षों तक मुगलों से युद्ध कर उनको घुटने टेकने पर विवश करने वाले मराठा सरदारों के अंदर अथाह आत्मविश्वास आ चुका था। उनको लगने लगा कि वे कुछ भी कर सकते हैं, विश्व की किसी भी शक्ति से लड़ सकते हैं।

छत्रपति शिवाजी ने मराठा सरदारों को जागीरें देने के बजाय नकद वेतन देने की नीति का निर्माण किया था, किंतु शिवाजी के उत्तराधिकारियों ने तत्कालीन परिस्थितियों के वशीभूत होकर मराठा सरदारों को नई जागीरें प्रदान कीं। जो भी मराठा सरदार उत्तर में मुगलों के जिस क्षेत्र पर अधिकार कर लेता था, वह उसकी जागीर हो जाती थी। इस प्रकार नए मराठा सरदार बने, उन्होंने उत्तर में मुगलों के क्षेत्र जीते और वहाँ अपनी जागीरदारी प्रस्थापित की।

यद्यपि अभी भी मराठा सरदार स्वराज्य के प्रति एकनिष्ठ थे और छत्रपति के अंतर्गत ही शासन करते थे, किंतु धीरे-धीरे समय बीतने पर मराठा सरदारों के अंदर स्वतंत्र शासन की इच्छा बलवती होने लगी थी। 'अष्टप्रधान मंडल' और बाकी के सारे सरदार खुद को एक स्तर का मानने लगे।

औरंगजेब के समय सभी मराठा सरदारों का एकमात्र लक्ष्य था—'मुगल

सल्तनत को ध्वस्त कर स्वराज्य का विस्तार करना', इसलिए अलग-अलग लड़ते हुए भी वे महारानी ताराबाई, छत्रपति राजाराम महाराज और रामचंद्रपंत अमात्य का आदेश पालन करते थे। किंतु अब परिस्थितियाँ बदल चुकी थीं।

शाहूजी महाराज ने जब देखा कि मराठा सरदारों के अप्रत्याशित व्यवहार के कारण मराठा स्वराज्य खंड-खंड हो सकता है, तो उन्होंने सभी मराठा सरदारों को एकजुट करने का बीड़ा उठाया। अपना ज्यादातर समय मुगलों की कैद में बिताने के कारण शाहूजी महाराज अपने पिता की तरह महान् योद्धा तो नहीं थे, किंतु उनमें सभी सरदारों को समन्वित करने की अद्भुत क्षमता थी।

उन्होंने प्रत्येक सरदार की समस्या को ध्यानपूर्वक समझने की कोशिश की और उनका समाधान भी किया। उन्होंने मराठा सरदारों के साथ पितातुल्य व्यवहार किया। वह अपने मराठा सरदारों की छोटी-छोटी बातों का भी ध्यान रखते थे।

उदाहरण के लिए बालाजी विश्वनाथ का विवाह संपन्न कराने में उनकी बहुत बड़ी भूमिका रही। शाहूजी महाराज का व्यक्तित्व इस प्रकार था कि जो मराठा सरदार किसी की नहीं सुनते थे, शाहूजी महाराज का सम्मान करते हुए धीरे-धीरे एकजुट होने लगें।

राजसिंहासन की प्राप्ति और अखिल भारतीय सत्ता का निर्माण

जैसा कि पिछले पड़ाव में हमने चर्चा की थी छत्रपति राजाराम महाराज ने यह घोषणा की थी कि 'वह शाहूजी महाराज के प्रतिनिधि मात्र के रूप में शासन कर रहे हैं। राजसिंहासन पर वास्तविक अधिकार शाहूजी महाराज का ही है।'

अत: नैतिक दृष्टिकोण से अब मराठा स्वराज्य के राजसिंहासन पर वास्तविक अधिकार शाहूजी महाराज का ही था। मराठा स्वराज्य वापस लौटे शाहूजी महाराज ने जब अपने इस अधिकार की माँग की, तो स्थिति अत्यंत संघर्षपूर्ण हो गई।

दरअसल, महारानी ताराबाई का पुत्र बालक शिवाजी मराठा स्वराज्य के चौथे छत्रपति बन चुके थे। शाहूजी महाराज ने सतारा में अपना राज्याभिषेक करवाया और वह मराठा स्वराज्य के पाँचवें छत्रपति बन गए। वह अपने राजकीय कार्य सतारा से देखने लगे। छत्रपति शाहूजी महाराज की राजमुद्रा पर अंकित है—

'श्री वर्धिष्णुर्विक्रमे विष्णोः। सा मूर्तिरिव वामनी॥
शंभूसुतोरिव। मुद्रा शिवराजस्य राजते॥"

अर्थात् छत्रपति शिवाजी महाराज के पौत्र, छत्रपति शंभू महाराज के पुत्र शाहूजी महाराज की यह राजमुद्रा है।

अब मराठा स्वराज्य में दो छत्रपति हो गए—एक महारानी ताराबाई के पुत्र कोल्हापुर के छत्रपति शिवाजी महाराज (द्वितीय), दूसरे छत्रपति शंभूजी महाराज के पुत्र व सतारा के छत्रपति शाहूजी महाराज।

जैसा कि हमने ऊपर वर्णन किया है कि शाहूजी महाराज के अंदर सभी सरदारों को समन्वित करने की अद्‌भुत क्षमता थी, अतः छत्रपति शाहूजी महाराज का पक्ष लेनेवाले सरदार धीरे-धीरे बढ़ने लगे, जिनमें बालाजी विश्वनाथ सर्वाधिक महत्त्वपूर्ण थे।

कालांतर में छत्रपति शाहूजी महाराज ने बालाजी विश्वनाथ के साथ मिलकर मराठा प्रशासन का ढाँचा पुनः प्रस्थापित कर सतारा को अखिल भारतीय मराठा सत्ता की राजधानी बनाने का महत्त्वपूर्ण कार्य किया। बालाजी विश्वनाथ, पेशवा बाजीराव और बालाजी बाजीराव, इन तीनों पेशवाओं ने छत्रपति शाहूजी के नेतृत्व में काम किया। इन्होंने 42 वर्ष तक राज किया था।

पेशवा बालाजी विश्वनाथ

शून्य से पेशवा तक का सफर

बालाजी विश्वनाथ का जन्म 1660 ई. में कोंकण प्रांत के श्रीवर्धन गाँव में एक चित्तपावन ब्राह्मण परिवार में हुआ था। उनके पूर्वजों को छत्रपति शिवाजी महाराज के नेतृत्व में कोंकण के श्रीवर्धन की 'देशमुखी' प्राप्त थी।

'देशमुखी' एक वंशानुगत प्रणाली थी, जिसके अंतर्गत मराठा छत्रपति (शासक) द्वारा किसी व्यक्ति को भूमि का एक क्षेत्र (प्रायः कई गाँवों का एक समूह) प्रदान किया जाता था। 'देशमुख' का मुख्य कार्य कर (tax) इकट्ठा कर एक निश्चित राशि मराठा स्वराज्य तक पहुँचाना और अधिशेष राशि से उस भूमि क्षेत्र के निवासियों के बुनियादी कल्याणकारी कार्यों का प्रबंधन करना था।

यहाँ एक तथ्य ध्यान रखने योग्य है कि कोंकण की देशमुखी और महाराष्ट्र पठार की देशमुखी में अंतर है। कोंकण के देशमुख आर्थिक रूप से बहुत अच्छी स्थिति में नहीं होते थे, क्योंकि महाराष्ट्र पठार में अपेक्षाकृत अधिक भूमि है, जिससे कर भी अधिक आता था, अतः महाराष्ट्र पठार के देशमुख कोंकण के देशमुख की अपेक्षा संपन्न होते थे।

श्रीवर्धन के निकट ही समुद्र में जंजीरा नामक दुर्ग पर सिद्दियों का अधिकार था। ये मूलतः अफ्रीका से आए थे और कालांतर में मुगलों के सरदार बन गए।

शंभूजी महाराज की मृत्यु के पश्चात् ये सिद्दी प्राय: कोंकण की प्रजा पर अत्याचार किया करते थे। कोंकण की महिलाओ को अरबस्तान के बाजार में बेचा जाता था।

एक दिन सिद्दियों ने बालाजी विश्वनाथ के पिताजी की हत्या कर दी, क्योंकि उन्होंने मुगलों के खिलाफ एक युद्ध में (जिसका नेतृत्व सिद्दी कर रहे थे) मराठा नौसेना प्रमुख कान्होजी आंग्रे का साथ दिया था। बालाजी विश्वनाथ उस समय बहुत छोटे थे, अत: सिद्दियों के अत्याचारों से बचने के लिए बालाजी विश्वनाथ भट्ट महाराष्ट्र के पठार क्षेत्र में आ गए और कालांतर में हुकूमतपनाह रामचंद्रपंत अमात्य के अधीन काम करने लगे।

दरअसल, नियमित तौर पर कर न देनेवाले लोगों से कर वसूलना, यहाँ तक कि मुगलों के सूबे से भी कर वसूल कर लाना कोई आसान कार्य नहीं था। इसके लिए ऐसे व्यक्तियों की आवश्यकता थी, जो कर संग्रहकर्ता के साथ-साथ कुशल योद्धा भी हों। बालाजी विश्वनाथ में ये दोनों गुण थे, अत: वे रामचंद्रपंत अमात्य के अधीन मुख्य लेखनीक और कर-संग्राहक का कार्य करने लगे।

मराठों के सरसेनापति धनाजी जाधव ने बालाजी विश्वनाथ की प्रतिभा को पहचानते हुए उन्हें दौलताबाद का सूबेदार (1699-1708 ई.) नियुक्त कर दिया। सूबेदार बनने के बाद बालाजी विश्वनाथ ने महारानी ताराबाई के नेतृत्व में मराठा स्वराज्य के विस्तार में अग्रणी भूमिका निभाई।

सूबेदार पद पर रहते हुए ही बालाजी विश्वनाथ शाहूजी महाराज (जो उन दिनों औरंगजेब की कैद में थे) के संपर्क में आए। जैसा कि हमने ऊपर चर्चा की है कि शाहूजी के मराठा स्वराज्य वापस आने के पश्चात् बालाजी विश्वनाथ ने उनका साथ दिया, क्योंकि नैतिकता के आधार पर मराठा स्वराज्य के राजसिंहासन पर शाहूजी का ही अधिकार बनता था।

जून 1708 ई. में सरसेनापति धनाजी जाधव की मृत्यु के पश्चात् शाहूजी ने धनाजी के पुत्र चंद्रसेन को सेनापति बना दिया, परंतु वह गुप्त रूप से महारानी ताराबाई के संपर्क में था। अत: संभावित विश्वासघात से बचने के लिए शाहूजी ने 1708 ई. में बालाजी विश्वनाथ को सेनापति के समान शक्तियों वाले 'सेनाकर्ते' (सेना को संगठित करने वाला) नामक नवीन पद पर नियुक्त कर दिया।

मराठा साम्राज्य के द्वितीय संस्थापक

सन् 1712 ई. में चंद्रसेन विश्वासघात करते हुए ताराबाई की ओर मिल गया। इसी समय मराठा नौसेना प्रमुख कान्होजी आंग्रे ने छत्रपति शाहूजी महाराज के

पेशवा बहिरोपंत पिंगले को बंदी बना लिया। महारानी ताराबाई के नेतृत्व में कार्य करने के बावजूद कान्होजी आंग्रे एक स्वतंत्र राजा की तरह शासन करते थे, उनके पास 22 किले थे। आंग्रे परिवार को 'समुद्र का स्वामी' (King of the Ocean) कहा जाता था।

इन विकट परिस्थितियों में छत्रपति शाहूजी महाराज ने 16 नवंबर, 1713 को मंजरी नामक स्थान पर बालाजी विश्वनाथ को पेशवा पद पर नियुक्त किया।

पेशवा बनने के पश्चात् उन्होंने शस्त्र बल के साथ-साथ एक कुशल राजनीतिज्ञ की तरह कूटनीति का उपयोग किया—

- सर्वप्रथम उन्होंने कान्होजी को पत्र लिखकर उनकी राष्ट्रीयता को ललकारते हुए छत्रपति शिवाजी महाराज के मराठा स्वराज्य के लक्ष्य को याद दिलाया। उन्होंने कान्होजी को समझाया कि वर्तमान परिस्थितियों में ध्वस्त हो चुके मुगल साम्राज्य के ढेर पर एक विशाल मराठा स्वराज्य स्थापित करने का महान् अवसर है, किंतु ऐसा तभी हो सकेगा, जब संपूर्ण मराठा स्वराज्य स्वयं में एकजुट हो।

बालाजी विश्वनाथ ने उस घटना का भी स्मरण कराया, जब कोंकण में उनके पिता द्वारा कान्होजी के लिए बलिदान दिया गया था। उन्होंने परंपरागत पारिवारिक संबंधों का जिक्र करते हुए कहा, 'पेशवाई आता आपलेयाच घरात आहे', अर्थात् पेशवाई अब उनके ही घर में है।

इस प्रकार बिना युद्ध किए ही कान्होजी आंग्रे छत्रपति शाहूजी महाराज के गुट में शामिल हो गए और छत्रपति शाहूजी महाराज का गुट मजबूत बन गया।

- छत्रपति शाहूजी महाराज और पेशवा बालाजी विश्वनाथ ने सभी मराठा सरदारों का सम्मान करते हुए उन्हें यथोचित उपाधियाँ प्रदान कीं। जैसे—कर्नाटक प्रांत के घोरपड़े को 'हिंदूराव' उपाधि, कान्होजी आंग्रे को 'सरखेल' उपाधि, बंगाल प्रांत पर अधिकार करके वहाँ का प्रशासन चलानेवाले नागपुर के परसोजी भोंसले को 'सेनासाहेबसूभा' उपाधि।
- कृष्णराव, खटाबकर, दाभाजी और उदाजी चौहान जैसे कुछ सरदार मराठा स्वराज्य की प्रजा पर अत्याचार करने के साथ-साथ छत्रपति शाहूजी महाराज की सत्ता को अस्वीकार कर रहे थे। पेशवा बालाजी विश्वनाथ ने सर्वप्रथम कृष्णराव को युद्ध में पराजित कर मौत के घाट उतार दिया। 1718 ई. में दाभाजी पर आक्रमण कर उसे भी बंदी बना

लिया गया। उदाजी चौहान पर जब आक्रमण किया गया तो वह मैदान छोड़कर भाग गया।

इस प्रकार पेशवा बालाजी विश्वनाथ ने सभी प्रमुख मराठा सरदारों को छत्रपति शाहूजी महाराज के नेतृत्व में पुनः एकजुट कर न केवल मराठा स्वराज को पारस्परिक संघर्ष से खंड-खंड होने से बचाया, बल्कि एक सुदृढ़ मराठा स्वराज्य का निर्माण भी किया।

सैयद बंधुओं ने किया समझौता

औरंगजेब के पोते अजीम-उल-शान का पुत्र फर्रुखसियर 1713 ई. में सैयद बंधुओं (हुसैन अली खाँ और अब्दुल्ला खाँ) की सहायता से दिल्ली का शासक बना, किंतु शीघ्र ही फर्रुखसियर और सैयद बंधुओं के मध्य मतभेद उत्पन्न हो गए।

सैयद बंधुओं ने फर्रुखसियर को सत्ता से हटाने के लिए मराठों से सहायता माँगी। फलस्वरूप 1719 में 'मुगल-मराठा संधि' हुई, जिसमें मुगलों की ओर से सैयद बंधुओं और मराठों की ओर से बालाजी विश्वनाथ ने प्रतिभाग किया।

इतिहासकार रिजर्ड टेंपल ने इस संधि को 'मराठा साम्राज्य के इतिहास का मैग्नाकार्टा (महाधिकार पत्र)' की संज्ञा दी है।

इस संधि के अनुसार—

- छत्रपति शाहूजी को उन प्रदेशों पर स्थायी आधिपत्य प्राप्त हो जाएगा, जिन्हें छत्रपति शिवाजी महाराज 'स्वराज्य' कहा करते थे।
- हैदराबाद, गोंडवाना, खानदेश, बरार एवं कर्नाटक के वे प्रदेश भी छत्रपति शाहूजी को वापस कर दिए जाएँगे।
- दक्कन के प्रदेश में मराठों को 'चौथ' एवं 'सरदेशमुखी' वसूल करने का अधिकार होगा, जिसके बदले में 15,000 मराठा सैनिकों को दिल्ली दरबार में तैनात करना होगा, जिनका खर्च दिल्ली सल्तनत स्वयं उठाएगी।
- शाहूजी की माँ एवं अन्य सगे-संबंधियों को मुगल कारावास से मुक्त किया जाएगा।

मराठों ने तय किया दिल्ली का शासक

बालाजी विश्वनाथ ने 15,000 सैनिकों के साथ दिल्ली की ओर प्रस्थान किया और सैयद बंधुओं के साथ मिलकर फर्रुखसियर को सत्ता से हटाकर रफी-उद-

दराज को दिल्ली का नया शासक नियुक्त किया।

बालाजी विश्वनाथ के नेतृत्व में मराठा स्वराज्य को तीस लाख रुपए युद्ध क्षतिपूर्ति के रूप में भी प्राप्त हुए।

ऐतिहासिक दृष्टिकोण से देखा जाए तो इस घटनाक्रम के कई मायने थे—

- 'चौथ' देने का तात्पर्य था कि मुगल सल्तनत को मराठा स्वराज्य के शूरवीरों ने बुरी तरह कुचल दिया है।
- छत्रपति शिवाजी द्वारा कल्पित मराठा स्वराज्य क्षेत्रों तथा हैदराबाद, गोंडवाना, खानदेश, बरार एवं कर्नाटक आदि सूबों की प्राप्ति से मराठा स्वराज्य का स्थायी विस्तार हुआ।
- जिस तरह 15,000 मराठा सैनिकों के नेतृत्व में दिल्ली के मौजूदा शासक को हटाकर नए शासक को बिठाया गया, इससे एक बात स्पष्ट हो गई कि अब दिल्ली के शासक भी मराठा तय करने लगे हैं।
- युद्ध क्षतिपूर्ति के रूप में प्राप्त तीस लाख रुपयों से मराठा स्वराज की आर्थिक स्थिति सुदृढ़ हो गई।
- इससे इतिहासकारों के उस झूठ का पर्दाफाश होता है कि अंग्रेजों ने सत्ता मुगलों से हासिल की थी, जबकि वास्तविकता यह है कि मराठों ने बहुत पहले ही मुगलों को धराशायी कर अखिल भारतीय सत्ता का निर्माण कर लिया था। हालाँकि, अब इस सत्य को स्वीकार किया जाने लगा है कि उस समय अंग्रेजों के सामने संपूर्ण भारत में एकमात्र संगठित शक्ति मराठा ही थे।

'मराठा मंडल' का निर्माण

बालाजी विश्वनाथ ने 'मराठा मंडल' की स्थापना का महत्त्वपूर्ण कार्य किया—

- सभी महत्त्वपूर्ण मराठा सरदारों को एक छत्रपति के नेतृत्व में एकजुट किया।
- सत्ता का विकेंद्रीकरण शुरू हुआ, जिससे मराठा स्वराज्य धीरे-धीरे जनतंत्र की ओर अग्रसर होने लगा। पेशवा के बाद नाना फडणवीस, जो लेखनीक थे, सत्ता उनके हाथ में आ गई थी। अर्थात् छत्रपति से लेकर लेखनीक तक सत्ता का विकेंद्रीकरण हो चुका था और सभी लोग मराठा साम्राज्य के लिए काम कर रहे थे। यह एक प्रकार का लोकतंत्र

था। वास्तव में आधुनिक युग अंग्रेजों के आने के पश्चात् नहीं, बल्कि छत्रपति शिवाजी महाराज के स्वराज्य स्थापना से शुरू होता है।

- नए बने सरदार, जैसे गुजरात में दाभाड़े, बाद में गायकवाड़, उत्तर में होल्कर, मध्य प्रदेश से सिंधिया और दक्षिण में घोरपड़े आदि कर-संग्रह के साथ-साथ प्रशासनिक कार्य भी करते थे।

मराठा स्वराज्य की गौरवपूर्ण ऐतिहासिक यात्रा के आठवें पड़ाव में हम 'मराठा मंडल' के विषय में विस्तृत चर्चा करेंगे।

इस प्रकार संक्षिप्त रूप से कहा जा सकता है कि छत्रपति शाहूजी महाराज के नेतृत्व में पेशवा बालाजी विश्वनाथ ने तीन महत्त्वपूर्ण कार्य किए—

- उन्होंने न केवल शुरुआत में माधोजी कृष्ण जोशी जैसे साहूकारों की सहायता से छत्रपति शाहूजी महाराज की वित्तीय कठिनाइयों को दूर किया, बल्कि अपनी कूटनीति से मुगलों के साथ हुई संधि से प्राप्त 35 लाख रुपए, चौथ व सरदेशमुखी से मराठा स्वराज्य की आर्थिक स्थित भी सुदृढ़ की।
- उन्होंने सभी मराठा सरदारों को एकजुट कर मराठा स्वराज्य को गृह युद्ध से बचाया।
- उन्होंने मराठा स्वराज्य की एक सुदृढ़ राज्ययंत्रणा (प्रशासनिक व्यवस्था) का निर्माण किया, जो अगले 150 वर्षों तक अनवरत चलती रही। इसके अंतर्गत सभी मराठा सरदारों की जागीरों को स्थायी किया गया। यह मराठा सरदार महाराष्ट्र धर्म का पालन करते हुए अपनी-अपनी जागीरदारी में स्वतंत्र प्रशासन चलाते थे। संगृहीत राजस्व का एक हिस्सा प्रजा के कल्याण हेतु अपने पास रखकर अधिशेष राशि को छत्रपति के पास भिजवा देते थे।

रिचर्ड टेंपल (पुस्तक oriental experience, पृ. 389-390) के अनुसार—"बालाजी विश्वनाथ कट्टर ब्राह्मण, शांत स्वभाववाले, प्रखर बुद्धिमान तथा कूटनीति व वित्तीय मामलों में अद्वितीय थे। उनका राजनैतिक भाग्य अक्सर उनको उन परिस्थितियों में ले जाता था, जहाँ वह संकट में फँस जाते थे, किंतु अपनी शक्ति एवं युक्ति के बल पर वह संकट को सुअवसर में बदल देते थे। अपने मरणासन्न होने से पूर्व ही उन्होंने मुगल साम्राज्य के खँडहरों पर एक हिंदू स्वराज स्थापित कर लिया था।"

किनकेड तथा पारसिनीज के अनुसार—"यद्यपि बालाजी विश्वनाथ की

उपलब्धियाँ उनके पुत्र बाजीराव पेशवा (प्रथम) से कमतर प्रतीत होती हैं, किंतु हमें यह नहीं भूलना चाहिए कि उन नीतियों की नींव बालाजी विश्वनाथ ने ही रखी थी। बालाजी विश्वनाथ ने 'एकराजत्व' के स्थान पर 'मराठा मंडल' की नींव रखी। यद्यपि इस मंडल में कमजोरियाँ थीं, परंतु फिर भी यह 100 वर्षों से भी अधिक समय तक सफलतापूर्वक चलता रहा।"

मराठा स्वराज्य के द्वितीय संस्थापक कहे जानेवाले पेशवा बालाजी विश्वनाथ 1720 ई. में परमतत्त्व में विलीन हो गए। वामपंथी इतिहासकारों ने भले ही उनके योगदान को मिटाने की भरपूर कोशिश की हो, किंतु भारतीय जनमानस के हृदयस्थल में उनका स्थान सदैव उच्च बना रहेगा।

वामपंथी इतिहासकारों द्वारा अक्सर यह आरोप लगाया जाता है कि मराठों का संघर्ष भी अन्य लोगों की भाँति मात्र सत्ता-प्राप्ति के लोभ से प्रेरित था।

क्या वास्तव में ऐसा है ?

बिल्कुल भी नहीं!

ऐतिहासिक साक्ष्यों से हमें ज्ञात होता है कि जब-जब अखिल भारत में हिंदू सत्ता (जैसे राजपूत, मराठा, जाट और सिख आदि) स्थापित हुई, अकाल या तो आए ही नहीं, या फिर उनकी तीव्रता बहुत ही कम रही।

दरअसल, हिंदू राजाओं का प्रथम उद्देश्य जनकल्याण था। सत्ता प्राप्त होते ही वे पेयजल हेतु कुओं एवं कृषि कार्य हेतु नहरों, तालाबों तथा झीलों का निर्माण करवाते थे। घाटों का निर्माण करवाते थे। गरीब जनता के भोजन हेतु लंगर लगवाए जाते थे।

इसके विपरीत, विदेशी आक्रांता मुगल ज्यादातर भोग-विलास में ही धन खर्च करते थे। अंग्रेज तो एक व्यापारिक संस्था थे ही, जिनका मुख्य कार्य भारत की प्रजा से अधिकाधिक कर संग्रह कर इंग्लैंड भेजना था, ताकि ब्रिटिश अर्थव्यवस्था मजबूत हो। लेकिन महाराष्ट्र में मराठा सरदारों में परस्पर स्पर्धा लगी रहती थी कि 'तुमने जनता के लिए 10 कुओं का निर्माण करवाया है तो मैं 50 कुओं का निर्माण करवाऊँगा!'

दरअसल, छत्रपति शिवाजी महाराज के मराठा स्वराज का मुख्य उद्देश्य महाराष्ट्र-धर्म का पालन ही था, जिसके अंतर्गत सभी मराठा सरदार अपने-अपने क्षेत्रों में कर-संग्रह कर जनकल्याण के कार्य करवाते थे और अधिशेष राशि को छत्रपति को भेजते थे।

"अद्‌भुत। मेरा नाम भी उसमें शामिल कर लेना।"

"लेकिन क्यों? विद्यासागर से लेकर रवींद्रनाथ तक जैसे बुद्धिमान लोग यह काम स्वेच्छापूर्वक करते रहे हैं। हम उनसे अलग हैं क्या?"

अपने मन में घुमड़ते सवाल को उगलते हुए मैंने कहा, "ब्योमकेश, मैं पिछली सारी रात सपने देखता रहा।"

वे यकायक चौंक गए और पूछा, "सपने में तुमने क्या देखा?"

"मैंने सपने में वनलक्खी को देखा, वह बारी-बारी से अपने सारे दाँत निकाल रही थी। मैं जाग गया और फिर सोने चला गया, मुझे वही सपना दुबारा दिखाई पड़ा।"

ब्योमकेश कुछ देर तक खामोश रहे। तत्पश्चात् उन्होंने कहा, "अजीत, क्या तुम्हें याद है कि तुमने इससे पहले भी एक बार वनलक्खी को सपने में देखा था? मैंने सत्यवती को देखा था, लेकिन हम दोनों को सपने में एक ही चीज दिखाई पड़ी थी। यह सब हमारे अवचेतन मन की क्रिया है। यद्यपि मेरा चेतन मन वनलक्खी के नकली दाँतों को पहचान पाने में विफल रहा, लेकिन हमारे अवचेतन ने उसे दर्ज कर लिया और बार-बार सपनों के माध्यम से हमें सचेत करने की कोशिश की। अब हमें ज्ञात है कि वनलक्खी अपने ऊपरी मसूढ़ों के दोनों तरफ नकली दाँतों का जोड़ा पहनती थी। उन्होंने उसकी मुसकान सहित उसके चेहरे को पूरी तरह बदल दिया था। उस दिन जब भुजंगधर बाबू ने 'उसके दाँतों की चमक ऐसी थी, जैसे कोई सुंदर फूल हो' वाक्य बोला था तो मैं उसे ठीक से समझ नहीं पाया था।"

"क्या 'दाँतों की चमक' में कोई राज छिपा था?"

"तुम अभी तक उसे नहीं समझ पाए हो? जिस दिन हम उन सब लोगों से पूछताछ कर रहे थे, वनलक्खी अतिथिकक्ष में खिड़की पर खड़ी होकर प्रतीक्षा कर रही थी। अपनी बारी आने पर भुजंगधर बाबू ने अपना बयान देने के लिए कमरे में प्रवेश किया। उन्होंने एक बार वनलक्खी की ओर देखा तो महसूस किया कि वह उस समय अपने नकली दाँत पहनकर नहीं आई थी। जो लोग नकली दाँत पहनते हैं, वे अकसर ऐसी भूल कर बैठते हैं। भुजंगधर बाबू ने सोचा, 'हे भगवान्! यदि वनलक्खी नकली दाँत पहने बिना ब्योमकेश के सामने चली जाएगी तो उससे उनका संदेह बढ़ जाएगा!' अत: उन्होंने इस मुहावरे के जरिए उसे परोक्ष रूप से सावधान किया—'उसके दाँतों की चमक ऐसी थी, जैसे कोई सुंदर फूल हो।' वनलक्खी उनका संकेत समझ गई और उसने अपनी चूड़ियों से भरी कलाई को खिड़की के

सरिए पर टिकाकर अपना माथा पटक दिया। काँच की चूड़ियाँ टूट गईं और जैसे ही वह मूर्च्छित होकर फर्श पर गिरी, उसके माथे से ख़ून बहने लगा। भुजंगधर बाबू ने उसे अपनी बाँहों में उठाया और उसे उसकी कुटिया की ओर ले जाने लगे। जब विजय भी उनके पीछे-पीछे जाने लगा तो उन्होंने उससे कहा कि वह अपनी झोपड़ी से टिंचर आयोडीन की शीशी ले आए। जब तक विजय अपेक्षित वस्तु लेकर आया, तब तक वनलक्खी ने अपने नकली दाँत लगा लिये।"

दरवाजे पर एक दस्तक हुई।

वे विजय और इंस्पेक्टर बराट थे। विजय के चेहरे पर शर्मिंदगी थी। बराट ने कुरसी खींची और उस पर अपने पैर फैलाकर बैठ गया। उसने कहा, "ब्योमकेश बाबू, एक कप चाय प्लीज। आज मैं सारी रात सो नहीं सका हूँ और तभी सुबह की पहली किरण के साथ ब्योमकेश बाबू आ गए थे, इसलिए वह जरा भी देर सो नहीं पाया।"

पूतीराम को चाय लाने के लिए कहा गया। बराट ने कहा, "यद्यपि अब हमें पूरी कहानी पता है, लेकिन यह बात दिमाग से निकलती ही नहीं है कि इसमें अनेक अवर्णनीय त्रुटियाँ हैं। आप इसे नए सिरे से क्यों नहीं कहते? हम सुनने के लिए तैयार हैं।"

ब्योमकेश ने पूछा, "विजय बाबू, क्या आप भी इसे सुनना चाहते हैं? मुझे आशंका है कि आप इसे पूरी तरह समझ नहीं पाएँगे।"

"फिर भी मैं सुनना चाहूँगा।" विजय ने जोर देकर कहा।

"ठीक है फिर, मैं शुरू करता हूँ।" ब्योमकेश ने आगंतुकों की ओर सिगरेट की डिब्बी बढ़ाई, ताकि वे खुद उसे जला सकें और अपनी बात प्रारंभ की, "जो कहानी मैं आप लोगों को सुनाने जा रहा हूँ, इसे आप लोग काल्पनिक समझें, क्योंकि इसके कुछ भाग आकलित अनुमान हैं और कुछ मात्र अटकलें हैं। इस कहानी के नायक और नायिका निस्संदेह भुजंगधर और नृत्यकली हैं।

"भुजंगधर और नृत्यकली पति-पत्नी थे। दोनों जन्मजात अपराधी और असामाजिक व्यक्ति थे। मानसिक तौर पर वे शेर और शेरनी की भाँति थे और एक-दूसरे की रक्षा के प्रति सदैव सचेत रहते थे। फिर भी वे जंगल में अन्य पशुओं की मौजूदगी से दुःखी थे। वे एक-दूसरे में अपनी छवि देखते थे। उनका प्यार जितना गहरा था, उतना ही मजबूत भी था—बिल्कुल शेर और शेरनी की तरह।

"उनकी शादी लंदन में एक पंजीयन कार्यालय में हुई थी। उस समय डॉक्टर

प्लास्टिक सर्जरी में विशेषज्ञता प्राप्त कर रहे थे और नृत्यकली वहाँ एक पर्यटक कलाकार समूह के साथ गई थी। दोनों की मुलाकात हुई और एक मोती ने दूसरे हीरे की कीमत को पहचान लिया। शायद उनके प्रेम का सर्वाधिक सुदृढ़ आधार उनकी सांगीतिक प्रतिभा एवं अभिनय कला थी। दोनों ही अतुल्य प्रतिभावान कलाकार थे। उन्हें सितार बजाने में इतनी महारत हासिल थी कि सुधी श्रोता भी नहीं बता सकते थे कि कौन बजा रहा था—पति या पत्नी? बड़े-से-बड़ा पारखी भी उनमें कोई अंतर नहीं बता सकता था।

"मुझे इस बात की कोई जानकारी नहीं है कि यह दंपती अन्य कितने घोटालों में लिप्त था। नं. 19, मिर्जा लेन की अलमारी से प्राप्त डायरी का सचेष्ट अवलोकन शायद इस पर कुछ प्रकाश डाल सकेगा, लेकिन यह बात पक्की है कि डॉक्टर अपने नैतिक अथवा अनैतिक आचरण से खूब धन अर्जित कर रहा था। कम-से-कम उन्होंने इतना पैसा तो कमा ही लिया था कि नं. 19 खरीद सकें।

"लेकिन उस प्रजाति के लोग अपनी हस्तगत संपन्नता से कभी संतुष्ट नहीं होते और सहजतः अपराध की ओर प्रवृत्त हो जाते हैं। लगभग चार साल पहले डॉक्टर ने अपनी प्रतिष्ठा खो दी और उसका चिकित्सा अभ्यास (मेडिकल प्रैक्टिस) करने का लाइसेंस निरस्त कर दिया गया। वह पहचाने जाने के डर से कलकत्ता के अपने परिचित स्थान से भागकर गोलप कॉलोनी में रहने लगा। उसने अपनी वास्तविक पहचान नहीं छिपाई। वह फार्म के निवासियों के लिए उपयोगी थी, क्योंकि उन्हें एक डॉक्टर मिल रहा था, अलबत्ता वह उस समय निलंबित था। इसलिए निशानाथ बाबू ने उसका स्वागत किया।

"नृत्यकली पीछे कलकत्ता में ही रहती रही। मैं नहीं जानता कि वह उस समय कहाँ रहती थी, सर्वाधिक प्रबल संभावना यह है कि वह नं. 19, मिर्जा लेन में रहती थी। वह मकान का किराया इकट्ठा करके उसी से अपना गुजारा करती थी। डॉक्टर हर महीने दो-तीन बार उससे मिलने जाता था। यह भी संभव है कि उसने वहाँ कुछ गैर-कानूनी सर्जिकल ऑपरेशन भी किए हों।

"नृत्यकली एक वफादार पत्नी थी, लेकिन अपने शिकार को फँसाने हेतु अपने यौवन एवं सौंदर्य के दोहन में कभी संकोच नहीं करती थी। डॉक्टर भी उस पर अव्यक्त रूप से विश्वास करता था। वह आश्वस्त था कि नृत्यकली केवल उसकी थी और हमेशा उसी की बनी रहेगी। वह किसी अन्य की नहीं हो सकती थी।

"लगभग ढाई साल पहले दंपती ने मिलकर नृत्यकली को रुपहले परदे पर

उतारने की कोशिश की। सितारों की दुनिया में बेपनाह दौलत थी और उसमें काम करनेवाले भी उतने ही अमीर थे। यही सोचकर नृत्यकली ने फिल्मों में काम करना शुरू कर दिया। उसकी अद्वितीय अभिनय प्रतिभा ने सबको द्रवित कर दिया। वह सीधे और तंग रास्ते से विचलित हुए बिना भी उस व्यवसाय में बहुत सारा धन कमा सकती थी, लेकिन जैसे ही उसे रातोरात अमीर बनने का मौका मिला, नृत्यकली उसे हासिल करने से खुद को रोक नहीं पाई।

"मुरारी दत्ता एक घोषित लंपट आदमी था, लेकिन वह आभूषणों की एक प्रतिष्ठित दुकान का मालिक भी था। डॉक्टर और नृत्यकली ने मिलकर एक योजना बनाई। उसने निकोटीन तैयार की। इसके बाद मुलाकातवाली रात मुरारी दत्ता की हत्या कर दी गई। हीरों का एक कीमती हार उसकी दुकान से गायब हो गया।

"पहली बात तो यह कि पुलिस कभी जान ही नहीं पाई कि उस रात मुरारी के कमरे में कौन था। इसके बाद रामेन बाबू ने अपना बयान दर्ज कराया, जिसके आधार पर नृत्यकली के नाम पर एक वारंट जारी हो गया।

"यद्यपि नृत्यकली की वहाँ कोई वास्तविक फोटो नहीं थी; फिल्म स्टूडियो में हर कोई उसे केवल उसकी शक्ल से पहचानता था। इस बात की कोई संभावना नहीं थी कि कभी वह किसी व्यक्ति द्वारा पहचानी जाएगी या नहीं। यही कारण था कि वह अपने ही घर में कैद रहने के लिए मजबूर थी, परंतु निश्चय ही यह जीने का कोई तरीका नहीं था। डॉक्टर ने उसके चेहरे पर प्लास्टिक सर्जरी की। परंतु केवल सर्जरी ही पर्याप्त नहीं थी, कभी-कभी लोग आपके दाँतों की बनावट के आधार पर भी आपको पहचान लेते हैं। इसलिए डॉक्टर ने उसके दो असली दाँत निकालकर उनकी जगह नकली दाँत लगा दिए। उसका चेहरा अब पूरी तरह बदल चुका था। अब जिसने भी कभी उसे पहले देखा होगा, उसके लिए उसे इस नए रूप में पहचान पाना असंभव था।

"इसके बाद निर्णय लिया गया कि नृत्यकली को भी अब फार्म पर रहना शुरू कर देना चाहिए। इससे पति-पत्नी को दुबारा एक साथ रहने का मौका मिलेगा। इसके अतिरिक्त वहाँ पर्याप्त संख्या में ऐसे भोले-भाले लोग थे, जिन्हें झाँसा दिया जा सकता था।

"विजय बाबू नृत्यकली को चाय की दुकान में मिले। उसकी करुण कथा ने उन्हें इतना द्रवित किया कि उनकी आँखों से आँसू निकल आए। कुछ ही दिनों के अंदर उसे फार्म के एक निवासी के रूप में स्वीकार कर लिया गया। किसी को भी यह

महसूस नहीं हुआ कि वह और डॉक्टर एक-दूसरे से परिचित थे। अंततोगत्वा जब उन दोनों का एक-दूसरे से औपचारिक परिचय कराया गया तो उन्होंने पारस्परिक अनभिज्ञता का अभिनय किया। वहाँ के प्रत्येक निवासी को इस बात का यकीन हो गया कि डॉक्टर और नृत्यकली एक-दूसरे को फूटी आँख नहीं सुहाते थे।

"निशानाथ और दमयंती ने अपने अंतर्मन में आशंका का एक कंकाल छिपा रखा था। प्रारंभ में केवल विजय और ब्रजदास उसके बारे में जानते थे। उसके बाद नेपाल बाबू अपनी बेटी मुकुल के साथ फार्म पर अवतरित हुए। विजय युवती की ओर आकर्षित हो गया। एक दिन उसने उत्साह के आवेग में उसे अपने विश्वास में लेते हुए दमयंती देवी और निशानाथ के गुप्त संबंधों के बारे में बता दिया। विजय बाबू, यदि मुझसे कोई भूल हो रही हो तो कृपया मुझे ठीक कर दीजिएगा।"

विजय अपनी नजरें झुकाए खामोश बैठा रहा। ब्योमकेश ने अपनी कहानी के तंतु का सिरा दुबारा पकड़ लिया, "मुकुल एक अच्छे स्वभाववाली लड़की थी। जब तक उसके पिता नौकरी कर रहे थे, वह उनकी छत्रच्छाया में एक प्रसन्न जीवन बिता रही थी, लेकिन अचानक किस्मत ने पलटा खाया। इतनी छोटी लड़की के लिए अपने जीवनयापन के लिए चिंतित होने की परीक्षा यहीं से शुरू हुई। उसने फिल्मों में काम करने की कोशिश की, लेकिन बात नहीं बनी। शायद माइक में उसकी आवाज अच्छी नहीं आती थी। व्यथित और तिरस्कृत होकर वह अपने पिता के साथ फार्म पर आ गई और वहाँ निवासी-रसोइया के रूप में काम करने लगी।

"इसके बाद उसके जीवन में बसंत का एक झोंका आया। उसके प्रति विजय बाबू की भावनाएँ बदल गईं और उसके जीवन में अब तक छाए निराशा के बादल छँटने लगे। उन दोनों के विवाह की बातचीत बड़ी अच्छी दिशा में आगे बढ़ रही थी कि किस्मत ने एक बार फिर हस्तक्षेप किया। विजय बाबू ने जब वनलक्खी पर एक नजर डाली तो मुकुल के प्रति उनके प्यार का परिंदा खयालों की खिड़की से बाहर उड़ गया। हालाँकि वनलक्खी मुकुल की तरह सुंदर नहीं थी, लेकिन उसकी कामुकता इतनी चुंबकीय थी कि विजय बाबू खुद को रोक नहीं पाए। उन्होंने मुकुल के साथ अपनी सगाई तोड़ दी।

"अपने ही भावनात्मक नरक में गिरने के बाद मुकुल ने निशानाथ बाबू के रहस्य को अपने पिता पर जाहिर कर दिया। नेपाल बाबू ने अपने मन में फार्म के स्वामित्व की महत्त्वाकांक्षा पाल रखी थी, जिसके परिणामस्वरूप वे कुछ ऐंठने और दिखावा करने लगे। कहने के लिए चाहे कोई कुछ भी कहे, लेकिन वे एक सज्जन

व्यक्ति थे और उनके मन में उन्हें ब्लैकमेल करने की भावना कभी नहीं आई।

"इस बीच विजय बाबू वनलक्खी के साथ प्यार की पींगें बढ़ाते रहे। उसके रहस्यात्मक अतीत से परिचित होने के बावजूद वे उसके साथ विवाह करने की जिद पर अड़े हुए थे। उधर निशानाथ भी अपने भतीजे की शादी किसी आवारा औरत के साथ न करने की अपनी जिद पर अडिग थे। परिवार में एक ही रहस्य का कंकाल पर्याप्त था।

"विजय बाबू के अंदर अपने चाचा की इच्छा के विरुद्ध जाने की हिम्मत नहीं थी। यदि उसके चाचा उसे ठुकरा देते तो वह स्वयं अपने जीवनयापन में आर्थिक रूप से सक्षम नहीं था। इसलिए दोनों प्रेमियों ने एक योजना बनाई—विजय बाबू नियमित तौर पर दुकान से पैसे चुराते और उसे वनलक्खी के सुपुर्द कर देते थे। यदि उनके पास पर्याप्त धन-संग्रह हो जाता तो वे दोनों फार्म छोड़कर भाग जाते तथा अपना ठिकाना कहीं और बना लेते। इस बीच, वनलक्खी ने रसिक डे के साथ भी ऐसी ही समानांतर रणनीति अपनाई थी। रसिक एक निर्धन युवक था और वह भी उसके प्यार के झाँसे में आ गया था। शायद उसने उसके बदनाम अतीत के बारे में जानकर उससे संपर्क किया था। वनलक्खी ने उसके भी प्यार के प्रस्ताव को नहीं ठुकराया और उसके मन में यह उम्मीद जगाए रखी कि जब पर्याप्त धन एकत्र हो जाएगा तो वे दोनों यहाँ से भाग जाएँगे और साथ-साथ रहने लगेंगे। इस तरीके से रसिक और विजय द्वारा चुराए गए पैसे नं. 19, मिर्जा लेन में रखी स्टील की अलमारी में बढ़ने लगे।

"तभी एक दिन उसके प्यार के वशीभूत होकर विजय ने अपने पारिवारिक रहस्य को वनलक्खी को भी बता दिया। ऐसे भावुक लोगों के साथ सबसे बड़ी समस्या यही है। वे अपने अत्यंत उल्लंघ्य क्षणों में अपने सघनतम रहस्य को भी दबाकर नहीं रख पाते हैं।

"उस रात वनलक्खी ने डॉक्टर को भी यह जानकारी दे दी कि उसे विजय से क्या मालूम हुआ है। वह अत्यंत प्रसन्न था। दोनों ने बड़ी सावधानी से अपनी योजना बनाई। निशानाथ को ब्लैकमेल करना उनके लिए शायद खतरनाक हो सकता था, लेकिन दमयंती एक औरत थी, इसलिए घोटाले और बदनामी की संभावना से ओतप्रोत थी। वह ब्लैकमेल के लिए आदर्श लक्ष्य हो सकती थी।

"इस प्रकार दमयंती देवी को केंद्र में रखकर उगाही की कहानी शुरू हुई और आठ लंबे महीने तक जारी रही, लेकिन दूसरी ओर निशानाथ बाबू को कुछ संदेह हुआ और उन्होंने सहायता के लिए मुझसे संपर्क किया।

“मुझे इस बात की कोई जानकारी नहीं है कि निशानाथ बाबू को कैसे संदेह हुआ कि सुनयना फार्म पर थी, इसलिए यह अनुमान लगाना कठिन था कि क्या हुआ होगा। कई बार अत्यंत असाधारण परिस्थितियाँ व्यक्ति पर बिना किसी पूर्व चेतावनी के सवार हो जाती हैं, वरना निशानाथ बाबू सावधान हो गए होते। लेकिन अब इस मामले पर कोई भी अटकलबाजी व्यर्थ है।

“निशानाथ के निमंत्रण पर रामेन मल्लिक के साथ हम फार्म पर गए। डॉक्टर रामेन बाबू को नहीं जानता था, लेकिन सुनयना जानती थी। उसने उन्हें स्टूडियो में देखा था और वे मुरारी दत्ता के मित्र भी थे। इसलिए जब उसने उन्हें हमारे साथ देखा तो भयभीत हो गई। उसके लिए यह अनुमान लगाना कठिन नहीं था कि हम फार्म पर सुनयना की ही तलाश में गए थे।

“दंपती अब असमंजस में था कि इन परिस्थितियों में क्या किया जाना चाहिए। यदि वनलक्खी जल्दबाजी में फार्म छोड़कर चली जाती तो उससे अनेक अटकलें लगनी प्रारंभ हो जातीं और पुलिस सुनयना के पीछे लग जाती। यदि वह हिरासत में ले ली जाती तो उसकी संपूर्ण जाँच होती तो कोई भी विशेषज्ञ जल्द ही उसके चेहरे से प्लास्टिक सर्जरी का परदा उठा देता और यह रहस्य अधिक दिनों तक बरकरार नहीं रह पाता कि वनलक्खी ही वास्तव में सुनयना थी। ऐसी स्थिति में क्या किया जाना चाहिए था?

“चूँकि उन्होंने ब्योमकेश को इस मामले में घसीट लिया था, इसलिए असली मुसीबत की जड़ निशानाथ बाबू ही थे। यदि उनकी अकस्मात् मृत्यु हो जाती तो सारी जाँच रुक जाती और दमयंती देवी से धन उगाही में कोई बाधा नहीं आती।

“परंतु इसके लिए निशानाथ बाबू की मृत्यु को स्वाभाविक दिखाई देना महत्त्वपूर्ण था। वे उच्च रक्तचाप की बीमारी से पीड़ित थे और ऐसे मरीजों की मौत आमतौर पर अचानक—या तो हृदय गति रुकने से होती है अथवा मस्तिष्क स्राव से। अतः यदि सारी काररवाई सुनियोजित होती तो किसी को भी कोई संदेह नहीं होता।

“डॉक्टर भुजंग के लिए निशानाथ को मारना अत्यंत सरल था। वे अपने मरीज का रक्तचाप कम करने के लिए अकसर उसका खून निकाला करते थे। इस बहाने से उनका खून निकालने के लिए डॉक्टर को एक सरल विधि अपनाते हुए उनकी नाड़ियों में सुई चुभाकर उसमें हवा भरने और बुलबुले उत्पन्न करने की जरूरत थी, जिससे उनकी तत्काल मृत्यु हो जाती। ऐसा ही परिणाम मरीज को एल्डरनिल का इंजेक्शन लगाकर भी प्राप्त किया जा सकता था। तब उस स्थिति में उन्हें छत

से उलटा लटकाने की जरूरत नहीं पड़ती, लेकिन इसमें एक समस्या थी। संभवत: इंजेक्शन त्वचा पर तो कोई निशान नहीं छोड़ता, लेकिन वह नाड़ी पर निशान छोड़ने के लिए बाध्य था। वह पोस्टमार्टम में दिखाई पड़ सकता था। यदि निशानाथ बाबू के शरीर पर सुई के निशान पाए जाते तो सबसे पहला संदेह डॉ. भुजंगधर पर होता, इसलिए वह रास्ता अख्तियार करने से डॉक्टर बचे। इसके बजाय उन्होंने निशानाथ बाबू को क्रूरतम संभव तरीके से मार डाला।

"हत्या की योजना असंदिग्ध थी। विजय बाबू को कलकत्ता से एक गुमनाम पत्र मिला। इस बीच रात दस बजे दमयंती लाल सिंह के पत्र की अनुक्रिया में पिछले दरवाजे से घर के बाहर निकल गई और पौधशाला में उसके आने की प्रतीक्षा करने लगी। रास्ता साफ था। डॉक्टर उस समय सितार बजा रहा था। उसने सितार वनलक्खी को थमाया, जिसने सितार बजाना प्रारंभ कर दिया। डॉक्टर ने निशानाथ के कमरे में प्रवेश किया। संभवत: उस समय वे जाग रहे थे। डॉक्टर ने कमरे की बत्तियाँ जलाईं और खिड़की बंद कर दी। उसके बाद···

"उसने दो गलतियाँ कीं। काम खत्म हो जाने के बाद वह दुबारा खिड़की खोलना भूल गया। इसके अतिरिक्त, वहाँ से भागने की जल्दबाजी में वह निशानाथ के पैरों से जुराबें उतारना भी भूल गया। यदि उसने यह दोनों गलतियाँ न की होतीं तो मुझे संदेह है कि कोई भी आदमी केवल यही संदेह करता कि निशानाथ बाबू स्वाभाविक मौत नहीं मरे थे।

"पनुगोपाल ने कुछ देख लिया था। किसी को कभी पता नहीं चलेगा कि उसने क्या देखा था। मेरे विचार से उस समय वह कहीं आसपास ही था और उसने डॉक्टर को खिड़की बंद करते देख लिया था। जब तक निशानाथ की मृत्यु को प्राकृतिक माना जा रहा था, तब तक उसने कुछ नहीं कहा, लेकिन जैसे ही उसे मालूम हुआ कि उनकी हत्या की गई है, वह सतर्क हो गया और उसने जो कुछ देखा था, उसके बारे में हमें बताने की कोशिश की। लेकिन वह बदनसीब था और अपनी बात हमें नहीं समझा सका। डॉक्टर ने अनुमान लगाया कि पनु ने कुछ देख लिया था। आगे बिना कोई विलंब किए उसने चुपके से पनु की दवा में निकोटीन का जहर मिला दिया।

"उसके बाद जो कुछ हुआ, उससे आप सब लोग परिचित हैं, इसलिए उसके आगे की घटनाओं के बारे में मुझे कुछ कहने की जरूरत नहीं है। शायद पिछली रात डॉ. भुजंगधर और वनलक्खी की मृत्यु आप लोगों को अकस्मात् मृत्यु महसूस हो।

वास्तविकता यह है कि वे दोनों पूरी तरह तैयार होकर आए थे।"

बराट ने कहा, "लेकिन मैं वह महत्त्वपूर्ण क्षण देखने से चूक गया, जब उन्होंने एक-दूसरे के मुँह में सायनाइड का कैप्सूल डाला था।"

ब्योमकेश ने स्पष्ट किया, "जिस समय डॉक्टर ने कमरे में प्रवेश किया, उसने पहले ही अपने मुँह में सायनाइड के दो कैप्सूल छिपाए हुए थे। मैंने देखा था कि बात करते समय उनकी जबान कुछ विशृंखलित थी, परंतु मैं उसे पूरी तरह समझ नहीं पाया था। जब डॉक्टर ने देखा कि उसके पास कोई विकल्प शेष नहीं है तो उसने खड़े होकर वनलक्खी का चुंबन लिया। वह दो प्रेमियों के बीच मात्र बिदाई का चुंबन नहीं था। वह मृत्यु का चुंबन था। जैसे ही उसने उसका चुंबन लिया, डॉक्टर ने एक कैप्सूल अपनी पत्नी के मुँह में सरका दिया।"

लंबी खामोशी का दौर तोड़ते हुए सबसे पहले ब्योमकेश पुनः बोले, "खैर, कोई बात नहीं, अब आप दोनों भी मुझे कुछ जानकारी दीजिए। रसिक के साथ क्या किया गया?"

"विजय ने रसिक के खिलाफ अपना कानूनी मुकदमा वापस ले लिया है," बराट ने उत्तर दिया। "हमने उसे रिहा कर दिया है।"

"अति उत्तम। विजय बाबू, परसों रात आपके कमरे में जानेवाली औरत कौन थी? क्या वह मुकुल थी?"

विजय ने उन्हें विस्मय से देखा और अपनी नजरें फेर लीं। इसके बाद बड़ी शर्मिंदगी से बोला, "जी हाँ।"

"अर्थात् वनलक्खी अपने पति के पास गई थी। डॉक्टर ने उसे सितार बजाकर बुलाया था। मुकुल आपके पास क्यों गई थी? क्या वह आपसे रहम की भीख माँगने आई थी, क्योंकि आपने उसे फार्म छोड़ने का आदेश दिया था?"

विजय ने लज्जित खामोशी बनाए रखी।

ब्योमकेश ने खड़े होकर कहा, "विजय बाबू, मेरी यह शुभेच्छु आशा है कि आप मुकुल के साथ विवाह करेंगे। वह आपसे प्यार करती है। ऐसे प्यार को ठुकराना उचित नहीं होगा।"

विजय शांत था, लेकिन मैंने उसकी खामोशी से समझ लिया कि वह मेरे सुझाव से असहमत नहीं था, शायद उसने मुकुल के साथ अपने सारे मतभेद पहले ही मिटा दिए थे।

जैसे ही वह जाने के लिए तैयार हुआ, विजय ने हकलाते हुए कहा, "ब्योमकेश बाबू, हम आपके इस ऋण से कभी उऋण नहीं हो सकते, परंतु काकी माँ इस बात पर जोर दे रही हैं कि आप हमारी ओर से कुछ उपहार स्वीकार करें।'

ब्योमकेश ने अपनी भृकुटी उठाई और पूछा, "कैसा उपहार?"

विजय ने उत्तर दिया, "काका ने पाँच हजार रुपए की एक जीवन बीमा पॉलिसी ली थी और उसका पैसा कुछ दिनों में काकी माँ को मिल जाएगा। वे चाहती हैं कि बीमे की राशि आप रख लें।"

ब्योमकेश ने मुझे प्रश्नोचित दृष्टि से देखा और मुसकराए। उन्होंने कहा, "ठीक है, मैं उसे स्वीकार कर लूँगा। कृपया आप अपनी काकी माँ को मेरी ओर से मेरी सम्मानपूर्ण कृतज्ञता ज्ञापित कीजिएगा।"

मैंने पूछा, "तो फिर अब पशु फार्म का प्रस्ताव अस्थायी तौर पर ठंडे बस्ते में डाला जानेवाला है?"

"मैं अभी बहुत आश्वस्त नहीं हूँ," ब्योमकेश का प्रत्युत्तर था। "यह धन पशु फार्म खोलने के लिए आवश्यक पूँजी के रूप में पर्याप्त होगा। विजय बाबू, मैं आपको पूर्व चेतावनी दे रहा हूँ, गोलप कॉलोनी के ठीक आगे शीघ्र ही एक पशु फार्म खुलनेवाला है।"

(सन् 1953 में बंगाली में 'चिड़ियाखाना' के नाम से प्रकाशित)

□

मोतियों का हार

प्रसिद्ध जौहरी रसमय सरकार के घर से एक कीमती रत्नजड़ित हार चोरी हो गया था। यह समाचार मैंने प्रातःकालीन अखबार पढ़ते समय पृष्ठ सं. तीन पर सुर्खियों में देखा था। सुबह लगभग आठ बजे फोन की घंटी बजी।

किसी अपरिचित व्यक्ति ने कंपित स्वर में पूछा, "हैलो, क्या आप ब्योमकेश बाबू बोल रहे हैं?"

"जी नहीं," मैंने उत्तर दिया, "मैं अजीत बोल रहा हूँ। क्या मैं जान सकता हूँ कि आप कौन हैं?"

"मेरा नाम रसमय सरकार है," उत्तर आया। "क्या आप कृपया ब्योमकेश बाबू को बता देंगे कि मैं उनसे बात करना चाहता हूँ?"

नाम सुनते ही सारी बात मेरी समझ में आ गई—ब्योमकेश को अवश्य ही चोर को खोजने और उसे पकड़ने के लिए बुलाया जाएगा।

"वे स्नानघर में हैं।" मैंने स्पष्ट किया। "उन्हें अभी थोड़ा समय लगेगा। मैंने अखबार में पढ़ा है कि आपकी दुकान से एक हार चोरी हो गया है।"

"दुकान से नहीं, मेरे घर से। क्या आप ब्योमकेश बाबू के मित्र अजीत बंद्योपाध्याय हैं?"

"आप सही समझ रहे हैं।" मैंने उत्तर दिया। "यदि आपकी इच्छा हो तो जो कुछ आप उन्हें बताना चाहते हैं, वे आप मुझे बता सकते हैं।"

कुछ देर खामोशी रही। उसके बाद रसमय सरकार ने अपनी बात शुरू की, "जो हार चुराया गया था, वह सत्तावन हजार रुपए मूल्य का था। हमें अपने एक घरेलू नौकर पर संदेह है, किंतु मेरे पास कोई साक्ष्य नहीं है। हमने स्वाभाविक तौर पर पुलिस को सूचित कर दिया है, लेकिन मैं ब्योमकेश बाबू की सहायता प्राप्त करने का इच्छुक हूँ। केवल वही ऐसे आदमी हैं, जो मेरा हार बरामद कर सकते हैं।"

"आपकी बात उचित है," मैंने कहा। "आप स्वयं क्यों नहीं आ जाते? जब तक आप यहाँ पहुँचेंगे, तब तक वे भी स्नानघर से बाहर आ चुके होंगे।"

रसमय थोड़े उदास स्वर में बोले, "मुझे गठिया रोग की बीमारी है और मैं बहुत चल-फिर नहीं पाता हूँ। यदि आप दोनों हमारे यहाँ आने की कृपा करें तो मैं स्वयं को अत्यंत कृतज्ञ समझूँगा।"

मैंने अपने मन में विचार किया, जिन लोगों को जरूरत होती है, वे खुद ब्योमकेश के पास चलकर आते हैं; "ठीक है, मैं ब्योमकेश को बता दूँगा।"

रसमय का स्वर थोड़ा और व्यथित हो गया, "अरे नहीं, प्लीज! आप उन्हें केवल बताएँगे नहीं! आपको भी आना पड़ेगा! मैं आप दोनों को लेने के लिए अपनी कार भेज रहा हूँ। आपको किसी प्रकार की कोई परेशानी नहीं होगी, यह मेरा वचन है।"

"बड़ी अच्छी बात है।"

कुछ ही मिनटों के अंदर एक चमचमाती कैडिला कार हमारे दरवाजे पर आकर रुकी। ब्योमकेश स्नानघर से निकले तो मैंने सारी बात उन्हें बताई और खिड़की से दिखाई देनेवाली कार की ओर उनका ध्यान आकृष्ट किया। मेरी बात पर उन्होंने कोई आपत्ति नहीं की। हम कैडिला में बैठकर वहाँ से रवाना हो गए।

शहर के विभिन्न भागों में रसमय सरकार की आभूषणों की चार से अधिक दुकानें थीं, लेकिन वे बऊबाजार में रहते थे। हमारे जाने के कुछ ही मिनटों बाद कार उनके घर के आगे जाकर रुक गई।

उनका घर एक पुरानी तीन मंजिला हवेली जैसा था और सड़क की पटरी से सटा हुआ था। बीच में ऊपर जाने के लिए सीढ़ियाँ बनी हुई थीं। सीढ़ियोंवाले दरवाजे के दोनों तरफ दुकानें बनी हुई थीं। स्वामी का समूचा घर पहली और दूसरी मंजिलों पर रहता था।

जैसे ही कार दरवाजे के सामने जाकर रुकी, हमारे स्वागत हेतु आए एक नौजवान ने सीढ़ियों से उतरकर अंदर से बंद दरवाजे को खोला। उसकी आयु लगभग सत्ताईस वर्ष थी और वह अत्यंत आकर्षक कपड़े पहने था। दोनों हाथ जोड़कर नमस्कार करने के बाद उसने अपना परिचय दिया, "मैं मणिमय सरकार हूँ। मेरे पिताजी ऊपर आपकी प्रतीक्षा कर रहे हैं। कृपया मेरे पीछे-पीछे आइए।"

हमने सीढ़ियाँ चढ़नी शुरू कीं। पहली मंजिल पर रसोई, भंडारगृह और नौकरों के क्वार्टर तथा एक अतिथिकक्ष था, जिसमें एक दीवान बिछा हुआ था। हम दूसरी मंजिल पर गए, जहाँ गृहस्वामी सपरिवार रहते थे।

आप यदि एक बार इस मंजिल पर पहुँच जाएँ तो स्वामी की रईसी का आभास स्वयं हो जाएगा। विदेशी तालों से युक्त विशाल दरवाजों के ऊपर रेशमी परदे लगे हुए थे। पूरे फर्श पर मोटा सा कालीन बिछा हुआ था। अतिथिकक्ष को बड़े विलासितापूर्ण तरीके से सजाया गया था। बीच में रखी लकड़ी की कढ़ाईदार गोल मेज के चारों ओर सुंदर और मोटी गद्दियोंवाले सोफे रखे हुए थे। खिड़कियों को छोड़ते हुए दीवार के साथ-साथ पुस्तकों की अलमारियाँ बनी हुई थीं। दीवारों पर फारसी किस्म के चित्रकारी युक्त परदे लगे हुए थे। फिलहाल वह कमरा थोड़ा गंदा दिखाई दे रहा था। मणिमय हमें एक कमरे में ले गया और बोला, "पिताजी, ब्योमकेश बाबू आ गए हैं।"

रसमय सरकार कुरसी पर अपना दायाँ पैर फैलाए बैठे थे। एक युवती—शायद उनकी पुत्रवधू, उनके बगल में फर्श पर बैठी हुई उनके पैरों की सिकाई कर रही थी। रसमय बाबू की आयु लगभग पचास वर्ष थी। उनकी आयु के लिहाज से उनका भारी-भरकम चेहरा अभी भी काफी मजबूत था। हमें देखते ही उन्होंने फौरन खड़े होने का प्रयास किया, परंतु ब्योमकेश और मुझे देखते हुए कुरसी पर गिर पड़े। उन्होंने बैठे-बैठे ही हाथ जोड़कर हमारा अभिवादन किया और ब्योमकेश को संबोधित करते हुए कहा, "आपका स्वागत है ब्योमकेश बाबू! आजकल मेरे ऊपर चारों ओर से मुसीबत आई हुई है। आप दोनों ने यहाँ पधारकर बड़ी कृपा की। अजीत बाबू, आप बड़े आराम से यहाँ स्थान ग्रहण कीजिए।"

रसमय बाबू बिना बताए ही अंदाजा लगा सकते थे कि हम में से ब्योमकेश कौन था। इसमें कोई संदेह नहीं था कि वे अपनी आयु से अधिक समझदार थे। मैं और ब्योमकेश सोफे पर बैठ गए। "मैं समझता हूँ कि आप गठिया से पीड़ित हैं," ब्योमकेश ने रसमय बाबू को संबोधित करते हुए कहा। "यह कोई घातक रोग तो नहीं है, परंतु बहुत कष्टदायक अवश्य है।"

रसमय बाबू ने उत्तर दिया, "जहाँ तक मैं जानता हूँ, मैं अन्य सभी दृष्टिकोणों से स्वस्थ हूँ, लेकिन इस गठिया की बीमारी ने मुझे बैठा दिया है। अपनी युवावस्था में मैं फुटबॉल खेला करता था और एक खेल के दौरान मेरे दाहिने पैर का अँगूठा टूट गया था। आज इसकी यह दशा हो गई है कि यदि आसमान में रुमाल के आकार का बादल भी किसी कोने में दिखाई दे जाता है तो मेरे अँगूठे में दर्द शुरू हो जाता है। खैर, इस बात को यहीं छोड़ते हैं। बहूरानी, जरा इन सज्जनों के लिए चायपान का प्रबंध तो कीजिए।"

अब तक युवती खामोशी से अपने ससुर के पैरों की सिकाई कर रही थी। वैसे तो वे बहुत सुंदर थी, परंतु इस मुसीबत ने पूरे परिवार को जो पीड़ा पहुँचाई थी, वे उसके भी चेहरे पर झलक रही थी। जैसे ही उसने उठने की कोशिश की, ब्योमकेश ने कहा, "अरे नहीं, आप तकलीफ मत कीजिए। हमने यहाँ आने से पहले अपने घर पर चाय पी ली थी। कृपया आप उसे उसका काम करते रहने दीजिए।"

रसमय मुसकराए। युवती पुनः अपने स्थान पर बैठ गई। रसमय ने कहा, "अच्छी बात है फिर, ऐसा ही सही। मणि, जरा मेरी सिगरेट तो लाना प्लीज।"

अब तक मणिमय एक कुरसी के पीछे खड़ा हुआ था। वह कमरे से बाहर चला गया तो रसमय ने अपनी पुत्रवधू की ओर स्नेहिल दृष्टि से देखते हुए कहा, "मेरी बहूरानी बड़ी नेक इनसान है। मेरी पत्नी मेरे छोटे बेटे के साथ तीर्थयात्रा पर गई है और तब से यही युवती हमारा घर सँभाल रही है। सामान्यतया मैं इससे अपने पैरों की मालिश नहीं करवाता, लेकिन मेरा नौकर…"

रसमय ने इस बिंदु पर अपना स्वर बदला और कहा, "अब तक इधर-उधर की बहुत बातें हो गईं, अब मुद्दे पर आते हैं। आप लोगों ने यहाँ आकर बड़ी मेहरबानी की है, इसलिए मैं आपका कीमती समय नष्ट नहीं करूँगा। ब्योमकेश बाबू, कल रात मेरे घर में ऐसी घटना हुई, जैसी पहले कभी नहीं हुई थी। एक हीरे का हार…"

ब्योमकेश ने उन्हें टोकते हुए कहा, "आप मुझे सारी बात विस्तार से बताइए, उसे संक्षिप्त करने की कोई जरूरत नहीं है। आप मान लीजिए कि मैं कुछ भी नहीं जानता हूँ।"

मणिमय 555 सिगरेट का डिब्बा खोलने की असफल कोशिश करता हुआ अंदर आया। वह सिगरेट का डिब्बा हमारे सामने रखने के बाद खिड़की पर जाकर खड़ा हो गया। हमने कहानी सुनते हुए सिगरेट जला ली।

रसमय ने अपनी बात शुरू की—"इस शहर में आभूषणों की मेरी पाँच दुकानें हैं। यह एक फलता-फूलता कारोबार है और हमारी सालाना आमदनी बीस से तीस लाख रुपए के बीच होती है। हमारे पास बड़ी संख्या में पुराने और वफादार कर्मचारी हैं। जब मैं स्वस्थ होता हूँ तो कारोबार सँभालता हूँ। विगत दो वर्षों से मणि ने भी कारोबार में रुचि लेनी शुरू कर दी है।

"हमारा कारोबार देश के दूर-दराज के कोनों तक फैला हुआ है। बंबई, मद्रास और दिल्ली के मशहूर जौहरियों के साथ हमारे व्यापारिक रिश्ते हैं। कभी वे हमसे मूल्यवान रत्न खरीदते हैं, कभी हम उनसे खरीदते हैं। उनके अतिरिक्त सामान्य

ग्राहक भी हैं, जिन्हें हम अपना माल बेचते हैं। कहने का तात्पर्य यह कि राजा-रानियों से लेकर आम आदमी तक सभी हमारे ग्राहकों में शामिल हैं।

"लगभग एक महीना पहले एक प्रतिष्ठित जौहरी रामदास चोकसी दिल्ली से मुझसे मिलने आए। उनके पास राजस्थान के किसी राजपरिवार की बेटी की शादी के लिए लगभग दस लाख रुपए के जेवरों का ऑर्डर था। वे सारे जेवर बनाने में स्वयं सक्षम नहीं थे, इसलिए उन्होंने मेरे पास आकर कहा कि मैं उनके लिए हीरे का एक हार बना दूँ। हार का डिजाइन और मोतियों का चयन कर लिये जाने के बाद उसकी कीमत सत्तावन हजार रुपए तय हुई। उस हार को एक महीने के अंदर तैयार करके उसे निश्चित समय पर रामदास के पास पहुँचाना था।

"हार तैयार हो गया था। मेरी पूरी इच्छा थी कि मैं स्वयं दिल्ली जाकर हार को व्यक्तिगत तौर पर उनके सुपुर्द करूँ। परंतु पिछले मंगलवार से मेरे पैर का दर्द बढ़ गया था, जिससे मुझे काफी तकलीफ हो रही थी। मेरे पास इसके अतिरिक्त और क्या विकल्प हो सकता था? मैं इतनी महँगी कीमतवाले आभूषण को पहुँचाने के लिए किसी कर्मचारी पर विश्वास नहीं कर सकता था। अंततः यह निर्णय लिया गया कि मेरे बदले मणिमय मेरा स्थान लेगा। उसे आज यहाँ से रवाना होना था।

"चूँकि पिछले कुछ दिनों से मैं घर से बाहर निकलने में असमर्थ था, इसलिए सारा काम मणि सँभाल रहा था। हार को बड़ी दुकान की तिजोरी में रखा गया था। मणि कल उसे अपने साथ घर ले आया था।

"अब, कुछ बातें मेरे घर के बारे में। मेरी पत्नी मेरे छोटे पुत्र हिरण्मय के साथ दक्षिण में तीर्थयात्रा के लिए गई हुई है। मणिमय, बहूरानी और मैं अब इस घर में रहते हैं। दो नौकर, एक रसोइया, एक ड्राइवर और मेरा निजी सेवक भोला अपने-अपने क्वार्टरों में पहली मंजिल पर रहते हैं। फिलहाल कुल मिलाकर यही लोग मेरे घर में रहते हैं।

"कल शाम को जब मणि हार लेकर घर आया तो मैं ठीक इसी जगह कुरसी पर बैठा था। मेरा निजी सेवक भोला मेरे पैरों की मालिश कर रहा था। मणि ने हार का डिब्बा मेरे हवाले करते हुए कहा, 'बाबा, यह रहा आपका हार।'

"मैंने भोला को यहाँ से जाने के लिए कह दिया। मैंने डिब्बा खोलकर हार का निरीक्षण किया। सबकुछ दुरुस्त था। उसके बाद मैंने बहूरानी को बुलाकर कहा, 'इसे अच्छी तरह कपड़े में लपेटकर इसकी सिलाई कर दो।' वह कपड़ा लेकर आई और यहीं बैठकर पार्सल को बड़ी सफाई से सिलकर तैयार कर दिया।"

इस पूरे समय के दौरान ब्योमकेश उन सज्जन की बातें बड़े गौर से सुन रहे थे। इसके बाद उन्होंने उनकी ओर देखते हुए कहा, "मुझे आपको बीच में टोकने के लिए खेद है, लेकिन क्या आप मुझे बताएँगे कि हार का डिब्बा कितना बड़ा था ?"

रसमय ने अनिश्चित होकर आसपास देखा। "कितना बड़ा ? बहुत बड़ा नहीं था, उम्म, मैं बताता हूँ…"

अपने पिता को हिचकिचाते देखकर मणि ने किताबों की अलमारी से एक किताब निकालकर ब्योमकेश के हवाले कर दी। "वह लगभग इसी आकार का था।" उसने बताया।

"जी हाँ, यह आकार लगभग ठीक है," रसमय ने सहमति जताई। "वास्तव में, वह डिब्बा मगरमच्छ के चमड़े से बना था और उसके अंदर मखमली खाने बने हुए थे।"

किताब काफी बड़ी थी और उसमें लगभग तीन सौ पृष्ठ थे। ब्योमकेश ने किताब मणिमय को लौटाते हुए कहा, "मैं समझ गया, कृपया अपनी बात जारी रखें।"

रसमय ने पुनः अपनी बात शुरू की—"उसके बाद मणि ने चाय पी और क्लब चला गया। मैं आभूषण का डिब्बा उठाकर अपने ऑफिसवाले कमरे में चला गया। यहीं अगले कमरे में मेरा एक छोटा सा ऑफिस है। जब मुझे घर में रहकर कुछ काम करना होता है तो मैं उसी कमरे का प्रयोग करता हूँ। वहाँ एक बड़ी सी मेज है। सारे जरूरी कागजात उसकी एक दराज में रखे जाते हैं। मैंने हार के डिब्बे को उसी दराज में रख दिया था। वैसे हमारे घर में एक लोहे की अलमारी भी है, लेकिन उसकी चाबियाँ मेरी पत्नी अपने साथ ले गई है।

"मेरी गलती यह थी कि मैंने इतने कीमती सामान को एक बिना तालेवाली दराज में रख दिया। परंतु जिस तरह हमारे घर का कामकाज होता है, उसे देखते हुए चिंता करने जैसी कोई बात नहीं थी। नौकर नीचेवाली मंजिल पर रहते हैं और जब तक बुलाया न जाए, वे कभी ऊपर नहीं आते हैं। बाहरी लोग हमारे घर शायद ही कभी आते हैं, इसलिए मुझे एक बार भी ऐसा नहीं लगा कि यहाँ से कोई चीज चुराई भी जा सकती है।

"मैंने रात को लगभग नौ बजे अपना खाना खाया। आमतौर पर हम अपना भोजन पहली मंजिल पर करते हैं, लेकिन जब से मेरा दर्द बढ़ा है, बहूरानी मेरा खाना ऊपर ले आती है। खाना खाने के बाद मैंने कुछ देर एक किताब पढ़ी। तब तक

गोवा के चर्च में स्थित हैं। इसी तरह ब्रिटिश और डच ईस्ट इंडिया कंपनी के साथ आने वाली ईसाई मिशनरियाँ भी ईसाईकरण के मिशन पर निकृष्टतापूर्वक कार्य कर रही थीं।

इन क्षेत्रों की जनता छत्रपति शिवाजी के पास आकर निवेदन करती थी कि उनके राज्य को भी मराठा स्वराज्य में शामिल कर लिया जाए, ताकि इन विदेशी दानवों के अत्याचारों से उनको मुक्ति मिल सके। चूँकि सिद्दी, पुर्तगाली एवं अंग्रेज अपनी नौसेना के बल पर ही राजनीतिक सत्ता हासिल कर रहे थे, अत: इन विदेशी ताकतों को परास्त करने के लिए एक विशाल एवं सशक्त स्वदेशी नौसेना का निर्माण करना अत्यावश्यक था।

- भारतीय व्यापारियों को पुर्तगाली, अंग्रेज और डच आदि ईस्ट इंडिया कंपनी में से किसी एक द्वारा जारी किए गए दस्तक अर्थात् पारगमन-पत्र (Passport) के माध्यम से ही समुद्र पार व्यापार करना पड़ता था, अन्यथा वे जहाजों को लूट लेते थे।

यहाँ एक हास्यास्पद तथ्य यह है कि वे मुगल बादशाह, जिनको वामपंथी इतिहासकार संपूर्ण भारत का बादशाह बताते हैं, वे स्वयं इन विदेशी ईस्ट इंडिया कंपनियों के पासपोर्ट के माध्यम से ही व्यापार करते थे। यहाँ तक कि हज की यात्रा करने के लिए भी इन पासपोर्ट की आवश्यकता होती थी।

अब विचारणीय तथ्य यह है कि यदि मुगल बादशाह स्वयं भारतीय भूमि के मालिक थे, तो उन्हें किसी दूसरे की अनुमति लेने की क्या आवश्यकता थी? वास्तव में तथाकथित मुगल साम्राज्य कभी भी सार्वभौमिक राज्य नहीं रहा। भारत की इतनी वृहद तटीय सीमा होने के बावजूद मुगल सत्ता के पास अपनी नौसेना तक नहीं थी। वे सिद्दी (जो स्वयं समुद्री लुटेरे थे) के माध्यम से समुद्र पर नियंत्रण रखते थे, किंतु सिद्दियों ने स्वयं अपनी एक अलग सत्ता बना रखी थी। वे समुद्र की ओर से होने वाली प्रत्येक गतिविधि के लिए सिद्दियों के कृपापात्र थे।

लेकिन अपनी स्वयं की नौसेना की स्थापना कर मराठा साम्राज्य एक सार्वभौमिक सत्ता के रूप में स्थापित हुआ। मराठे अब मैदानी क्षेत्रों के साथ-साथ समुद्री क्षेत्र में भी राज करने लगे।

- विदेशी ईस्ट इंडिया कंपनियाँ तटीय क्षेत्र में व्यापक स्तर पर कर वसूल रही थीं। कर वसूलने में अधिकतर निर्ममता दिखाई जाती थी।
- मराठा स्वराज को आर्थिक रूप से सशक्त बनाने के लिए विदेशी व्यापार करने पर भी ध्यान देने की आवश्यकता थी।

छत्रपति शिवाजी महाराज के राजकीय तत्त्वज्ञान को बयान करने वाली 'आज्ञापत्र' नामक पुस्तक में रामचंद्रपंत अमात्य वर्णन करते हैं—"छत्रपति शिवाजी महाराज का विचार था कि जिस तरह जिसका अश्वबल उसकी पृथ्वीप्रजा, उसी तरह जिसके पास नौसेना, उसका समुद्र। इसलिए आरमार अत्यावश्यक है।"

छत्रपति शिवाजी द्वारा निर्मित समुद्री किले

छत्रपति शिवाजी महाराज ने सर्वप्रथम महाराष्ट्र में समुद्र में स्थित एक छोटे से द्वीप पर अप्रतिम, अभेद्य सिंधुदुर्ग नामक किले का निर्माण करवाया। तत्पश्चात् स्वर्णदुर्ग, विजयदुर्ग, कोलाबा, खंडेरी किला और फोंडा आदि तटीय किलों का निर्माण भी कोंकण की सीमा में किया गया।

छत्रपति शिवाजी ने आवश्यकतानुसार विभिन्न किलों का निर्माण करवाया। प्रत्येक किले की अपनी एक अलग विशेषता है।

सिंधुदुर्ग किला

यह किला महाराष्ट्र के सिंधुदुर्ग जिले के मालवन तालुका के समुद्र तट से कुछ दूर अरब सागर में एक द्वीप पर निर्मित है। इसका निर्माण छत्रपति शिवाजी ने 1674 ई. को हीरोजी इंदुलकर की देख-रेख में फ्रांसीसी, पुर्तगाली, डच आदि विदेशी ईस्ट इंडिया कंपनी की अरब सागर में बढ़ती गतिविधियों को नियंत्रित करने के लिए किया था।

48 एकड़ में विस्तृत इस किले की दीवारें 30 फुट ऊँची और 12 फुट मोटी हैं, जो शत्रुओं द्वारा किए जाने वाले आक्रमण, साथ-साथ अरब सागर की ऊँची-ऊँची लहरों से भी किले को सुरक्षा प्रदान करती हैं। इसकी मजबूती के लिए 4000 लोहे के टीलों का उपयोग किया गया है।

इसका बाहरी दरवाजा इस प्रकार निर्मित है कि दरवाजा बंद होने पर सुई तक अंदर नहीं जा सकती। किले के अंदर कभी न सूखने वाले तीन जलाशय हैं। इस किले के निर्माण में लगभग 100 से ज्यादा आर्किटेक्ट और 3000 मजदूरों ने काम किया।

कुलाबा किला

वर्तमान में महाराष्ट्र के रायगढ़ जिले के अलीबाग समुद्र तट पर स्थित कुलाबा किले में उन्होंने cementing material इस्तेमाल ही नहीं किया। दरअसल, समुद्र

की लहरें बहुत तेजी से आकर पुनः वापस चली जाती हैं। इसलिए उन्होंने पत्थरों को एक के ऊपर एक रखकर इस किले का निर्माण कराया। जैसे बहते हुए पानी को छलनी (छिद्र वाले बरतन) से रोकने पर छलनी पर दबाव कम पड़ता है, इसके विपरीत, यदि हम बिना छिद्र वाला बरतन लें तो पानी का दबाव उसे धकेलता है।

छत्रपति शिवाजी महाराज की इस तकनीक से निर्मित यह किला आज भी सुरक्षित है। इस किले का निर्माण कार्य जून 1681 ई. में शिवाजी की मृत्यु (1680 ई. में) के पश्चात् छत्रपति शंभूजी द्वारा पूर्ण किया गया था।

पद्मदुर्ग

महाराष्ट्र के रायगढ़ जिले में स्थित पद्मदुर्ग (जिसे 'कासा किला' भी कहा जाता है) का निर्माण छत्रपति शिवाजी महाराज द्वारा सिद्दियों द्वारा नियंत्रित जंजीरा किले को चुनौती देने के लिए किया गया था। यह जंजीरा किले के उत्तर-पश्चिम दिशा में लगभग 4 किमी. की दूरी पर स्थित है।

उन्होंने समुद्री लहरों का सामना करने की क्षमता रखने वाले अच्छी गुणवत्तायुक्त Cementing Material का इस्तेमाल कर पद्मदुर्ग का निर्माण करवाया।

2012 में सफाई गतिविधियों के दौरान, एएसआई अधिकारियों को ऐतिहासिक मूल्य के तोप के लगभग 250 गोले मिले। यह किला भारतीय पुरातत्त्व सर्वेक्षण की संरक्षित स्मारकों की सूची में शामिल है।

खांदेरी किला

जैसा कि हम जानते हैं, मुंबई भूभाग से सटा हुआ नहीं है, बल्कि वह छोटे-छोटे 7 द्वीपों से मिलकर बना है। अंग्रेजों ने इसका नाम 'बॉम्बे' कर दिया था। वास्तव में इसका प्राचीन नाम माँ मुंबा के नाम पर मुंबई था।

मुंबा(देवी) + आई(माँ) = मुंबई।

ब्रिटिश ईस्ट इंडिया कंपनी ने मुंबई क्षेत्र पर अपना आधिपत्य स्थापित करने के क्रम में सिद्दियों की सहायता से मुंबई के निकट स्थित उंदेरी द्वीप पर उंदेरी नागक किले का निर्माण कर लिया था। अंग्रेजों की अनावश्यक गतिविधियों को रोकने के लिए छत्रपति शिवाजी ने उंदेरी किले के पास ही खांदेरी किले का निर्माण आरंभ कराया। जैसे ही कार्य प्रारंभ हुआ, अंग्रेजों के बड़े-बड़े जहाज रात के समय खांदेरी के पास आते और तोपों से हमला करते, ताकि किले का निर्माण न हो सके।

उन्हें लग रहा था कि शिवाजी महाराज संरक्षक दीवार बनवाएँगे, लेकिन छत्रपति शिवाजी महाराज ने यहाँ संरक्षक दीवार की तकनीक इस्तेमाल ही नहीं की, बल्कि बड़े-बड़े पत्थर लिये और उनका V आकार बनाया या अलग प्रकार का आकार बनाया और समुद्र में डाल दिए। सागर में इस तरह से डाले कि उसके ऊपर से कोई चल न सके। सागर में यदि पत्थर डालें या पत्थर जैसी चीज डालेंगे तो सागर के ऊपर एक प्रकार के जीव बैठते हैं, जिसे हम शैवाल कहते हैं। ये जीव इस तरह का होता है, जिसके ऊपर हम चल नहीं सकते, सागर में गिर जाएँगे। उसके बाद भी हमने चलने की कोशिश की तो हमारे जूते फट जाएँगे। अगर हम बिना जूते चलने की कोशिश करेंगे तो पैर कटता है और उसमें से खून निकलता है, दो टुकड़े भी हो सकते हैं। उस तरह से वह सागरी जीव पत्थर पर उग जाते हैं, यह सोचकर छत्रपति शिवाजी महाराज ने इस तकनीक का इस्तेमाल करते हुए वे अंदर किले का निर्माण करा रहे थे।

वहाँ पर बारूद के विस्फोट से जो पत्थर निकलते, उसे इस्तेमाल करते थे। खांदेरी किला विश्व में अकेला किला है, जिसका fortification अलग प्रकार का है। उन्होंने पत्थर नीचे डाले, जिससे सागर का पानी भी ऊपर नहीं आएगा और शत्रु भी किले के पास नहीं आ सकता है।

1800 में मरीन ड्राइव बनाने वाले Engineer ने लिखा है कि यह मरीन ड्राइव बनाने के लिए उसने शिवाजी महाराज की खांदेरी में इस्तेमाल की गई तकनीक को ही उपयोग में लिया है।

अगर कभी आप मरीन ड्राइव गए होंगे तो आपने वहाँ सागर में डाले सीमेंट के खंड देखे होंगे, जिसकी वजह से सागर का पानी ऊपर नहीं आता है। वह तकनीक छत्रपति शिवाजी महाराज की है, जो खांदेरी के fortification करने के लिए इस्तेमाल की गई थी। उस वजह से हमारा किला भी बन गया और अंदर fortification की ज्यादा जरूरत भी नहीं पड़ी।

आगे चलकर रात के समय मराठों के तारवे जहाज उंदेरी में जाते और वहाँ तोप चलाते थे। अंग्रेजों के जहाजों को क्षतिग्रस्त करते थे। अंग्रेजों को रात को सोने ही नहीं देते थे, जिससे वह सुबह जल्दी खांदेरी पर हमला करने न आ सकें। मराठों के जहाज उंदेरी की प्रदक्षिणा कर वापस खांदेरी में आ जाते थे। मराठा जहाज वायु की गति से समुद्र में जाकर विश्व में सबसे बलशाली नौसेना वाले अंग्रेजों को तकलीफ देते थे।

इस खांदेरी-उंदेरी युद्ध में 1679 ई. में छत्रपति शिवाजी महाराज ने अंग्रेजों की एक बहुत बड़ी नौका जब्त कर ली थी। अंग्रेजों की नौसेना विश्व की सबसे शक्तिशाली नौसेना थी और मराठों ने उनकी नौका जीत ली है। यह अंग्रेजों का बहुत बड़ा अपमान था। उस समय का अंग्रेज गवर्नर इस अपमान की वजह से त्यागपत्र देकर अपने देश वापस चला गया था।

मराठा नौसेना की विशेषताएँ

- छत्रपति शिवाजी महाराज ने सर्वप्रथम पुर्तगालियों से जहाज-निर्माण की तकनीक माँगी, लेकिन पुर्तगालियों द्वारा तकनीक देने से इनकार करने पर उन्होंने कोली (मछुआरे) समुदाय की सहायता से पारंपरिक भारतीय तरीके से अनेक जहाजों का निर्माण करवाया।
- उन्होंने आदिलशाही सत्ता को परास्त कर जीते गए कोंकण क्षेत्र में स्थित तटीय क्षेत्रों कल्याण, भिवंडी और पनवेल आदि में जहाज-निर्माण के कारखाने लगवाए। दरअसल, जहाज-निर्माण हेतु सागवान और साल की लकड़ी की आवश्यकता होती है, जोकि कल्याण और भिवंडी के क्षेत्र में बहुतायत में उपलब्ध थी।
- मराठा काल में दो प्रकार के जहाजों का निर्माण होता था—
  1. मछुआ, शिबाड़, पड़वा, तरांडी और पगार आदि बड़े जहाजों का निर्माण व्यापारिक कार्यों के लिए किया जाता था।
  2. गलबत, गुराब, महागिरि, पाल, शिबाड़, पगार, तरांडे और तरुस या तारवा आदि युद्ध नौकाएँ थीं।
- मराठा जिस गति से भूमि पर युद्ध करते थे तो मुगलों को समझ भी नहीं आता था कि वह कब पराभूत हो गए! उसी तरह मराठा नौसेना युद्ध में भी पारंगत थे। मराठों की एक 'तारवे' नाम की छोटी नौका थी, जिसमें 2-4 छोटी-छोटी तोपें रखी जाती थीं और 20 के करीब मराठी हिंदू योद्धा उसमें बैठते थे। वह इतनी तेज गति से समुद्र में तैरते थे कि अंग्रेजों को समझ में भी नहीं आता था, ये कब सागर में आए और उनके जहाज को क्षतिग्रस्त करके वापस चले गए!
- मराठों का 'गलबत' नामक जहाज व्यापारिक और युद्ध दोनों कार्यों को करने में सक्षम था। इस जहाज की क्षमता 70 टन थी, इसमें 20 लोग नाव चलाने के लिए होते थे, 6-8 बड़ी तोपें होती थीं, 2 शीड होते थे,

ताकि जहाज तेज गति से आगे बढ़े।

- 'गुराब' नामक जहाज गलबत से भी बड़ा जहाज था। इसकी क्षमता 150-300 टन थी। इस पर औसतन 20 तोपें लगाई जाती थीं। इसका उपयोग अंग्रेजों, पुर्तगालियों और सिद्दियों पर आक्रमण करने के लिए किया जाता था।
- छत्रपति शिवाजी महाराज की नौसेना में औसतन 300 बड़े जहाज थे।
    1. शिवाजी के प्रशासन में रहे कृष्णजी अनंत द्वारा लिखित ऐतिहासिक दस्तावेजों के अनुसार—'शिवाजी की फ्लीट में दो स्क्वाड्रन थीं। हर स्क्वाड्रन में 200 जहाज थे और सब जहाज अलग-अलग श्रेणी के थे।'
    2. शिवाजी के सचिव रहे मल्हार राव चिटनिस के मुताबिक, मराठा नौसेना में जहाजों की संख्या 400-500 थी।
- छत्रपति शिवाजी महाराज के राजकीय तत्त्वज्ञान को बयान करने वाली 'आज्ञापत्र' नामक पुस्तक में रामचंद्रपंत अमात्य वर्णन करते हैं—"छत्रपति शिवाजी महाराज मराठा आरमर को एक स्वतंत्र राज्यांग मानते थे।"

दरअसल उनके शासनकाल में ही मराठा जहाजों का निर्माण इतने व्यापक स्तर पर होने लगा था कि उनके निर्माण, रख-रखाव एवं पुनर्निर्माण के लिए एक अलग छोटा सा शहर ही बसाना पड़ा था।

"Modern engineering aspects and administrative management-in Shivajian way" विषय पर आयोजित एक सेमिनार में बोलते हुए मोटिवेशनल स्पीकर सुमंत टेकाडे ने कहा—

"शिवाजी एक साहसी व्यक्ति थे और उच्च परिणामोन्मुख सोच में दृढ़ता से विश्वास करते थे। वह जानते थे कि सीमित उपलब्ध संसाधनों के साथ काम को सर्वोत्तम तरीके से कैसे पूरा किया जाए और अधिकतम परिणाम कैसे दिया जाए! वह प्रयोग करने में कभी अनिच्छुक नहीं थे और उन्होंने उत्कृष्टता हासिल करने तक नई तकनीकों को आजमाया। जहाज-निर्माण के लिए नियुक्त एक पुर्तगाली नौसेना अधिकारी ने जब सहायता करने से इनकार कर दिया, तो वह पीछे नहीं हटे और अपने दम पर कला को इस हद तक निखारा कि अंग्रेजों ने भी कहा कि उन्हें शिवाजी के तरीकों से सीखने की जरूरत है।"

कान्होजी आंग्रे

इनके बचपन का नाम संकपाल था। इनका कुटुंब पुणे जिले के एक गाँव से था, जो बाद में कोंकण आ गया और सागरी सत्ता प्रस्थापित की। इनके पिता छत्रपति शिवाजी महाराज की सेना में थे और उन्होंने सागरी युद्ध किया था। मराठा सत्ता एक सार्वभौम सत्ता बन पाई, इसका श्रेय छत्रपति शिवाजी महाराज के बाद कान्होजी आंग्रे को जाता है। उनके खुद के 26 किले थे। 'मराठा मंडल' में सबसे शक्तिशाली व्यक्ति माने जानेवाले 'सरखेल', अर्थात् एडमिरल की उपाधि उन्हें 1698 ई. में छत्रपति शाहूजी महाराज ने दी थी।

उनकी दो प्रशासन मुद्राएँ थीं, क्योंकि वह पहले महारानी ताराबाई के गुट में थे और उसके बाद छत्रपति शाहूजी महाराज के गुट में आ गए। उनकी पहली मुद्रा (मराठी में) थी—"राजाराम चरणी, सदर तुकोजी सुत, कान्होजी आंग्रे, निरंतर"

अर्थात् राजाराम महाराज के चरण में सादर प्रणाम! मैं तुकोजी आंग्रे का पुत्र कान्होजी आंग्रे, मेरी यह राजमुद्रा चिरंतर या निरंतर है।

उनकी दूसरी मुद्रा (संस्कृत में) थी—

"श्री शाहूजी नृपती प्रि त्या तुकोजी तनुजन्म
ना कान्होजी सरखे लस्य मुद्रा जयति सर्वदा"

अर्थात् श्री राज शाहूजी की प्रीति से तुकोजी के पुत्र सरखेल कान्होजी आंग्रे की मुद्रा सदा विजयी रहेगी।

संस्कृति विभाग, भारत सरकार की आधिकारिक वेबसाइट (www.indianculture.gov.in) के अनुसार—"उनका पराक्रम ऐसा था कि वे सूरत से वेंगुर्ला तक भारत के पश्चिमी तट के निर्विवाद स्वामी बन गए थे। उन्होंने विदेशी व्यापारियों को भारतीय समुद्र में प्रवेश करने के लिए प्रवेश-पत्र (पास) अथवा उनके द्वारा जारी अनुज्ञा-पत्र (लाइसेंस) लेने के लिए मजबूर कर दिया। विदेशियों की ओर से किसी भी तरह की चूक होने पर उन्हें तुरंत दंड देने के रूप में उनके नाविकों को पकड़ लिया जाता था और जहाजों को नष्ट कर दिया जाता था। उनका पराक्रम ऐसा था कि जब वे अपने प्रतिद्वंद्वियों से लड़ रहे होते थे, तब भी उनके प्रतिद्वंद्वी देशों के नागरिक कान्होजी से अनुमति लेकर ही प्रवेश करते थे।"

1718 में कान्होजी और अंग्रेजों के मध्य भीषण नौसैन्य युद्ध प्रारंभ हो गया। इस दौरान अंग्रेजों ने कोलाबा किले पर अधिकार करने के लिए कई बार सैन्य कारवाइयाँ कीं, किंतु वे किसी भी अभियान में सफल नहीं हुए। थक-हारकर

अंग्रेजों ने पुर्तगालियों से हाथ मिला लिया। अंग्रेजों और पुर्तगालियों की संयुक्त नौसेना ने 1721 में एक बार फिर कान्होजी के विरुद्ध सैन्य काररवाई शुरू की, लेकिन अंग्रेज और पुर्तगालियों की संयुक्त सेना भी कुशल कूटनीतिज्ञ कान्होजी को परास्त नहीं कर पाई।

अंग्रेज लेखक ग्रोस के अनुसार—"भले ही कान्होजी अपने आदेशों में बहुत सख्त और दंड देने में चौकस थे, फिर भी वे अपने अधिकारियों और सैनिकों के प्रति उदार थे, जिनके साथ उन्होंने एक प्रकार की सैन्य स्पष्टवादिता बनाए रखी थी और एक सच्चे मराठा के रूप में वे वचन निभाने के लिए प्रतिबद्ध थे।"

छत्रपति शिवाजी महाराज द्वारा स्थापित मराठा अरमार (नौसेना) को विस्तृत रूप देकर सशक्त बनानेवाले अपराजित, अद्वितीय और अप्रतिम सरखेल (मराठा नौसेना अध्यक्ष) कान्होजी आंग्रे 20 जून, 1729 को परमतत्त्व में विलीन हो गए।

सरखेल कान्होजी आंग्रे को श्रद्धांजलि अर्पित करते हुए मुंबई में स्थित पश्चिमी नौसेना कमान के तट आधारित रसद और प्रशासनिक सहायता प्रतिष्ठान का नाम 15 सितंबर, 1951 को 'आईएनएस आंग्रे' रखा गया है।

संदर्भ

- https://www.joinindiannavy.gov.in/hi/about-us/भ-रत-क-सम-द-र-व-र-सत.html
- https://m.timesofindia.com/city/nagpur/students-learn-shivajis-engineering-acumen/articleshow/63421357.cms
- https://m.timesofindia.com/home/Over-250-old-cannon-balls-were-discovered-by-archaeological-officials-at-Padmadurg-Fort-near-Murud-Raigad-district-Further-research-and-investigation-is-on-in-this-regard-/articleshow/17183741.cms
- https://indianculture.gov.in/hi/node/2790245
- https://www.youtube.com/live/GGqg9CK6HDc?feature=share

□

अष्टप्रधान मंडल तथा मराठा मंडल

वामपंथी दरबारी इतिहासकारों द्वारा अक्सर यह भ्रम फैलाया जाता है कि मराठा साम्राज्य अव्यवस्था और अराजकता का पर्याय था। हद तो तब हो जाती है, जब हमारी मातृभूमि की रक्षा के लिए अपना सर्वस्व न्योछावर करनेवाले मराठा वीरों को 'लुटेरा' कहकर अपमानित किया जाता है।

क्या वास्तव में ऐसा ही था?

कल्पना कीजिए, क्या यह संभव है कि अपने शौर्य एवं पराक्रम का प्रदर्शन करते हुए तथाकथित मुगल साम्राज्य को ध्वस्त कर भारत की सीमाओं को उत्तर में अफगानिस्तान, पश्चिम में बंगाल तथा दक्षिण में केरल तक विस्तारित करनेवाले महान् मराठा साम्राज्य का कोई व्यवस्थित प्रशासनिक एवं आर्थिक ढाँचा ही ना हो?

क्या बिना किसी व्यवस्थित नियोजन के भारत जैसे वृहद् भूभाग पर आधिपत्य स्थापित किया जा सकता है? यदि मुगल साम्राज्य के बजाय मराठा स्वराज्य अराजकता का पर्याय था, तो वहाँ की जनता ने मराठों का साथ क्यों दिया?

आइए, मराठा स्वराज्य की गौरवपूर्ण ऐतिहासिक यात्रा के आठवें पड़ाव में आपको परिचित करवाते हैं, छत्रपति शिवाजी महाराज के 'अष्टप्रधान मंडल' तथा तत्कालीन परिस्थितियों एवं आवश्यकताओं के अनुसार उसमें संशोधन करने के पश्चात् निर्मित एक नई प्रशासनिक एवं आर्थिक व्यवस्था 'मराठा मंडल/संघ' से, जिसके माध्यम से मराठों ने मुगलों को धराशायी कर हिंदू पद पादशाही की स्थापना की एवं छत्रपति शिवाजी महाराज के ध्येय महाराष्ट्र धर्म अर्थात् हिंदू धर्म-रक्षण, मातृभूमि का रक्षण और गौ-रक्षण का पालन करते हुए संपूर्ण भारत में सनातन संस्कृति की रक्षा की।

अष्टप्रधान मंडल

मराठा स्वराज्य के संस्थापक छत्रपति शिवाजी महाराज ने अपने राज्याभिषेक के पश्चात् ही शासकीय कार्यों में सहायता के लिए आठ मंत्रियों की नियुक्ति की, जिन्हें सामूहिक रूप से 'अष्टप्रधान' कहा जाता था।

1. पेशवा या प्रधानमंत्री

'अष्टप्रधान' में सर्वाधिक महत्त्वपूर्ण पद 'पेशवा' का होता था। इनका कार्य शासन संबंधी सभी अधिकारियों पर नियंत्रण रखना था। छत्रपति की अनुपस्थिति में पेशवा दरबार में उनका प्रतिनिधित्व करते थे।

2. सर-ए-नौबत या सेनापति

इनका मुख्य कार्य सेना का संगठन एवं निरीक्षण करना था।

3. अमात्य या वित्त मंत्री

इनका मुख्य कार्य आय-व्यय के सभी लेखों का निरीक्षण करना था।

4. सुरुनवीस या चिटनिस

इनका मुख्य कार्य राजकीय पत्र-व्यवहार संबंधी कार्यों की देख-रेख करना था।

5. सुमंत या दबीर या विदेश मंत्री

इनका मुख्य कार्य विदेश संबंधों, जैसे संधि या संधि-विग्रह पर छत्रपति को सलाह देना, विदेशी राजदूतों एवं प्रतिनिधियों की देखभाल करना तथा गुप्तचरों द्वारा विदेशी राज्यों की गुप्त सूचनाएँ छत्रपति तक पहुँचाना था।

6. वाकयानवीस या गुप्तचर

इनका मुख्य कार्य छत्रपति के दैनिक कार्यों व दरबार का विवरण रखना था। वह छत्रपति की व्यक्तिगत सुरक्षा के संदर्भ में छत्रपति से मिलनेवाले प्रत्येक व्यक्ति की जानकारी रखता था, ताकि कोई भी गुप्त रूप से छत्रपति की हत्या न कर सके।

7. पंडितराव या सदर

यह दान एवं धार्मिक मामलों के प्रमुख होते थे। यह धर्म एवं जाति संबंधी झगड़ों का निपटारा भी करते थे।

8. न्यायाधीश

यह न्याय विभाग का प्रधान होता था। इनका मुख्य कार्य दीवानी एवं फौजदारी दोनों प्रकार के मुकदमों पर निर्णय करना था।

अष्टप्रधान मंडल एवं मराठा मंडल में मुख्य अंतर

- मराठा मंडल अष्टप्रधान मंडल का ही विस्तारित रूप है। कालांतर में जब मराठा स्वराज्य का विस्तार हुआ, तब तत्कालीन परिस्थितियों एवं आवश्यकताओं के अनुरूप अष्टप्रधान मंडल में परिवर्तन हुआ और एक नई प्रशासनिक व्यवस्था के रूप में 'मराठा मंडल' का निर्माण हुआ।
- अष्टप्रधान मंडल पूरी तरह से शिवाजी के प्रति उत्तरदायी था, उनका एकमात्र कार्य छत्रपति शिवाजी को परामर्श देना था। 'मराठा मंडल' के सदस्य छत्रपति के प्रति उत्तरदायी रहते हुए भी आंशिक रूप से अपनी स्वतंत्र सत्ता की स्थापना करने लगे थे।
- अष्टप्रधान मंडल के सदस्यों को नकद वेतन दिया जाता था, जबकि 'मराठा मंडल' के सदस्यों को वेतन के रूप में जागीरें प्रदान की जाती थीं।
- अष्टप्रधान मंडल के सदस्यों को छत्रपति शिवाजी द्वारा उनके गुणों के आधार पर नियुक्त किया गया था, किंतु कालांतर में परिस्थितिवश, 'मराठा मंडल' के सदस्य वंशानुगत होने लगे।

मराठा मंडल

छत्रपति शंभूजी के नेतृत्व के दौरान

छत्रपति शिवाजी महाराज के देहांत के पश्चात् मराठा स्वराज्य के छत्रपति बने शंभूजी महाराज। उनके शासनकाल के दौरान अष्टप्रधान के सदस्यों के मध्य छत्रपति शिवाजी द्वारा स्थापित शक्ति-संतुलन बिगड़ने लगा। दरअसल, छत्रपति शंभूजी

महाराज ने अपने अधिकतर अधिकार कवि कलश को प्रदान कर दिए थे, जिससे कवि कलश अष्टप्रधान के अन्य सात सदस्यों की अपेक्षा अधिक शक्तिशाली हो गए।

छत्रपति राजाराम के नेतृत्व के दौरान

परिस्थितियों के अनुसार अष्टप्रधान मंडल को विस्तारित एवं परिवर्तित करते हुए मराठा मंडल की स्थापना का श्रेय मुख्य रूप से छत्रपति राजाराम महाराज को प्रदान किया जाता है।

मराठा मंडल की स्थापना के क्रम में निम्नलिखित बिंदु अत्यंत महत्त्वपूर्ण हैं—

- रायगढ़ में अपने राज्याभिषेक के तुरंत पश्चात् छत्रपति राजाराम महाराज रायगढ़ से चले गए थे। परिस्थितिवश उन्होंने मराठा स्वराज्य के तत्कालीन केंद्रबिंदु कोल्हापुर से दूर रहकर अलग-अलग समयांतराल में पन्हाला, विशालगढ़ एवं जिंजी के किलों से औरंगजेब के साथ हुए युद्धों का नेतृत्व किया।

इस दौरान छत्रपति राजाराम महाराज जिन-जिन स्थानों पर रहे, वहाँ एक अलग सत्ता केंद्र स्थापित होता गया। उदाहरण के लिए जिंजी की ओर प्रस्थान करने से पूर्व छत्रपति राजाराम महाराज ने कोल्हापुर के प्रशासन का दायित्व कुलमुक्तियार या हुकूमतपनाह रामचंद अमात्य को सौंप दिया था।

- जैसा कि मराठा स्वराज्य के गौरवशाली ऐतिहासिक यात्रा के चौथे पड़ाव में हमने चर्चा की थी कि मराठों को आपस में लड़वाने के उद्देश्य से जब औरंगजेब ने मराठा सरदारों को जागीर देने का लालच दिया तो छत्रपति राजाराम महाराज ने औरंगजेब के नहले पर दहला जड़ते हुए छत्रपति शिवाजी महाराज की नकद वेतन देने की नीति में परिवर्तन कर उन्हें जागीरें प्रदान करना शुरू किया।

यहाँ उल्लेखनीय तथ्य यह है कि छत्रपति राजाराम महाराज ने मराठा स्वराज्य के बजाय मुगल सल्तनत के अंतर्गत आने वाली जागीरों को यह कहते हुए मराठा सरदारों में वितरित कर दिया कि जो भी मुगलों के जिस हिस्से पर अधिकार कर लेगा, वह उसकी जागीर हो जाएगी।

इस प्रकार जाधव, घोरपड़े, हुकूमतपन्हा रामचंद्रपंत अमात्य, मोरोपंत पिंगले आदि मराठा सरदार अलग-अलग जगहों पर मराठा मंडल के अंतर्गत ही आंशिक स्वायत्तता के साथ शासन करने लगे।

छत्रपति शाहूजी महाराज एवं पेशवा बालाजी विश्वनाथ के नेतृत्व के दौरान

जैसा कि मराठा स्वराज्य के गौरवशाली ऐतिहासिक यात्रा के पाँचवें पड़ाव के दौरान हमने चर्चा की थी कि कुछ मराठा सरदारों के साथ सतारा में राज्याभिषेक कर जैसे ही शाहूजी महाराज छत्रपति बने, मराठा स्वराज्य के अंतर्गत दो गुट हो गए—छत्रपति शाहूजी महाराज गुट एवं महारानी ताराबाई गुट।

चूँकि औरंगजेब के विरुद्ध युद्ध करते समय मराठा सरदारों का एकमात्र उद्देश्य औरंगजेब को हराकर मुगल जागीरें प्राप्त करना था, अतः युद्धों के पश्चात् मुगल जागीरों की प्राप्ति एवं औरंगजेब की मृत्यु के कारण उनमें सत्ता-लोलुपता की भावना बलवती होने लगी। अब मराठा सरदार छत्रपति के आदेशों की अवहेलना कर स्वतंत्र सत्ता स्थापित करने लगे थे। इन विकट परिस्थितियों में छत्रपति शाहूजी महाराज की शासन सत्ता के अंतर्गत पेशवा बने बालाजी विश्वनाथ ने बिखरे हुए मराठा मंडल को एक सूत्र में पिरोने एवं विस्तारित करने का महत्त्वपूर्ण कार्य किया।

उन्होंने विभिन्न मराठा सरदारों, जैसे—दाभाड़े, नागपुर के भोंसले, पंतप्रतिनिधि घोरपड़े, सरखेल आंग्रे आदि को एकजुट कर छत्रपति शाहूजी महाराज की सत्ता स्वीकार करने के लिए मनाया। उन्होंने मराठा सरदारों से कहा कि 'सभी मराठा सरदार अपनी-अपनी जागीरों में स्वायत्त रूप से शासन कर सकते हैं, बशर्ते उन्हें सतत रूप में केंद्रीय सत्ता के संपर्क में रहना होगा और समय-समय पर दरबार में उपस्थित होना होगा।'

छत्रपति शाहूजी महाराज एवं पेशवा बालाजी विश्वनाथ के नेतृत्व में मराठा मंडल का विस्तार हुआ। जैसा कि मराठा स्वराज्य के गौरवशाली ऐतिहासिक यात्रा के पाँचवें पड़ाव के दौरान हमने चर्चा की थी कि पेशवा बालाजी विश्वनाथ की कूटनीतिक रणनीतियों के फलस्वरूप सैयद बंधुओं के माध्यम से सन् 1719 में 'मुगल-मराठा संधि' हुई। इस संधि के अंतर्गत—

- छत्रपति शाहूजी महाराज को उन प्रदेशों पर स्थायी आधिपत्य प्राप्त हो गया, जिन्हें छत्रपति शिवाजी महाराज 'स्वराज्य' कहा करते थे। इस प्रकार छत्रपति शिवाजी द्वारा कल्पित मराठा स्वराज्य क्षेत्रों तथा हैदराबाद, गोंडवाना, खानदेश, बरार एवं कर्नाटक आदि सूबों की प्राप्ति से मराठा मंडल का स्थायी विस्तार हुआ।
- दक्कन के प्रदेश में मराठों ने 'चौथ' एवं 'सरदेशमुखी' वसूल करने

का अधिकार प्राप्त कर लिया, जिससे मराठा मंडल की आर्थिक स्थिति सुदृढ़ हुई।

जैसा कि हम जानते हैं कि शिवाजी कुछ पड़ोसी राज्यों को जीतकर उन्हें अपने मराठा स्वराज्य में सम्मिलित करने के बजाय, उनकी सुरक्षा का भार अपने संरक्षण में लेते हुए उन्हें स्वयं राज्य करने के लिए स्वतंत्र कर देते थे। ऐसे राज्य अपनी संपूर्ण आय का एक-चौथाई हिस्सा (25 प्रतिशत) मराठा स्वराज्य को देते थे, जिसे 'चौथ' कहा जाता था।

'सरदेशमुखी' नामक कर शिवाजी 'वंशानुगत' 'सरदेशमुखी' होने के नाते एवं लोगों के हितों की रक्षा के बदले लेते थे, जो कि आय का 10 प्रतिशत होता था।

- 'चौथ' एवं 'सरदेशमुखी' कर प्रणाली के अंतर्गत मराठे जिन मुगल क्षेत्रों से कर वसूल करते थे, उन क्षेत्रों के संरक्षण का उत्तरदायित्व भी मराठों का ही था, साथ-ही-साथ दिल्ली सल्तनत के खर्चे पर 15,000 मराठा सैनिकों को दिल्ली दरबार में तैनात किया गया था। इस प्रकार कहा जा सकता है कि लॉर्ड वेलेजली द्वारा अपनाई गई 'सहायक संधि' (subsidiary alliance) की नीति मराठों की चौथ एवं सरदेशमुखी प्रणाली से प्रेरित थी।

पेशवा बाजीराव प्रथम के नेतृत्व के दौरान

पेशवा बालाजी विश्वनाथ की मृत्यु के पश्चात् कुछ मराठा सरदार पेशवा बाजीराव प्रथम का नेतृत्व मानने के लिए तैयार नहीं थे।

पेशवा बाजीराव प्रथम ने मराठा मंडल के पुराने सदस्यों के साथ-साथ नए सदस्यों, जैसे—सिंधिया, होल्कर, पवार आदि को भी मराठा मंडल में महत्त्वपूर्ण भूमिका प्रदान की।

जैसा कि मराठा स्वराज्य की गौरवशाली ऐतिहासिक यात्रा के छठे पड़ाव के दौरान हमने चर्चा की थी कि पेशवा बाजीराव प्रथम के नेतृत्व में मराठा स्वराज्य का विस्तार लगभग संपूर्ण भारत पर हो गया था।

पेशवा बाजीराव प्रथम के दिल्ली आगमन के दौरान मुगल बादशाह भयभीत होकर भाग खड़ा हुआ था। अब भारत की राजनीतिक सत्ता का केंद्र दिल्ली के बजाय पुणे बन गया था।

पेशवा बालाजी बाजीराव (नाना साहेब) के नेतृत्व के दौरान

पेशवा बाजीराव प्रथम की मृत्यु के पश्चात् अनेक विरोधों के बावजूद छत्रपति शाहूजी ने बालाजी बाजीराव, अर्थात् नानासाहेब को पेशवा बनाया। (ये 1857 ई. की क्रांति में मुख्य भूमिका निभाने वाले कानपुर के नाना साहेब से अलग थे)।

पेशवा नाना साहेब प्रशासनिक कार्यों में कुशल थे। उन्होंने मराठा मंडल एवं केंद्रीय सत्ता के मध्य संबंधों को दृढ़ता प्रदान करते हुए आदेश जारी किया कि 'मराठा सत्ता के संरक्षण के सभी राज्य (मालवा, गुजरात और राजपूताना आदि) आय-व्यय संबंधी सभी विवरण मराठा स्वराज्य के केंद्रीय प्रशासन को प्रदान करें।'

उन्होंने पुणे दरबार में हर एक सरदार को स्थान दिया और समन्वय स्थापित किया।

1749 ई. में छत्रपति शाहूजी का देहांत हो गया। अपनी मृत्यु से पहले उन्होंने 3 यादियाँ (बड़ी सूची) बनाईं, जिसमें राज्य का पूरा नियंत्रण (प्रशासनिक और सैन्य प्रशासन) नाना साहेब को दे दिया। प्रशासनिक रूप से सर्वशक्तिशाली होते हुए भी नाना साहब पेशवा की निष्ठा मराठा छत्रपति के प्रति कम नहीं हुई।

आधिकारिक रूप से मराठा साम्राज्य का पूरा नियंत्रण पेशवा नानासाहेब को मिलने से पुणे शहर संपूर्ण भारत की राजधानी जैसा बन गया था। सभी महत्त्वपूर्ण सरदारों, जैसे—नागपुर के भोंसले, ग्वालियर के शिंदे, राजपुताना के शिंदे, दाभाड़े और घोरपड़े आदि ने पुणे शहर में अपने वाड़े बना लिये, अर्थात् शनिवारवाड़ा के आसपास सभी राजाओं, सरदारों, वतनदारों और जागीरदारों के वाड़े बन गए और पुणे एक महानगर का रूप लेने लगा।

मराठा मंडल द्वारा किए हुए विकास कार्य की वजह से ही नाना साहेब पेशवा का कार्यकाल सबसे अच्छा माना जाता है।

मुगलों के समय रचनात्मक कार्य (constructive work) सिर्फ आगरा और दिल्ली में दिखाई देता था और बाकी स्थानों पर तो सिर्फ विध्वंस ही दिखाई देता था। लेकिन मराठों के जागीरदार, सरदार विकास कार्य करते थे। इसलिए उत्तर के हिंदू भी मराठों का समर्थन करने लगे थे।

मराठा सत्ता के अधीन महाराष्ट्र, मध्य प्रदेश, गुजरात और राजस्थान में मराठों ने जल-व्यवस्थापन पर बहुत सारा काम किया। नाना साहेब के समय

देव स्थानों के लिए भी बहुत अच्छा काम हुआ। उस समय मराठा मंडल की उपलब्धियाँ औरों से ज्यादा थीं और लोगों को मुस्लिम सत्ता तथा हिंदू सत्ता का फर्क भी समझ में आया।

उसी समय उत्तर में फारसी भाषा का महत्त्व कम हुआ और मराठी यानी 'मौड़ी लिपि' का महत्त्व बढ़ा।

आपने देखा होगा कि उत्तर के बहुत सारे निर्णय-पत्र उर्दू या फारसी में नहीं, बल्कि 'मौड़ी लिपि' में हैं। उस समय राजभाषा मराठी होने की वजह से भारत में मुगलों का प्रभाव बड़े पैमाने पर कम हुआ।

पानीपत का तृतीय युद्ध और मराठा मंडल पर चोट

बालाजी बाजीराव के समय (1761 ई.) पानीपत का तृतीय युद्ध हुआ। ऐसा कहते हैं कि जब अहमद शाह अब्दाली भारत में आया, तब मराठा उससे इतनी वीरता और शौर्य से लड़े हैं कि अब्दाली जीतकर भी परास्त हुआ। उस युद्ध में मल्हारराव होलकर और दत्ताजी शिंदे जैसे योद्धा शामिल थे। इस युद्ध में इब्राहिम खान गार्दी तोपखाने का प्रमुख था, जो स्वयं को मराठा कहता था। जब अहमद शाह अब्दाली भारत में आया तो मराठों ने भारत को विदेशी आक्रमण से बचाने के लिए युद्ध किया।

यदि मराठा उत्तर में युद्ध करने नहीं आते तो अब्दाली मुगल सत्ता का समूल विनाश कर वापस चला जाता और फिर मराठा बचे हुए अवशेषों पर मराठा राज्य खड़ा कर सकते थे। लेकिन मराठों को भारत माँ की रक्षा करनी थी और इसीलिए वह दक्षिण से उत्तर आए। मराठों ने दिल्ली की रक्षा करने का करार भी किया था।

अब्दाली के खिलाफ युद्ध के लिए मराठों ने भारत के नवाबों, हिंदू सरदारों और लोगों का आह्वान किया। शुरुआत में तो बहुत सारे नवाबों ने कहा कि हम हिंदुस्तान की रक्षा के लिए मराठों के साथ खड़े रहेंगे, किंतु वास्तव में ऐसा हुआ नहीं।

अहमद शाह अब्दाली को मराठों की युद्धनीति देखकर समझ आ गया कि इस तरह हम मराठों को परास्त नहीं कर सकते। अतः उसने मुसलमानों को अपने समर्थन में लाने के लिए 'इस्लाम खतरे में है' का नारा दिया, जिसे सुनने के पश्चात् इब्राहिम खान गार्दी ने कहा है कि 'मैं पानीपत की लड़ाई के सरसेनापति सदाशिव भाऊराव पेशवे का एकनिष्ठ सेवक हूँ और मैं मराठों का साथ नहीं छोड़ूँगा। मराठा मातृभूमि के लिए लड़ रहे हैं और ये मेरी भी मातृभूमि है। इसलिए मैं मराठों का साथ नहीं छोड़ूँगा।' लेकिन अवध का शुजाउद्दौला मराठों के खिलाफ गया।

कालांतर में मराठों ने अंग्रेजों के साथ हुए बक्सर युद्ध में हिस्सा नहीं लिया। उसका मुख्य कारण अब्दाली के साथ हुए राष्ट्र-रक्षा के युद्ध में शुजाउद्दौला का मराठों का साथ नहीं देना था।

अब्दाली मुसलमान है सिर्फ इसलिए भारत के सारे मुस्लिम नवाब अब्दाली के साथ मिल गए थे। 'इस्लाम खतरे में है' का नारा मिला तो ये सारे एक हो गए और उसका नतीजा मराठों को भुगतना पड़ा।

मराठा खुद के लिए नहीं लड़ रहे थे, उन्हें तो मातृभूमि की रक्षा करनी थी। 1761 के इस युद्ध में मराठा पराभूत हुए है, लेकिन जब अब्दाली जा रहा था तो उसे समझ में आया कि वास्तव में इस देश के सत्ताधीश मराठा हैं और उसने कहा कि यहाँ का प्रशासन मराठा ही चलाएँ, क्योंकि भारत में दूसरी ऐसी कोई भी सत्ता नहीं थी, जो इस देश का राज सँभाल सके, सिर्फ मराठा इस देश का राज सँभाल सकते थे।

पेशवा माधवराव के नेतृत्व के दौरान

1761 के युद्ध के दौरान मराठों को बहुत बड़े पैमाने पर हानि हुई। अंग्रेजों को लग रहा था कि मराठा सत्ता कमजोर हो गई है, लेकिन बालाजी बाजीराव की मृत्यु के पश्चात् पेशवा बने माधवराव ने मराठा मंडल का और विस्तार किया। उन्होंने मराठा मंडल में नए सरदार, जैसे—पटवर्धन और विंचुरकर शामिल किए। इन नए सरदारों ने पुराने सरदारों पर दबाव बनाए रखा। इस प्रकार मराठों की केंद्रीय सत्ता और मजबूत हुई।

इस समय सतारा के छत्रपति राजाराम का प्रशासन चलता था और उन्होंने ही माधवराव प्रथम को पेशवाई के वस्त्र दिए थे। लेकिन छत्रपति शाहूजी की दी हुई, यादियों की वजह से माधवराव सैन्य और प्रशासनिक कार्यों के प्रमुख थे।

नाना साहेब और माधवराव के समय मराठों ने अनेक सैन्य अभियान किए, दिल्ली और लाहौर पर अपना आधिपत्य स्थापित करने के साथ-साथ भगवान् श्रीराम की भूमि को भी मुस्लिमों से मुक्त कराया।

माधवराव प्रथम के देहांत पर अंग्रेज अधिकारी ग्रांड डफ (grand duff) ने कहा कि "माधवराव की मृत्यु मराठों की सबसे बड़ी हानि है। मराठा मंडल को साथ में रखनेवाला एक अच्छा नेतृत्व खत्म हुआ।"

रघुनाथ राव पेशवा

माधवराव के पश्चात् नारायण राव पेशवा बने, किंतु पुणे में गणपति उत्सव के दौरान रघुनाथ राव ने पेशवा बनने के लिए अपने भाई के बेटे नारायण राव पेशवा की हत्या कर दी।

न्यायाधीश रामशास्त्री प्रभुणे द्वारा रघुनाथराव को मृत्युदंड दिए जाने के बावजूद उसे सजा नहीं हुई। शिंदे, होलकर और नागपुर के भोंसले आदि मराठा सरदारों के विरोध के बावजूद अंग्रेजों की सहायता से रघुनाथ राव पेशवा बनने में सफल हो गया।

रघुनाथ राव पहला मराठा पेशवा था, जिसने पेशवा बनने के लिए अंग्रेजों की मद्द ली। जैसा कि हम जानते हैं कि छत्रपति शिवाजी महाराज अंग्रेजों को 'हट्टीजात' कहते हुए मराठा भूमि पर टिकने नहीं देते थे, किंतु रघुनाथ राव के कुकृत्य के कारण अब अंग्रेज मराठों की राजनीति में संलिप्त हो गए।

इतिहासकार सरदेसाई के अनुसार—'इसमें कोई संदेह नहीं है कि रघुनाथराव पेशवा एक अच्छा योद्धा था, लेकिन वह बहुत स्वार्थी था।'

दरअसल, ये वही रघुनाथराव थे, जिन्होंने नाना साहेब के समय अफगानिस्तान की सीमा पर स्थित अटक में भगवा ध्वज लहराया था। जिस समय रघुनाथराव सेनापति थे, मराठों ने बंगाल, राजपुताना, राजस्थान, ओडिशा, तमिलनाडु और केरल, अर्थात् संपूर्ण भारत पर भगवा फहराया था और मराठा ही देश के असली सत्ताधीश हो सकते हैं, यह उन्होंने सिद्ध किया था। वह एक अच्छा योद्धा था और युद्ध कौशल में माहिर था। लेकिन खुद पेशवा बनने के लालच के कारण अंग्रेजों का साथ लेने की कोशिश की और कालांतर में इस वजह से अनेक समस्याएँ आईं।

नाना फडणवीस, शिंदे और होलकर सभी ने बाजीराव प्रथम और मस्तानी आई साहेब के पुत्र कृष्णराव, अर्थात् शमशेर बहादुर को पेशवा बनाने का प्रयत्न किया, किंतु वे सफल नहीं हो पाए और रघुनाथराव का पुत्र बाजीराव द्वितीय पेशवा बन गया।

बाजीराव द्वितीय ने पेशवा पद पर बने रहने के लिए अंग्रेजों का साथ लिया और उनकी 'सहायक संधि' (subsidiary alliance) भी स्वीकार ली।

नाना फडणवीस, महादजी शिंदे, मल्हारराव होलकर और सखाराम नाइक, इन चारों लोगों को मराठा मंडल के संदर्भ में 'साढ़े तीन सहाने' कहा जाता है। अर्थात् ये लोग पूरा मराठा प्रशासन चलाते थे और इन चारों के नेतृत्व में मराठों ने अंग्रेजों को चार बार पराजित किया था।

मराठा मंडल की उपलब्धियाँ

- मराठा मंडल ने छत्रपति शिवाजी महाराज के ध्येय को पूर्ण करते हुए संपूर्ण भारत में हिंदू पद पादशाही की स्थापना की। इस प्रकार उन्होंने एक राष्ट्र के रूप में भारत के सभी क्षेत्रों का एकीकरण करने के साथ-साथ अफगानिस्तान की सीमा तक भगवा ध्वज फहराया।
- सनातन संस्कृति की रक्षा करते हुए मराठों (मल्हारराव होलकर और दत्ताजी शिंदे) ने मुगलों से अयोध्या, मथुरा और काशी के क्षेत्रों की माँग की और कहा कि हमें यहाँ तीनों मस्जिदें गिरानी हैं और पुनः हिंदू मंदिर खड़ा करना है। मुगलों ने इसे स्वीकार किया, क्योंकि मराठा अब दिल्ली की रक्षा करनेवाले थे। इस अनुबंध पर मुगल बादशाह ने मोहर लगाई और कहा—हम आपको ये तीनों तीर्थ क्षेत्र दे रहे हैं। ये उस समय मराठा मंडल की उपलब्धि थे।

वर्तमान परिपेक्ष्य में देखें तो मुगल केंद्रीय सत्ता थी, जिसने हिंदू सत्ता के साथ करार किया था। इस हिसाब से काशी और मथुरा भी हिंदुओं को देना है, क्योंकि वह दो सरकारों के मध्य किया गया 'वैधानिक समझौता' (legal agreement) है। देश के हिंदुओं ने अयोध्या तो संघर्ष करके मुक्त करा लिया, लेकिन अभी मथुरा और काशी के क्षेत्र हमें मिलने बाकी हैं। मराठों ने हिंदू संस्कृति की रक्षा की और पूरे भारतवर्ष में अच्छा जल व्यवस्थापन किया। मराठों के बनाए हुए जलस्रोत आज भी उत्तर भारत में दिखाई देते हैं।

- मराठों ने उत्तर भारत में भी कुशल प्रशासन चलाया। मुगल निर्ममतापूर्वक जजिया कर लेते हुए हिंदू प्रजा पर अनेक अत्याचार करते थे, किंतु मराठा सूबे के सरदार से ही कर लिया करते थे।
- अहिल्याबाई होलकर, महादजी शिंदे और ग्वालियर राज्य के प्रशासन का अध्ययन करने पर हमें ज्ञात होता है कि उन्होंने गरीबों के भोजन की व्यवस्था के लिए लंगर चलवाए, मंदिरों का निर्माण एवं पुनर्निर्माण करवाया, किसानों एवं जनसामान्य के लिए जल-व्यवस्थापन किया।

इस प्रकार, संक्षिप्त रूप में कहा जा सकता है कि मराठा मंडल के माध्यम से मराठों ने मुगलों को धराशायी कर हिंदू पद पादशाही की स्थापना की एवं छत्रपति शिवाजी महाराज के ध्येय महाराष्ट्र धर्म, अर्थात् हिंदू धर्म-रक्षण, मातृभूमि का रक्षण और गौ-रक्षण का पालन करते हुए संपूर्ण भारत में सनातन संस्कृति की रक्षा की।

संदर्भ

- आधुनिक भारत का इतिहास, बीएल ग्रोवर
- https://www.youtube.com/live/9V5eWiuVRlI?feature=share
- https://www.indiaolddays.com/maraatha-raajy-aur-sangh-in-hindi/
- https://history-maps.com/story/Maratha-Confederacy

□

आंग्ल-मराठा युद्ध

'कलहान्तानि हर्म्याणि', अर्थात् 'आपसी कलह और वैमनस्य के कारण बड़े-से-बड़े साम्राज्य नष्ट हो जाते हैं।'

अफगानिस्तान से लेकर बंगाल तक और कश्मीर से लेकर केरल तक शासन करनेवाले मराठों का साम्राज्य भी उनकी आपसी कलह एवं वैमनस्य के कारण पराभूत हो गया।

केवल व्यापार करने के लिए भारत आई ब्रिटिश ईस्ट इंडिया कंपनी ने 'बाँटो और राज करो' की नीति का अनुसरण करते हुए मराठों के पारस्परिक झगड़ों का भरपूर लाभ उठाया और संपूर्ण भारत को अगले 200 वर्षों तक दासता की जंजीरों में जकड़े रखा।

आइए, मराठा स्वराज्य की गौरवपूर्ण ऐतिहासिक यात्रा के अंतिम पड़ाव में हम चर्चा करते हैं, अंग्रेजों और मराठों के मध्य हुए उन तीन युद्धों की, जिन्होंने भारतीय इतिहास को एक नया मोड़ दिया।

यह कहानी है रघुनाथराव व उसके पुत्र बाजीराव द्वितीय की मूर्खता एवं शिंदे व होल्कर जैसे मराठा राज्यों की आपसी दुश्मनी की। यह मराठा महाशक्ति के पराभव एवं ब्रिटिश सत्ता के उदय की वह दुर्भाग्यपूर्ण कहानी है, जिसने प्रत्येक भारतीय के माथे पर गुलामी का कलंक लगा दिया।

प्रथम आंग्ल-मराठा युद्ध (1775-1782 ई.)

जैसा कि पिछले पड़ाव में हमने चर्चा की थी कि पेशवा माधवराव की मृत्यु के पश्चात् उनके सगे भाई नारायण राव पेशवा पद पर आसीन हुए।

पेशवा नारायण राव को प्रशासनिक अनुभव कम होने के कारण उनकी सहायता एवं संरक्षण के लिए 'बार भाई परिषद्' की स्थापना की गई, जिसमें 12

सदस्य (मराठा सरदार), जैसे—नाना फडणवीस, पटवर्धन, विंचुरकर, बर्वे, पंवार आदि थे।

1750 ई. में रघुनाथराव नामक बहुत बड़ा योद्धा हुआ, जिसका अफगानिस्तान के सिंधु क्षेत्र तक मराठा साम्राज्य को विस्तारित करने में महत्त्वपूर्ण योगदान था। वह युद्ध में माहिर एक अच्छा सेनापति था, जिस वजह से दरबार में उसका प्रभुत्व था। उसने इसी बात का फायदा उठाते हुए नारायणराव पेशवा को कैद करने का आदेश दिया।

उस समय रघुनाथराव को उसकी काली करतूतों की वजह से शनिवारवाड़ा में नजरबंद किया गया। उस समय उसने कुछ गार्दियों को अपने साथ मिला लिया और नारायणराव को धरावे, अर्थात् पकड़कर नजरबंद करने का आदेश दिया, परंतु रघुनाथराव की पत्नी आनंदीबाई ने धरावे के 'ध' को बदलकर 'मा' कर दिया, जिससे वो 'मारावे' हो गया, जिसका अर्थ था—नारायणराव को मार दीजिए।

पुणे में बड़े पैमाने पर धूमधाम से मनाए जा रहे गणेश उत्सव में आरती के समय शाम 7 बजे शनिवारवाड़ा के गणेश द्वार के पास गार्दियों ने नारायणराव पेशवा की हत्या कर दी। उसके बाद रघुनाथराव पेशवा बना। उस समय के न्यायाधीश ने रघुनाथराव को मृत्युदंड दिया।

सूरत संधि (1775 ई.)

रघुनाथराव पेशवा को ज्ञात था कि बारभाई उसे नहीं छोड़ेंगे। इसलिए वह डरकर उत्तर में चला गया और मार्च 1775 ई. में अंग्रेजों के साथ संधि कर ली, जिसे 'सूरत की संधि' कहा जाता है।

'सूरत संधि' (1775 ई.) के अनुसार—

- डेढ़ लाख रुपए मासिक खर्च के बदले 2500 सैनिकों की सहायता माधवराव के विरुद्ध होने वाले संघर्ष के दौरान अंग्रेजों को रघुनाथ राव को दी जानी थी।
- युद्ध में विजयी होने पर रघुनाथ राव अंग्रेजों को साल्सेट, पेशवा बाजीराव प्रथम और चिमाजी अप्पा द्वारा जीता गया वसई प्रांत (कोकण में स्थित मुंबई के सात आइलैंड छोड़कर मुंबई का बाकी क्षेत्र वसई प्रांत में आता था) और सूरत प्रदान करेंगे।
- भरूच के कर-संग्रहण का अधिकार भी अंग्रेजों को प्राप्त होगा।

पुरंदर संधि (मार्च 1776 ई.)

अंग्रेजों की तीन प्रेसिडेंसी (बॉम्बे, मद्रास व कोलकाता) में से एक कोलकाता प्रेसिडेंसी ने 'सूरत की संधि' को मान्यता देने से इनकार करते हुए अपने एक प्रतिनिधि कर्नल ऑप्टन को पुणे स्थित 'बार भाई परिषद्' के साथ संधि करने के लिए भेजा।

कर्नल ऑप्टन कलकत्ता से पुणे (महाराष्ट्र) आया और मार्च 1776 ई. को पुरंदर किले पर नाना फडणवीस की अगुवाई में मराठों और अंग्रेजों के मध्य संधि हुई। इस संधि के अनुसार—

- अंग्रेज पेशवा नारायण राव के हत्यारे रघुनाथराव को मराठों को सुपुर्द करेंगे। अंग्रेजों को भली-भाँति ज्ञात था कि यदि पुणे के 'बारभाई परिषद्' ने संधि को मान्यता नहीं दी, तो उस संधि का कोई अर्थ नहीं है। इसलिए अंग्रेजों ने ऐसा दरशाया कि हम नाना फडणवीस, यानी बारभाई के साथ हैं और रघुनाथराव हमारे लिए महत्त्वपूर्ण नहीं है।
- मराठों को कहा गया कि महाराष्ट्र के पश्चिमी किनारे पर फ्रेंच के साथ कोई भी नौसेना गतिविधि नहीं करनी है।
- 'सूरत की संधि' में रघुनाथराव ने अंग्रेजों को जो प्रांत देने का वादा किया था, वह उन्होंने नहीं छोड़े और उससे अंग्रेजों का फायदा भी हुआ। नाना साहिब फडणवीस ने संधि पर हस्ताक्षर करके संधि को मान्यता दी।

रघुनाथराव को पेशवा पद से हटाकर नारायणराव के पुत्र सवाई माधवराव को पेशवा बनाकर कड़ी सुरक्षा में पुरंदर किले में रखा गया, ताकि रघुनाथराव उसे हानि न पहुँचा सके।

पेशवा सवाई माधवराव आयु में बहुत छोटे थे, इसलिए बारभाई उनके नाम से सत्ता चलाते थे। अंग्रेजों और मराठों ने संधि के नियमों का पालन नहीं किया। अंग्रेजों ने मराठों के प्रांत पर आक्रमण कर दिया, जिसके पश्चात् मराठों ने भी फ्रेंचों का सहारा लिया और उन्हें अपने पश्चिम क्षेत्र में जगह दी।

उस समय फ्रेंच पुर्तगाली और अंग्रेजों की तरह नहीं थे, वे मराठा सत्ता को मजबूत करने में साथ देते थे। जैसे एक फ्रेंच योद्धा ने महादजी शिंदे और मराठा सेना को आधुनिक सेना बनाने की जिम्मेदारी ली, जिसके पश्चात् अंग्रेजों से युद्ध करने के लिए मराठों के पास भी आधुनिक तकनीक आ गई थी।

अदास (गुजरात) की लड़ाई

अंग्रेजों और मराठों के मध्य हुई संधि टूटने के बाद अंग्रेजों ने सूरत से कर्नल कीटिंग को पुणे पर आक्रमण करने के लिए भेजा। इस आक्रमण में रघुनाथराव ने अपनी सेना सहित अंग्रेजों का साथ दिया, लेकिन बारभाई में से एक महत्त्वपूर्ण सरदार हरिपंत फड़के ने उन्हें गुजरात में ही रोककर कर्नल कीटिंग और रघुनाथराव की संगठित सेना को परास्त कर दिया। जिसे 'अदास (गुजरात) की लड़ाई' कहा जाता है। इस युद्ध में अंग्रेजों के 96 सिपाही और मराठों के 150 सैनिक खेत रहे।

अब बंगाल के ब्रिटिश गवर्नर जनरल वारेन हेस्टिंग्स ने सोचा कि पुणे के विरुद्ध सीधे युद्ध किया तो अंग्रेजों की बड़ी हानि होने वाली है। इसलिए उसने पुणे के विरुद्ध कोई भी काररवाई न करने का आदेश दिया।

इस युद्ध के पश्चात् अंग्रेजों और मराठों के मध्य फिर से पुरंदर किले पर समझौता किया गया, जिसे 'पुरंदर की संशोधित संधि' कहा जाता है। इस समझौते के पश्चात् रघुनाथराव पेंशनर बना और पहले वाला सारा क्षेत्र अंग्रेजों के पास ही रहना था।

वड़गाँव युद्ध में अंग्रेजों की करारी हार

'पुरंदर की संशोधित संधि' के कुछ समय पश्चात् ही अंग्रेज-मराठा युद्ध फिर से प्रारंभ हो गया, क्योंकि दोनों ही पक्षों की ओर से संधि का उल्लंघन किया जा रहा था। दरअसल, कहने को तो यह युद्ध रघुनाथराव को पेशवा बनाने के लिए था, किंतु वास्तविकता में अंग्रेजों का मुख्य उद्देश्य संपूर्ण भारत को जीतना था और मराठों की एकता की वजह से वे पश्चिमी क्षेत्र जीत नहीं पा रहे थे।

अंग्रेजों द्वारा संधि का उल्लंघन किए जाने के पश्चात् नाना फडणवीस ने फ्रेंचों को पुणे दरबार में बुलाया और उनका आदर-सत्कार के साथ स्वागत किया। इस वजह से कलकत्ता की ब्रिटिश काउंसिल रुष्ट हो गई और उन्होंने मराठों के साथ युद्ध घोषित कर दिया, जोकि अत्यंत रोमांचक सिद्ध हुआ। अधिकृत युद्ध में अंग्रेज विश्व में पहली बार पराभूत हुए।

जब पिछली बार अंग्रेज पुणे में आने के लिए निकले थे तो हरिपंत फड़के ने उन्हें गुजरात में ही पराभूत कर दिया था। उस युद्ध में अंग्रेजों की सेना कम थी। लेकिन इस बार कलकत्ता प्रेसिडेंसी ने सेना भेजी थी, जिसमें मुंबई और सूरत की सेना भी शामिल थी। अंग्रेजों की इस बड़ी सेना के साथ रघुनाथराव और पठानों की सेना भी थी। जो भी मराठों के खिलाफ था, उन सभी को अंग्रेजों ने साथ ले लिया था।

रघुनाथराव उस समय खुद को पेशवा समझ रहा था। अतः उसको लगा कि उसके अच्छे मित्र महादजी शिंदे और तुकोजी होल्कर उससे मिलेंगे। अंग्रेजों को भी लग रहा था कि महादजी शिंदे और तुकोजी होल्कर पेशवा का साथ नहीं देंगे और ब्रिटिश सेना में शामिल हो जाएँगे।

अंग्रेज समझ ही नहीं पाए कि प्रथम युद्ध में मराठा एकता के साथ लड़ रहे थे और उन्होंने रघुनाथराव का साथ नहीं दिया। महादजी शिंदे और तुकोजी होल्कर मराठों से मिल गए, तत्पश्चात् नागपुर के भोंसले भी मराठों के साथ आ गए। इस तरह मराठों की संगठित शक्ति फिर से मजबूत हो गई। वड़गाँव युद्ध में अंग्रेजों की सेना के खिलाफ मराठा एकता (हिंदू एकता) लड़ रही थी।

अंग्रेज सेना भोर घाट के रास्ते कोंकण से पुणे आ रही थी। तब महादजी शिंदे ने नागपुर के भोंसले से कहा कि अंग्रेजों को उत्तर से रसद (खाद्य सामग्री और युद्ध सामग्री) नहीं मिलनी चाहिए, तब नागपुर के भोंसले ने बंगाल से आने वाली रसद को रास्ते में ही रोक दिया। उसके पश्चात् महादजी शिंदे ने पुणे के दक्षिण की और होल्कर ने पुणे के उत्तर की कमान सँभाली।

नाना फडणवीस बहुत बलशाली व्यक्ति नहीं थे, लेकिन उनके पास ज्ञान और तर्कशक्ति बहुत अच्छी थी। जब तक नाना फडणवीस थे, तब तक अंग्रेज मराठों को हरा नहीं पाए। नाना फडणवीस, नागपुर के भोंसले, होल्कर और इस युद्ध के सरसेनापति महादजी शिंदे ने मिलकर बहुत अच्छा युद्ध प्रबंध किया। मराठों ने लोनावला और खंडाला क्षेत्र के सभी गाँवों को खाली करा दिया, वहाँ के जल संसाधन में जहर डाल दिया और क्षेत्र की फसलें और खाद्य सामग्री जलाकर नष्ट कर दी। इसके पीछे उनका उद्द्देश्य था कि अंग्रेजों को खाने-पीने की चीजें न मिलें।

परिणामस्वरूप खाद्य सामग्री का अभाव होने के कारण अंग्रेज खंडाला से नीचे तले गाँव की ओर चलने लगे। इसके पश्चात् मराठा रात के समय अंग्रेजों पर हमला करते, जिसकी वजह से अंग्रेज सेना बेबस हो गई और उन्हें समझ नहीं आ रहा था कि अब क्या करें?

लेकिन अंग्रेजों के पास कोई उपाय न होने के कारण वे उन्हीं परिस्थितियों में आगे बढ़ते रहे। उनकी स्थिति इतनी खराब हो चुकी थी कि उनके पास युद्ध करने का सामर्थ्य भी नहीं बचा था। तले गाँव पहुँचने तक उनकी परिस्थिति बहुत गंभीर बन चुकी थी, जिस वजह से उन्होंने तले गाँव के पास स्थित वडगाँव नामक स्थान का सहारा लिया। मराठों ने वडगाँव को खाली करा दिया और वहाँ का पानी भी

जहरीला कर दिया। अंग्रेजों की पूरी नाकाबंदी कर दी, अब उनके पास कुछ भी नहीं बचा था।

ब्रिटिशों की इतनी बुरी स्थिति कर दी कि वे युद्ध करने में भी सक्षम नहीं रहे और उन्होंने घुटने टेक दिए। जिसके पश्चात् बंगाल के गवर्नर वारेन हेस्टिंग्स ने मराठों के साथ एक संधि की, जिसे 'वडगाँव की संधि' कहा जाता है।

इस तरह मराठों ने पहला अंग्रेज-मराठा युद्ध जीत लिया, जिसमें मराठों की एकता विजयी हुई और ब्रिटिशों के नेतृत्व में जितनी भी हिंदुओं के खिलाफ सेनाएँ आईं, वे पराभूत हुईं।

अंग्रेजों के पास अत्याधुनिक हथियारों से लैस मजबूत सेना और मराठा स्वराज्य के देशद्रोहियों का साथ होने के बावजूद वह मराठों से परास्त हो गए। यह युद्ध मराठों के शौर्य एवं पराक्रम को प्रदर्शित करता है। अमेरिका में अंग्रेजों को हराने वाले स्वयं अंग्रेज ही थे, किंतु संपूर्ण विश्व में अंग्रेजों को हरानेवाले सिर्फ मराठा रहे हैं।

सालबाई की संधि और अस्थायी शांति की स्थापना

प्रथम अंग्रेज-मराठा युद्ध में एक और महत्त्वपूर्ण कड़ी है। मध्य भारत में महादजी शिंदे के साथ दो महत्त्वपूर्ण लड़ाइयाँ लड़ी गई थीं। पहली सीपरी (मध्य प्रदेश) में और दूसरी ग्वालियर के दक्षिण स्थित दुर्दाह में।

'वड़गाँव की संधि' के बाद ब्रिटिशों को समझ में आया कि मराठों की शक्ति उनकी एकता में है, इसलिए उनकी एकता तोड़नी होगी, तभी हम पश्चिम में अपना राज्य बढ़ा पाएँगे, अन्यथा नहीं। तब उन्होंने मराठा एकता तोड़ने की दिशा में काम शुरू कर दिया।

अंग्रेजों ने महादजी शिंदे को परास्त करने के लिए Major Camac नामक एक ब्रिटिश अधिकारी को भेजा, जिसने मालवा में महादजी शिंदे के साथ युद्ध किया। इस युद्ध में ऐसा लग रहा था कि महादजी शिंदे विजयी होने ही वाले हैं, किंतु महादजी शिंदे सीपरी नामक शहर के पास पराभूत हो गए। इसके पश्चात् महादजी शिंदे ने दुर्दाह में ब्रिटिशों की नाकेबंदी की। यह भी प्रथम अंग्रेज-मराठा युद्ध का ही हिस्सा है, जिसमें महादजी शिंदे ने मराठों की 'गनिमी कावा' की तकनीक से उनके खान-पान की रसद तोड़ी। ऐसा लग रहा था कि अंग्रेज बहुत बड़े पैमाने पर पराभूत होंगे। लेकिन एक रात में अचानक से अंग्रेजों ने महादजी शिंदे की छावनी पर आक्रमण कर दिया, जिसमें बहुत सारी रसद, फ्रेंचों से मिले हथियार और कुछ

हाथी अंग्रेजों के हाथ लग गए। जिस वजह से अंग्रेजों और महादजी शिंदे की सेना समकक्ष हो गई।

लेकिन उसके बावजूद महादजी शिंदे की सेना ने दुर्दाह की लड़ाई में अंग्रेजों को परास्त किया। जिसकी वजह से महादजी शिंदे मराठा राजनीति में प्रमुख बन गए और अब मराठों की राजनीतिक राजधानी पुणे से इंदौर और फिर ग्वालियर में आ गई।

सन् 1781 में महादजी शिंदे एक बड़े मराठा सरदार के रूप में सामने आए। उसके पश्चात् 'सालबाई की संधि' हुई, जिस पर ब्रिटिश गवर्नर जनरल वारेन हेस्टिंग्स ने 1782 में और नाना फडणवीस ने पेशवाओं की तरफ से 1783 ई. में हस्ताक्षर किए।

इस प्रकार मराठों की विजय हुई और बारभाई (मराठा एकता) ने अंग्रेजों को ऐसी मात दी कि वे मराठा स्वराज्य की ओर नजर भी न उठा सके।

इस संधि के अगले 20 वर्ष मराठों ने अच्छा प्रशासन चलाया। मराठा विलासी नहीं थे, उस वजह से लोगों ने उनके प्रशासन का खूब आनंद उठाया; साथ ही मराठों ने भी इसका आनंद उठाया। लेकिन मराठों के साथ एक समस्या थी, यह समस्या हिंदुओं के साथ हमेशा रही है। जब भी अच्छा समय आता है, तो हम एकता भूल जाते हैं।

द्वितीय आंग्ल-मराठा युद्ध (1803-1806 ई.)

प्रथम आंग्ल-मराठा युद्ध यदि रघुनाथ राव की मूर्खता का परिणाम था तो द्वितीय आंग्ल-मराठा युद्ध उसके पुत्र बाजीराव द्वितीय की मूर्खता एवं शिंदे और होल्कर मराठा राज्यों की आपसी दुश्मनी का परिणाम था। 19वीं सदी की शुरुआत (1803-1806 ई.) में, अंग्रेजों और मराठों के बीच फिर से युद्ध प्रारंभ हो गया, जिसे 'द्वितीय आंग्ल-मराठा युद्ध' कहा जाता है।

सवाई माधवराव की अल्पायु में मृत्यु हो गई, जिसके पश्चात् रघुनाथ राव का पुत्र बाजीराव द्वितीय पेशवा बना। उसी समय नाना फडणवीस, महादजी शिंदे और तुकोजी होल्कर की भी मृत्यु हुई थी। अर्थात् मराठा साम्राज्य के बहुत सारे महत्त्वपूर्ण योद्धाओं की मृत्यु हो गई, जिस वजह से अंग्रेजों को इसमें अवसर दिखा।

इधर होल्कर राज्य (इंदौर) और शिंदे राज्य (ग्वालियर) के बीच आपसी झगड़ा चल रहा था, जिस वजह से इंदौर राज्य के प्रमुख यशवंतराव होल्कर और ग्वालियर राज्य के प्रमुख राणोजी शिंदे के मध्य युद्ध हुआ। इस युद्ध में पेशवाओं ने

राणोजी शिंदे का साथ दिया और संयुक्त रूप से होल्कर के खिलाफ लड़े।

इस युद्ध में तुकोजी होल्कर की मृत्यु हो गई, जिस वजह से यशवंतराव होल्कर बहुत गुस्सा हो गया और उसने पुणे में बाजीराव द्वितीय पर हमला किया तथा शनिवारवाड़ा पर कब्जा कर लिया। उस समय सारे मराठा सरदार शिंदे और होल्कर गुट में बँटे हुए थे और बाजीराव द्वितीय के पास कोई भी सरदार बचा नहीं था।

बाजीराव द्वितीय अपनी रक्षा के लिए भागकर बेसिन चला गया और वहाँ एक जहाज पर अंग्रेज प्रतिनिधियों के साथ संधि कर ली, जिसे 'बेसिन की संधि' (1802 ई.) कहा जाता है। इस संधि के अनुसार—

- पुणे का पेशवा लॉर्ड वेलेजली की 'सहायक संधि' में बँध गया।
- अंग्रेजों के प्रतिनिधि वाली एक सेना को पुणे में रखा जाना था।
- पुणे की विदेश नीति पर अंग्रेजों का पूर्ण नियंत्रण स्थापित हो गया।

इसी 'बेसिन की संधि' के पश्चात् 'द्वितीय आंग्ल-मराठा संघर्ष' अगस्त 1803 ई. में प्रारंभ हो गया।

अंग्रेजों ने शिंदे राज्य पर आक्रमण कर उसे नष्ट करने का प्रयास किया। ऐसे मुश्किल समय में यशवंतराव होल्कर ने मराठों का साथ दिया। बाजीराव द्वितीय को भी अपनी गलती का अहसास हुआ और उसने भी अपनी सेना सहित शिंदे राज्य का साथ दिया। जिसके बाद शिंदे, होल्कर और पेशवाओं की एकत्र सेना ने युद्ध में अंग्रेजों को पराभूत किया।

अगर हम विस्तृत रूप से समझें तो 'द्वितीय अंग्रेज-मराठा युद्ध' शिंदे और होल्कर राज्य की आपसी दुश्मनी की वजह से हुआ। इस युद्ध के पश्चात् होल्कर बड़ी शक्ति बनकर उभरे और यशवंतराव होल्कर महत्त्वपूर्ण व्यक्तित्व बने। इस 'द्वितीय आंग्ल-मराठा युद्ध' में मराठा फिर से विजयी हुए, जिसके पश्चात् अंग्रेजों ने 'राजापुर की संधि' (1805 ई.) की।

तृतीय आंग्ल-मराठा युद्ध (1817-1818 ई.)

'राजापुर की संधि' के पश्चात् लगभग 10 वर्षों तक अंग्रेजों ने मराठों के साथ कोई युद्ध नहीं किया, किंतु उन्होंने इन 10 वर्षों में शिंदे, होल्कर और पेशवाओं को एक-दूसरे से अलग कर दिया। अब वे पश्चिम में अपनी सत्ता बढ़ाने की कोशिश करने लगे परिणामस्वरूप फिर से एक निर्णायक युद्ध हुआ, जिसे 'तृतीय अंग्रेज-मराठा युद्ध' कहा जाता है।

इस युद्ध में सारे मराठों को समझ में आया कि अंग्रेजों का साथ लेकर हमने बहुत बड़ी गलती की है। बाजीराव द्वितीय का साथ देने के लिए ग्वालियर से शिंदे और इंदौर से होल्कर आने की कोशिश कर रहे थे और नागपुर के भोंसले अंग्रेजों के साथ युद्ध कर रहे थे।

इन प्रयासों के बावजूद मराठा अंग्रेजों से जीत नहीं सके, क्योंकि अंग्रेजों ने सभी मराठों को साथ में आने ही नहीं दिया और अलग-अलग जगह पर उनसे युद्ध किया। 1817 में किर्की के युद्ध में पेशवाओं को, सीतलवाड़ी के युद्ध में सिंधिया को और महीदपुर के युद्ध में होल्कर को अंग्रेजों ने परास्त कर दिया।

पुणे को 1817 में ब्रिटिश राज्य में शामिल कर लिया गया और बाजीराव द्वितीय को 8 लाख रुपए की वार्षिक पेंशन देकर कानपुर के निकट बिठूर नामक स्थान में निर्वासित कर दिया गया, जहाँ पर 1852 ई. में उसकी मृत्यु हो गई।

बाजीराव द्वितीय की मृत्यु के पश्चात् उसके दत्तक पुत्र नाना साहब (धोंदुपंत) को अंग्रेजों ने वार्षिक पेंशन देने से इनकार कर दिया। इसी बात से नाराज होकर नाना साहब ने 1857 के विद्रोह के समय कानपुर से विद्रोहियों का नेतृत्व किया।

इस प्रकार मराठा स्वराज्य की गौरवपूर्ण ऐतिहासिक यात्रा के दौरान हमने देखा कि अफगानिस्तान से लेकर बंगाल तक और कश्मीर से लेकर केरल तक मराठों ने शासन किया। मराठा स्वराज्य का यशगान करते हुए कवि भूषण अपनी रचना 'भूषण ग्रंथावली' में लिखते हैं—

"आपस की फूट ही तें सारे हिंदुवान टूटे टूट्यो कुल रावन अनीति अति करतें।
पैठियो पताल बलि बज्रधर ईरषा तें टूट्यो हिरनाच्छ अभिमान चित धरतें।
टूट्यो सिसुपाल बासुदेव जू सौं बैर करि टूट्यो है महिष दैत्य अधरम बिचरतें।
राम-कर छूवन तें टूट्यो ज्यौं महेस-चाप टूटी पातसाही सिवराज-संग लरतें॥"

अर्थात् समस्त हिंदू राज्य आपसी फूट के कारण ही पराजित हो गए। दुराचार करने के कारण रावण का संपूर्ण वंश नाश हो गया। भगवान् विष्णु से ईर्ष्या करने के कारण ही राजा बलि को पाताल-लोक जाना पड़ा। वासुदेव श्रीकृष्ण से शत्रुता के कारण शिशुपाल का विनाश हुआ और महिषासुर नामक दैत्य नीच और पाप-कर्म में प्रवृत्त था, इसलिए मारा गया। जिस प्रकार भगवान् राम के हाथों का स्पर्श पाते ही शंकरजी का धनुष टूट गया था, उसी प्रकार शिवाजी के साथ युद्ध करते ही मुगल साम्राज्य छिन्न-भिन्न हो गया।

Grand Duff ने स्वयं लिखा है—'हमने भारत मुगलों से नहीं लिया, बल्कि हमने भारत मराठों से लिया।'

किंतु इस दौरान हमने यह भी देखा कि अंग्रेजों के विरुद्ध मराठों की पराजय का वास्तविक कारण था—मराठों की आपसी एकता भंग होना। मराठों की आपसी फूट का लाभ उठाकर अंग्रेजों ने संपूर्ण भारत को 200 वर्षों तक गुलामी की जंजीरों में बाँधे रखा।

इतिहास साक्षी है, जब-जब हिंदुओं की एकता भंग हुई, विदेशी ताकतों ने इस अवसर का लाभ उठाया। आज आवश्यकता है कि हम सभी हिंदू भाई-बहन जाति, भाषा, प्रांत आदि भेदों को मिटाकर एक हो जाएँ। आज आवश्यकता है कि हम अपने महापुरुषों द्वारा किए गए पराक्रम का स्मरण कर अपने अस्तित्व को पहचानें और भारत को पुनः विश्वगुरु बनाएँ।

संदर्भ

- https://www.youtube.com/live/ZRHNE5I0zhk?feature=share
- आधुनिक भारत का इतिहास, बी.एल. ग्रोवर
- भूषण ग्रंथावली, कवि भूषण

□

पुस्तक से संबंधित महत्त्वपूर्ण कथन

देश बदल रहा है। हिंदू समाज अपने स्वाभिमान का स्मरण करके जागृत हो रहा है। ऐसे सही वक्त पर 'मेवाड एवं मराठाओं के सहस्त्र वर्षों की शौर्यगाथा' ये ग्रंथ इतिहास के स्वर्णिम पृष्ठों में अंकित हो रहा है।

—मोहन शेटे
अध्यक्ष, इतिहास प्रेमी मंडळ

वामपंथी इतिहासकारों के षड्यंत्रकारी चेहरों को बेनकाब कर भारत के सच्चे इतिहास का वर्णन करती हुई यह पुस्तक प्रत्येक भारतीय को अनिवार्य रूप से पढ़नी चाहिए।

—डॉ. अजय दत्त शर्मा
कार्याध्यक्ष, सावरकर विचार मंच, उ.प्र.

ऐतिहासिक भूल को सुधारने का एक शानदार प्रयास 'मेवाड एवं मराठाओं के सहस्त्र वर्षों की शौर्यगाथा' पुस्तक के माध्यम से किया गया है, जिससे आने वाली पीढ़ियाँ भारतीय वीरों के शौर्य और पराक्रम को जान सकेंगी।

—भास्कर रिकामे
मा. कार्याध्यक्ष, स्वातंत्र्यवीर सावरकर मंडल, निगडी पुणे

राष्ट्रीय अस्मिता और स्वत्व की रक्षा के लिए एक राष्ट्र के रूप में किये गए संघर्ष का यशोगान करती पुस्तक 'मेवाड़ एवं मराठाओं के सहस्त्र वर्षों की शौर्यगाथा' में संकलित लेख सराहनीय है। इसे पढ़ने पर भारतीय संघर्ष और शौर्य का पुण्यस्मरण होना स्वाभाविक है।

—उत्कर्ष श्रीवास्तव
राष्ट्रीय छात्रशक्ति, संपादक मंडल

स्वाधीनता के शताब्दी वर्ष तक यदि हमें विकसित राष्ट्र के रुप में अपनी पहचान बनानी है तो हमें आर्थिक विकास के साथ-साथ सांस्कृतिक पुनर्जागरण की ओर भी ध्यान देना होगा। यह पुस्तक हमारी सांस्कृतिक चेतना को पुनर्जागृत करती है।

—डॉ. अमन अग्रवाल

जनसंपर्क अधिकारी, औद्योगिक विकास मंत्रालय, उ.प्र.

□□□